URAKAGYOTENSEI

裏稼業転生

～元極道が家族の為に領地発展させますが何か？～

Presented by

西の果てのぺろ。

Illust. riritto

TOブックス

Contents

目次

URAKAGYOTENSEI

~Motogokudo ga kazoku no tameni ryochihatten sasemasuga nanika?~

Illust. riritto
Cover Design AFTERGLOW

序章

俺の名は、横浜竜星三二歳、表向きの職業は便利屋、本当は……極道だ。

十八の頃、この世界、人には言えない裏稼業である極道になる道を選んだ。

極道になってからは、ありとあらゆるシノギ（収入を得るための手段）に手を出し、金の為ならなんでもやった。

表向きの職業の便利屋もその関係だ。

それから十四年、今は主に、借金の取り立てや、逃亡する債務者の追跡、後始末をやっている。

通常では、借主である債務者が飛ぶと、保証人に支払わせるのが一般的な回収方法だが、うちは違う。只の闇金と違い、借りる奴は裏稼業の人間だ、なので保証人がいない事もよくある事だった。

極道にしか金を借りられないような奴らだ、一癖も二癖もある連中が多い。

黙って借金を返済している間はいいが、こういう奴らは突然計画を練って逃亡を謀る。海外に飛ぶ奴もいれば、国内を転々として逃げる奴、地方の都市にじっと身を隠す奴、囲っていた女の所に身を隠す奴など色々いる。俺はそいつらの足跡を追って捕まえ借金を回収するのだ。

先日も海外に飛ぼうとしたので、ギリギリで捕まえた殺し屋稼業の男の財産を差し押さえ、遠洋漁船に乗せたばかりだった。

そして今回、組長直々の命令で、ある男の借金取り立てを任せられていた。

その相手がカタギ（極道ではない一般人）の人間だった。

自分にもポリシーがある。極道としてカタギには手を出さないという拘りだ。

だから、普段なら絶対受けない仕事だが、組長直々とあって受けざるをえなかった。

そのカタギの人間は、すぐにみつけて捕まえる事ができ、尋問するとお金になる研究をしているというのだが、それがテンセイマホウジンとかいうものらしい。

よくわからない眉唾物の話だが、その男は名門の帝国大ＯＢで、大学の黒魔術サークルの部室にあるくまのぬいぐるみの中に、その研究成果が入ったＵＳＢメモリーを隠しているという。

これを聞いて九九％嘘だと思ったが、一％でもお金の臭いがするなら確認しないと気が済まない性分だ。回収は一円単位でもキッチリする。

早速夜を待ち、帝国大学に忍び込む事にした。


――帝国大学黒魔術サークル部室。

数日前の深夜、ここで一人の学生が変死していたらしい。進入禁止のテープがそこかしこに張ってある。

現場保存が一応されているようで、室内のものは回収されていなかった。

部屋の中央に人の形にテープが張ってあった。

そして、その脇にくまのぬいぐるみが落ちていた。

男が言っていたのはこのぬいぐるみだろう。

確認すると確かにUSBメモリーが入っていた。

中身を確認する為に、室内にあったPCを稼働させUSBメモリーを差し込む。

フォルダーが表示され、そこをクリックするといかにも魔法陣という図形が出てきた。

どうやら本当にテンセイマホウジンとやらを研究していた様だ。

「……本当に価値が有るかどうか一応確認しとくか」

室内の床に見よう見まねで魔法陣を書いていく。

手順はこれで良い筈だ、次は呪文を唱えるらしい。それも、書いてある。

ごにょごにょ。

途中噛みながら呪文を唱えた。

……。

「……何も起きないな。……ちっ！　子供じみたガセを信じかけちまった」

一応、USBメモリーは、持って帰る為にPCから外すとポケットに入れる。

「……となるとあの男からどう回収するか……、遠洋漁船にあいつも乗せて、借金は回収するしかないか」

つぶやくと、書いた魔法陣の上を歩いて通過しようとした瞬間だった。

魔法陣が発光した！

「な！　本当に作動した、だと!?」

次の瞬間、横浜竜星の意識は遠のき、その場に倒れるのであった。

驚く横浜竜星。


とある定食屋の備え付けのＴＶから、ニュースが流れてくる。

「――数日前に続き、帝国大学のあるサークルの部室内で変死体が発見されました。立て続けに起きたこの変死の原因は全く分かっていません。亡くなっていた男性が学校関係者ではない事から、校内への侵入動機を含め、警察は事件、事故の両面で捜査を始めました。身元についてはまだ発表されていません」

「これって、数日前も学生さんが亡くなっていたやつだよな?」

ＴＶを見ていた作業着姿の男が食事をしながら同僚に確認する。

「あー。思い出した、佐藤○郎って今時そんな名前付けるか、っていう平凡な名前だったから、ここで、味噌汁を噴いたな」

「そうそう、そうだった」

こうして少し、人々の間で話題にはなったが、この事件は変死扱いでのちに処理され、迷宮入りすることになる。


「神様、大変です!」

真っ白の部屋で神様と呼ばれた初老の白いひげを蓄えた男性が声のした方向に振り向く。

「また、地球からの転生者です！　それも今回は直接、神様の担当するワールドに転生したようです。いかがしましょう？」

「まただと？　……どれどれ……」

神様は手元で指を動かす。

「ふむ、確かにまた、地球からだのう。先日も来た青年と同じところからか、途中言葉を噛む事でうまい具合に発動させたみたいじゃのう。偶然だが、これはいかん。地球の神に警告しておいてやろう」

のんびりな神様に助手の女性が聞き直す。

「それで、転生者はどうするのですか？」

「神界を通さず、直接下界からうちの下界へ行ってしまうというのは、稀だが前例がないわけではないからな。それに、この男、生前は色々やって中々の苦労人の上に、意外に誠実な生き方をしていた様だ。今回は大目にみてやるかのう。ステータスを見たところ、世界を改変するほどの特殊過ぎるスキルもないしの」

「……わかりました。それでは、そういう事で処理しておきます」

こうして、横浜竜星（極道）は、無事に異世界に転生する事になったのであった。

ゴクドーに転生ですが何か？

そこは、クレストリア王国という国の王都より馬で南東に一か月近くほど行った所にある最果ての辺境、騎士爵領の領主の邸宅。一人の男の子が産声を上げていた。

「この子の名は……、そう……、リュー、リュー・ランドマークだ！」

父親と思われる赤髪、茶色の目のすらっとした高身長ながらがっちりした男が、子に名付け、抱き上げた。出産した金髪、青色の目の妻も、「いい名前ね」と、喜ぶ。

ランドマーク家に三男が誕生した瞬間だった。

元・横浜竜星こと、リュー・ランドマークは、ただただ動揺していた。

気づくと身体はろくに動かず、目もその視界はおぼろげだった。

自分は誰かに抱かれているらしい。相手は大男のようだ、自分が手の平に収まる程の。

話そうとしたら、思うようにいかず、「だー」とか「うー」とかしかしゃべれない。

動揺したら、泣いていた。どうしてかわからないが、感情的に泣いてしまったのだ。

男が慌てて女性の横に寝かせた。

「リューは元気ね」

おぼろげな視界の中、これは……、まさか自分は赤子なのか……？　と、いう考えにやっと思い至った。仏教でいうところの輪廻転生だろうか？　とにかく、自分は生まれ変わったという事のようだ。……死んだ覚えはな……、あ！　あの、テンセイマホウジンか！

リュー・ランドマークは、今や前世の記憶となった自分の最期を思い出した。

少なからず、ショックだったが、死んでしまったのなら仕方がない、考えを切り替えよう。

幸い、今度の親はカタギで良い人そうだ。

元・横浜竜星は、前世の親の顔を知らない。

生まれてすぐ親に捨てられ、子供の頃はずっと、児童養護施設で育ったのだ。

なので今回の人生は前世に比べれば、まだ幸運だろうと、思えた。

リューは家族の愛を一身に浴びてすくすくと育った。

リューは父親似の赤毛と母親似の青い目を持ち、容姿は二人の血を受け継いで恵まれていた。

育つ中、初めこそ前世の記憶と赤子の自分とのギャップに苦しむ事もあったが家族の存在が大きく助けになり、四歳にもなると、前世の記憶と今の年齢とに折り合いが付く様になってきた。

家族であるランドマーク家の人々はみんな素晴らしい人達だった。

そう、家族は驚くほど善良で、慈悲深く、領民にも優しい。

貧しい者には施しをし、助け、自分達が生活に困るのを顧みないくらい、人が良すぎた。

その為、領主であるにもかかわらず、その生活は質素で貧しかった。

リューはそんな優しいカタギであるこの家族が大好きだったので、四歳で近くの森に出かけると罠を仕掛け、獣を捕らえてランドマーク家の貧しい食事事情に、一品おかずを添えて貢献するようになった。

リューにとって、今まで受けた事がない愛情には、義理と人情を感じていたから、当然の行動であった。他にも、森で食べられそうな物をみつけては、家に持って帰っていた。

リューはずっと赤子の頃から気になっている事がある。

全ての物に一々、名前が表示されているのだ。

おかげで初めて見る物も名前だけはわかって便利だったが、それ以上はわからないので、父の書斎に侵入しては本を見て調べるようになった。字は赤子時代から物に名前が表示されているから、家族が名前を口にしたらそれと照らし合わせる事で覚えてしまっていた。

その為、ある時リューが、本を読んでいるのを発見した父親は、リューを神童ではないかと親バカぶりを見せた。それもそうだ、教えてもいないのに四歳で読み書きができるのである。

家族はリューを将来、王立学園に行かせるべきではないかと真剣に話し合うのであった。

リューは六歳になった。

そして、今日は洗礼の儀が行われる日だ。

領内の六歳になった子供たちが続々と教会に集まってくる。

子供とその両親が静かに席に着いて待っていると、時間が来た。

神父による、洗礼の儀の説明が始まった。

神父の説明によれば、「自分が持つスキル、〝才能〟を確認する事で、今後、どう努力すればいいかの指針にする」のだそうだ。

例えば、自分のスキルが斧使いと裁縫ならば、斧とそれに関係する武術と裁縫の努力をする事で、それに付随した能力を得る事が出来る。

基本ステータスもそれによって上昇していく。

斧使いならば、「力」「体力」などが中心に上がったり、補正が付く様になったりするし、裁縫なら「器用」が中心に上がったり、補正が付いたりする。

これらの能力の取得は『世界の声』が知らせてくれる。

『世界の声』とは、天上の神の声とも言われ、脳に直接聞こえてくるそうだ。

その声が聞こえる時が、努力して条件をクリアした瞬間になる。

神父の説明が終わると、一人一人奥の部屋に通されて、その子が持つスキルを確認する儀が行われる。

他の人の前で行わないのは、他人にスキルを知られる事で後々支障が出る事があるからだそうで、洗礼の儀後、人に話すかどうかは自己責任らしい。もちろん、神父には守秘義務がある。

リューの番が来た。父と母が背中を軽く押す。

「行ってきなさい、リュー。心配は何もないよ、すぐ終わるから」

「はい！」

二人に返事をするとリューは神父に部屋に入る様、誘導される。

室内には神を模した像があり、その手前にはガラスの球体を四角い箱にはめ込んだ形の道具が置いてある。これが、スキルを見る為の魔道具というものらしい。

「では、神に感謝を祈りながら、この球体に手を添えなさい」

神父に言われるままに、リューは球体に手を添える。するとまばゆい光が室内を覆う。

リューは驚いて手を引っ込めそうになるが、「手を離してはいけませんよ」という、神父の声に離しそうになる手を戻す。

「領主様のご子息のスキルは……ゴクドー？　に、器用貧乏……か、うーん……、これは残念だ。あ、だが鑑定が別にあるな、これは重宝されますよ」

「器用貧乏は駄目なものなんですか？」

リューは神父の言葉に、心配を口にした。

「器用貧乏は、ほとんどのスキルが使えるようになる特殊なものですが、その反面、いかに努力を積もうとも、どれも大成する事がありません、スキルにはS＋からG－まで才能評価があると言われていますが、器用貧乏はそれらの評価が全てG＋止まり。いかに努力しようともこれ以上に上がる事はありません。ですが中にはマジック収納（小）など有用なものもあるから悲観なされないでください。それに、特殊スキルである鑑定が別にあるという事は、これは、個人の才能限界もありますが、努力すれば成長する可能性を意味します。ご安心ください」

「この、ゴクドーとは何でしょうか？」

前世で聞き覚えがある職に就いていたが、まさかね。と、リューは思いながら神父に聞いた。

「この職について四十年ですが、初めて見るスキルです。一度、領内に住んでいる有名な学者、サイテン先生に人物鑑定をしてもらって分析してもらう事をお勧めします。それでは以上です」

「わかりました、ありがとうございます」

お辞儀をすると退室する。父ファーザと母セシルが、リューの時だけ時間がかかっていたので心配していたのか、部屋から出てきたリューに駆け寄った。

「大丈夫かリュー！　何があった⁉」

「神父様に何か言われたの？」

二人の聞き捨てならない言葉に神父が、「ここは教会です、領主様、お静かにお願いします」と、注意した。

「すみません……」

両親は頭を下げるとリューを伴って外に出た。

外には洗礼の儀を終えた親達が子供と一緒に得たスキルに一喜一憂していた。

中には、家業を継げそうにないスキルに落ち込む親もいたが、子供の門出の日だ、ほとんどは祝福されていた。

領主として、親として、この光景をファーザは何度も見てきていた。

毎年、この光景を見る度に領内の未来は明るいと思うのだが、今年は神童と思われる息子のリューの門出だ、嬉しさもひとしおだった。

そんな喜ぶこの優しいカタギの両親を見て、リューは気が重かった。

神父も落胆した『器用貧乏』を伝えて、家族はがっかりしないだろうかと。

洗礼の儀を終え、すぐに馬車で家に戻ると、そこには家族である祖父カミーザ、祖母ケイに、兄のタウロとジーロ、妹のハンナ、執事のセバスチャン、領兵の隊長を務めるスーゴ、メイドに料理人など使用人たちが集い、祝う為に待機していた。

「「「リュー、洗礼の儀おめでとう！」」」

「「「「リュー坊ちゃん、おめでとうございます！」」」」

リューが室内に入るなり、祝福される。

前世でもされた事のない初めての体験に、驚き、涙が出そうなほど嬉しかった。

「……みんなありがとう！」

それ以上言うと泣きそうだった。

嬉しいのはもちろんだが、神父からも残念がられたスキルの事を思い出すと違う意味でも泣きそうだった。役に立たないと思われたら、失望されないだろうか？　そんな不安にリューの表情も曇りがちだった。

ひとしきり祝福され、食事になり、談笑、そして、落ち着いてくると、家族が揃ったところでリューは自分のスキルについて打ち明けた。

「器用貧乏？」

家族はリューが申し訳なさそうに告げたスキルに全く驚かなかった。

そんな家族を代表して父のファーザが言う。

「なんだい？　それを聞いたみんなが、がっかりすると思ったのか？　ハハハ、リューはリューじゃないか。その歳で読み書きもできる。それに他にも『鑑定』に『ゴクドー』？　のスキルもある。悲観することなど一つもないさ。それに、『器用貧乏』には貴重なマジック収納も小さいながら使えたはずだぞ」

そう言えば、神父様もそんな事言っていたな、と、思い出したリューであったが、聞きなれぬ言葉に「？」となった。

察したファーザが、「まだリューは知らなかったか。では、このリゴーの実を『収納』してみなさい」と言うと、前世での果物でリンゴに似た実を父親のファーザはリューに渡した。

「収納？」

リューがつぶやくとリゴーの実が手の平に吸い込まれる様に消えた。

「それが、『マジック収納』だ。今、リュー個人の時空に収納されたんだよ。時空は時が止まっているから、生ものでも傷まない。収納する規模は『器用貧乏』だから小さいが、とても使える能力なんだ」

おお！　リューの表情が明るくなった。それを見て、家族も笑顔になった。

「それに、『鑑定』のスキルも、貴重だぞ。才能によって今後どこまで鑑定できる内容が増えるかわからないが、『器用貧乏』のものと違って、授かったスキルである以上、ある程度は才能が伸びるはずだ」

「はい」

父親からのアドバイスにリューは素直に返事をした。

「『ゴクドー』というスキルは初めて聞くが……、セバスチャン、何か知っているかい？」

ファーザはこの家に祖父の代から仕える物知りの白髪の執事に聞いてみた。

「初めて聞くスキルですね。世間で言うところの特殊スキルの一つなのかもしれません」

「あ、神父様もわからないとおっしゃっていました」

リューは思い出して答えた。

「それじゃあ、今度、わかりそうな人に聞いてみよう。サイテン先生はまだ、領内におられるかな？」

ファーザが執事のセバスチャンに聞く。

「はい、サイテン教授は来月に王都に出かけるそうですが、それまではご自宅におられるかと」

そう言えば、神父様も言っていたなと二人の会話を聞いて思い出すリューであった。

「よし、それならサイテン先生に会う予約を取っておいてくれ」

ファーザが、セバスチャンに指示する。

「承知いたしました」

セバスが頷く。

「それじゃ、リュー。明日からはタウロとジーロと共に、勉強はお母さん、武芸は私とスーゴが教えていくよ。『器用貧乏』とはいえ、伸びしろがあるのだから、その分は限界まで上げていこう」

「はい！」

今までは、二人の兄達の稽古を見ているだけだったので、一緒にやれる事が素直に嬉しいリューであった。

リューの母親であるセシルが、息子達三人を書斎の椅子に座らせると授業を始めた。

「じゃあ、タウロとジーロは昨日の課題の続きを、リューは読み書きはできるから、それは飛ばして、簡単な数字から教えるわね」

「「「はい！」」」

三人とも元気よく返事をする。

リューはもちろん数字どころか計算もできる。

というか前世の職業は裏の金貸し屋だ、金勘定に関しては誰よりも早い。

基本から教えようと、リゴーの実を用意して数を覚えさせようとしていた母親セシルだったが、数を数えるどころか足し算もすらすら答えるのには、上の兄達も一緒になって驚いた。

「ファーザが言っていた通り、リューは神童かも知れないわ……！」

「凄いやリュー！」

「天才ってやつだね！」

兄達も一緒になって、弟の頭の良さに手放しで喜んだ。

嫉妬や妬みは全くなく、そこにあるのは、いつも優しい兄達の姿だった。

「……うーん。じゃあ、何を教えようかしら、……そうね、歴史を学びましょう」

「歴史⁉」

家族に褒められ有頂天になっていたリューだったが、歴史という言葉に気分は一転した。

前世で苦手な科目だったからだ。特に世界史で出てくる横文字は頭に入らなかった。それにこちらは前世の知識とは全く関係ない。これこそ、「零」から学ばないといけないものである。

嫌な顔をしていたのだろう、母親のセシルはそれに気づき、「私が教えられる事もちゃんとあるようね」と、いたずらっぽく笑うのであった。


それからは、リューはクレストリア王国の歴史とそこに仕えるランドマーク騎士爵家の歴史を集中的にやらされることになった。

学んだ事を簡単に説明すると、ランドマーク家は厳密にはスゴエラ辺境伯に領土の一部を与えられ、仕える与力である。なので寄り親であるスゴエラ辺境伯の危機には駆けつける義務がある。

ランドマーク家は先代である祖父カミーザ・ランドマークが先の大戦でスゴエラ辺境伯軍の一兵卒として活躍し、その戦功から領地持ちにまで出世したらしい。

今はその息子でありリューの父であるファーザが引き継ぎ二代目として頑張っている。

祖父カミーザは今も元気だが、祖母のケイと離れの屋敷で悠々自適な老後生活を送っている。

老後と言っても、二人ともまだ四十代と若々しく元気で、ファーザとセシルを助ける事もしばしばである。

引退したのは、ただ、貴族のパーティーに呼ばれるのが二人とも嫌だったから、らしい。

お父さん押し付けられたのね……、苦労しただろうな、と思うリューであった。

体を動かすのが好きなリューには剣の訓練は向いていたが、兄達との実力差を痛感した。

早くから森に入り、獣を獲っていたリューだったが、剣の扱いは全く違った。

前世でリューは、日本刀の扱いも慣れたものであったが、こちらの世界ではそれ以上の問題があった。

これが、スキル持ちとの差だろうか？

長男タウロは、『騎士』のスキル持ちで剣、槍、斧、盾、棒、メイスに適性を持つ優秀職だ。

次男ジーロは、『僧侶戦士』のスキル持ちで剣、槍、メイス、体術に治癒士の適性を持つ、こちらも優秀職だ。この二人がいる限り、ランドマーク家は安泰だろう。

自分はこの二人のサポートが出来ればいいのだが、まだまだだった。

いや、何か役に立てるはずだ。

それを時間をかけて見つけていこうと思ったのだが、案外簡単に見つかった。

それは、お金の管理だった。以前からランドマーク家の財政が困窮しているのは知っていた。

その財政は、一応、当主である父が管理しているのだが、どんぶり勘定だった祖父からの伝統らしく適当だった。

領民にお金を貸すシノギ……じゃない、副業も、ざっくりで一応借用書はあるが、帳簿をちゃんとつけておらず、回収は記憶任せだった。これでは、ランドマーク家は財政面で破たんすると思ったリューは、執事のセバスチャンと協力して帳簿をちゃんと見直す事にした。

最初、父ファーザが難色を示したが、リューとセバスチャンに理屈でもって説得されると納得するしかなかった。

シノギを始めますが何か？

リューとセバスチャンでランドマーク家の財政見直しが始まる中、一人の男性が訪問してきた。

黒髪に黒の瞳、この世界では貴重な眼鏡をかけ、背が高く細めの人だった。

先日、予約を取ったサイテン教授という人だ。

確か人物『鑑定』が出来る凄く頭の良い先生のはずだった。

「よくぞ来てくれました、サイテン先生、ありがとうございます」

「いえ、ランドマーク家のみなさんにはお世話になっていますから」

当主のファーザに物腰の柔らかい優しい笑顔を向けた。

「今日はこの三番目の息子、リューのスキル鑑定をお願いしたいのです」

他の兄達と並んで立っていたリューを手繰り寄せながらファーザは言った。

「先日、洗礼の儀でしたね」

「ええ、神父様も見た事がないスキルとかで。家の者達も初めて聞くスキルに困惑しております」

「神父様でもですか？　それは珍しい……。では鑑定してみましょう。リュー君、鑑定してもいいかな？」

鑑定にも礼儀があるようだ。生まれた時から発動しっぱなしのリューには初耳だった、と言っても人物鑑定はできないのだが……。

「はい」

答えを聞くと、サイテンは鑑定を始める。

「ああ、このゴクドー？　ですね。確かにこれは見聞きした事が無い。王都でも報告がないスキルですね。実に興味深い」

「……」

リューは大人しくじっとしている。

だが、確かに鑑定をされると丸裸になって覗き見られている気分になる。

「『鑑定』による『分析』を行いますね」

鑑定に付随する能力だろうか？　リューも『鑑定』を持つ者として興味があった。

「……これは驚いた。このスキル、私のA＋鑑定では、分析がほとんどできません。つまりそれは、この『ゴクドー』が、Sランク相当の特殊スキルという事です。一つわかったのは『ゴクドー』が道を極める為のスキルという抽象的な事だけですね」

「……道を極める？　それは一体……」

父ファーザが素直な疑問をサイテンにぶつける。

「他のスキルに影響を与えるタイプのもののようですが……、『器用貧乏』はともかく、『鑑定』に何かしら影響があるのかも……。多分、王国でも初めて確認されたスキルなので、こればかりは今後も経過観察していくしかないかと」

「……そうですか、サイテン先生でもわからないのであれば仕方がない。リュー、今後も色んな事で努力し続けなさい、そうしていれば、自ずとわかる」

父ファーザがリューの頭にポンと手を乗せて言った。

「はい！」

やはり『ゴクドー』は極道の事なんだろう、道を極めると書いて極道だ、だがどういう力があるのか元極道の自分でも想像がつかない、父が言う通り、頑張っていれば自ずと何かわかってくるのかもしれないと思うリューだった。

サイテンに一緒に食事はどうかと父ファーザが誘ったが、丁重に断られた。

この事の報告書をまとめたいそうだ。

「ところで、リュー君。君はいつから『鑑定』を持っている事に気づき、使い始めたのかな？　君の『鑑定』は多分もうすぐスキルアップします、使用条件がもうすぐ達成されるはずだから」

「そうなんですか⁉　使い始めたのは、物心ついた時です」

「そうかい、やっぱり。鑑定は最初のスキルアップが何年も掛かるのだけど、その歳でアップするのは稀有だからね。普通は六歳で教えられてから使い始めるので何年もかけて条件を満たすから不思議だと思ったんだ。ファーザさん、お子さんは凄い子ですね」

リューから目を離すと父親に称賛した。

「この子は、神童なんです」

自慢気に言う父ファーザ。

「人に言うのはやめてよ、お父さん！」

恥ずかしくてリューが止める。

「四歳で読み書きができるようになりましたからね。リューは頭が良いんですよ」

父ファーザがリューの頭を撫でながらまた自慢する。

「それは凄い！　私が聞く神童でも、六歳の洗礼の儀を過ぎてからスキルを使用して短時間で覚えたという話があるので、スキルと関係なく覚えている時点で素晴らしいです。それはまさに神童ですね！」

サイテンが素直に驚いてみせた。

「そうなんですよ！　この子はスキルに関係なく学校に行かせようかとも家族で話し合っていました……」

リューの自慢について止まらない父ファーザであった。


サイテンのランドマーク家訪問から数日のこと。

リューの『鑑定』能力に変化があった。

今までの能力では全ての物に名前が表示されるだけだったが、説明が付くようになったのだ。

これはかなり便利だった。今までは名前がわかるとそれを頼りに父の書斎で本を開き調べてどういうものなのか確認していたのだが、それが不要になったのだ。

試しに森に行くと植物を〝視る〟、もちろん鑑定できるのは物だけなので表示されないが、これは簡単にクリアできる問題だった。

一旦摘んで、物にして確認すればいいのだ。

これで、名前と説明を確認できる。

この裏技のようなやり方で食べられるか食べられないか、薬草なのか毒草なのか、判断できる。

一々、摘まなくてはいけないのが難点だが、そうする内に外見も覚えるので一石二鳥だった。

こうして、ランドマーク家の食事事情にまた、大きく貢献出来るようになった。

リューの日課は、午前中に勉強、お昼から剣の稽古、その後森に出かけて罠の確認など食料調達、その後は夕飯まで自由だったが、その自由時間、新たな日課が生まれていた。

領兵の隊長を務めるスーゴもこの時間は暇なので付いてきてもらう。

小高い丘にあるランドマーク家の領主宅の麓(ふもと)に位置する領都である街に二人は来ていた。

領都と言っても騎士爵領程度の街は規模が村に近い。それでも、商業ギルド、冒険者ギルドの支部があるだけかなりましだろう。

おかげでメインの通りにあたる大通りにはそこの相手をする為に商店がいくつか並び、酒場もある。

「出入りしているのはこの酒場だよね？」

リューが同行しているスーゴに確認する。

「ええ、そのようです。リュー坊ちゃん、本当に大丈夫ですか、俺が行きますよ？」

酒場に子供を連れてくるだけでも憚られるのに、リューをとなると後々面倒そうだと思ったのか念を押した。

「いや、打ち合わせ通りでお願い」

「わかりました」

スーゴは渋々了解した。

二人は酒場に入っていった。

中にはまだ夕方でもないのにお酒を飲んでいる者が数人いた。冒険者に紛れて農民もいた。

「あいつです」

スーゴがその農民を指さす。リューは頷くとその農民に話しかけた。

「どうも、あなたがミソークさんですね？　切り取りに来ました」

「ああ？　なんだガキんちょ。……切り取りってなんだ？」

「あ、すみません、つい極道用語が……。あ、取り立てに来ました」

「ご、ゴクドー？　取り立て？」

「はい、数年前にミソークさんが父から借りたお金の事です」

「父？」

「はい。領主である、ファーザの事です」

「りょ、領主様の子供!?」

農民のミソークは慌てて姿勢を正した。よく見ると子供の後ろには厳(いか)つい男が立っている。

その瞬間、ヤバい事になっていると、酔った頭でも理解できたらしい。

「わ、私に何のようでしょうか⁉」

「だから、借金しましたよね？」

「ど、どうだったかなぁ……」

「借用書は……、ここにありますよ」

リューがスーゴから一枚の紙を受け取りミソークに見せる。

すぐにスーゴに借用書は返すと、「この数年、豊作であなたも例外なく潤っているはずですが、利息の一銅貨たりとも支払いが無いですよね？　どうしてでしょうか？　見る限り、お金には困っていない様子ですが？」とリューはミソークの姿を見て確認する。

「借りたものは返すのが筋だろうが！」

スーゴがリューの背後からすごんだ。ミソークはその迫力に悲鳴を上げてたじろいだ。

「スーゴ止めなさい。ミソークさんが怯えています。すみません、スーゴは気が短くて困ります。……で、返済についてですが、よろしいですか？」

「……は、はい！　返します！」

六歳の子供より、スーゴに怯えたミソークは間髪を入れずに答えた。

リューはにこりと笑顔を向けると、「それでは、無理のない支払い方法について話し合いましょう」と、続けるのであった。

そこからはリューの独壇場であった。

ミソークにも家族があるので、あくまでも無理のない返済プランを提案する。

その内容に、ミソークもポカンとしたが、怖いスーゴと違って領主の息子は話がわかる事に安心すると、リューが指し示す紙にサインをする。毎月、少しずつ支払うという内容の契約書だ。

「それでは、今度からちゃんと月々支払ってくださいね」

リューが笑顔でお願いするとミソークも頷く。

こうして、ランドマーク家の財政が一歩、改善されたのであった。


前回の取り立て以後もランドマーク家が各方面に貸し付けていたお金は少しずつ回収されはじめ、財政面の足しになった。帳簿をちゃんとつける事で支出の無駄を省き、収支の安定化も図る。

ここまでくるとファーザも安心してリューと執事のセバスチャンに任せる事にした。

ここでいい流れをさらに上向きにしたいリューは、商人に取引を提案していた。

それはコヒン豆を炒り、その豆を粉砕して粉にし、布の袋に入れそこにお湯を注いで淹れた飲み物の商品化だ。

コヒン豆はランドマーク家の領地内の森に自生していたものをリューが見つけて持って帰り、食べられないか炒った結果、前世のあるものに香りが似ていた事から、もしやと思ったものだった。

そこで、この普通では食べられない豆を、借金で首が回らない農家に給金を出して採取をお願いしている。それと同時にその農家にコヒン豆の生産も持ちかけた。

前世で言うところのコーヒー豆である、これはランドマーク家の新たなシノギに……、副業になりそうな予感がした。

「……最初、この黒い液体の見た目には驚きましたが、いい香りに苦み、深い味わい、スッキリした後味。癖になりますね。元が何かは気になりますが……、今はそこは聞きません」

どんなものを使用しているかはまだ内緒だった。

商業ギルドには申請済みで、近いうちに特許が取れるだろう、それまでは企業秘密だった。

それと相手は普段、ランドマーク家と取引のある商人とは違う別の商人ということもあった。

これまで信用していた商人は、取引請求書を水増しし、ランドマーク家から不正に搾り取っていた。

それはランドマーク家の人々の人の良さに、つけこんだものだった。

商業ギルドにはこれを証拠と共に報告し、代わりに取引出来る様に、この商人を紹介してもらったばかりだった。信用はこれから積み重ねていく事になるだろう。

「生産ラインに乗り次第、商品化して、売り出しましょう。それまでは、私共は貴族やお金持ちにこの商品を売り込みます」

「貴族やお金持ち？」

「はい、新しい物好きの貴族やお金持ちはきっと飛びつきますよ。お茶会などに持ち込んで試飲していただき、お金を出してもらいます」

「そこで元手を得て、大々的にということですね？」

「そういうことです」

結果が出るのはまだ先だが、これが軌道に乗れば、現在、特別な特産品も無いランドマーク領内の財政も安定するだろう。借金を抱えた生産農家もこれで潤うはずだ。

そうなれば、貸付金も回収できてお互いウィンウィンになる。

さらにリューは他の商品化を考えた。シノギと言えば出店、出店と言えば、粉ものだ！

ということで、お好み焼き、うどん、パスタなどを思いついた。

タコ焼きは近くに海が無いから諦めた。

だが、うどんやパスタ、お好み焼きなら簡単だ、利益率も高い。

幸い、この世界の食文化はあんまり発展していない。

そこにランドマーク家がねじ込める隙があるとみていた。

だが、自分はあんまり料理が出来ない。

ここはランドマーク家の料理人に相談するのが手っ取り早いだろう。

「……初めて聞く代物ですね」

ランドマーク家の料理長の自負もあったが、雇い主の三男からの奇妙なお願いに困惑しながら聞き、言われるままに小麦粉を捏ね、一度、布を上に引き、踏んだ。

さらにそれを伸ばし、重ねる。それを太めに裁断していった。

「これでいいんですか？」

初めての作業に、困惑しかなかったが、出来た太い麺？　に、自分で驚いた。

「じゃあ、それを茹でてください」

言われるままに茹でる。それを湯切りして皿に置く。

試食してみると、コシがあってつるつるしている。

「これは……！」

初めての食感に驚く料理人、そこへ、「それじゃあ、スープ作りもお願いします」と、マジック収納から森で獲った鳥と、同じく森で見つけた丸ネギなどの食材を渡す。

「これを使って、この麺に合うものを作ってください」

ここからは料理人の感性頼りの丸投げだった。

「わかりました！」

料理人魂に火が付いたのだろう、食材を受け取ると調理に移るのだった。


この後、いくつかスープの候補が出来て、リューが前世で食べた味に近い物を選び、二人で食べ比べした結果、「鶏がらスープのうどん」が完成したのである。


料理人とリューの力作、うどん。

それは最初、ランドマーク家の面々には不評だった。

ナイフとフォークで食べられないからだ。フォークのみで食べるにしても麺が太すぎる。

箸を教える時間がなかったので、無理やりフォークで刺して巻いて食べてもらったが、最初、不評だったにもかかわらず、その後はみんな完食だった。

「このもちもちした食感が美味しいわ！」と、母セシル。

「食べ応えがあって腹持ちが良さそうですね」と、執事のセバスチャン。

「僕これ好きだよ！」と長男タウロ。

「僕もこのモチモチ好きだな」と、次男ジーロ。

「こんなおいしいものをお前が考えたのか！　やりおるのうリュー！」

と、祖父のカミーザ。

「しかし、太いから食べにくいな」

痛いところを扶ってきた父ファーザ。

「そうねぇ、もう少し細いと助かるわ」

追い打ちをかけてきた祖母ケイ。

賛否両論あったが、味の方は問題なしのようだ。なので麺を細くする事で解決する事にした。

その後、試しに予備の案のつもりで出した「トメートの実のソースのパスタ」の方がもっと好評だった。麺も細めだったのだ。うどんがイチオシだったのに！

前世ではうどんが大好きだったリューは少なからず凹むのだが、それを察したのか、「僕はうどんが好きだよ、リュー」と、長男のタウロに励まされるリューであった。

好評だったからには領内のみんなにも食べてもらいたい。

そう思ったリューは、自分も過去に何度も足を運んでいるお店、街の人気小料理屋に持ち込む事にした。ここに認めてもらえれば、後が楽だと踏んだのだ。

「あら、領主様のところのリュー坊ちゃんじゃないかい。うちはお金、借りてないよ？」

女将さん渾身のジョークをドヤ顔で言われた。

「それ、前回食べに来た時も言っていたじゃないですか、もう」

リューの借金取り立ては、方々で行われていたので有名になっていた。

「ははは、いいじゃないかい！　返せるのに返さない、それが出来ない奴から取り立てたんだから痛快な話だよ！　でも、うちは借りてないから返せないけどね。あははは！」

領主の息子相手でも豪快である。

これぐらいの度胸がないとゴロツキの相手はできないということだろう。

冗談はさておいてもらって、マジック収納から麺を出して交渉する。

「こりゃまた、珍しいわね」

女将の目が真剣になった。

調理したものもあらかじめマジック収納に入れてあるのでそれを出し、皿に取り分けて食べてもらった。

今回はリューのお勧めのうどんではなく、家族に好評だったパスタの方だ。

「これは美味しいわね！　……うん、ぜひうちで出させてほしいわ」

さすが女将、決断が早かった。

作り方を早速聞いてきた。

こちらで製麺所を準備し、そこで麺を作ってお店に朝一番で卸す、女将側はソースの作り方を覚えてもらい、麺は茹でるだけである。

その説明をすると、「そんなに簡単なものなのかい？」と、驚いた。

リューは、はいと答えると、肝心の麺の単価を女将に伝えたのだが、「そんなに安くて大丈夫かい？」と、心配された。

もちろん、利益が出る価格なのだが、女将の目に映る麺は、貴族が食べる料理だと思ったらしかった。

「みなさんに食べてほしいのであんまり高く値段を付けないでくださいね」

と、リューがお願いすると、「あいよ。それならうちも助かるわ。庶民の味方がうちのモットーだからね。あははは！」と、これまた豪快に笑うとすぐに、交渉成立だった。

この後の交渉は楽だった。

他のお店にも売り込むと、あの小料理屋が出すならうちもと、立て続けに契約を結んでくれたのだ。

早速リューはファーザの許可を得て、お金を出してもらい「製麺所」というか見た目はただの小屋を作ってもらった。

人も雇い、作り方を指導する。

ただ、子供のリューが責任者なので不安の声も上がったが、「ケツ持ちはランドマーク家ですので安心してください。あ、後ろ盾はランドマーク家の意味です」と念を押して安心してもらったが、ちょいちょい極道用語が出てしまう、リューであった。

製麺所は早くも稼働した。

契約を取った各店舗から多くの注文が殺到したからだ。

製麺所内はその忙しさに粉が四六時中舞っている状況だ。

「みなさん、お疲れ様です。一つ注意しておきますが、粉じん爆発にはお気をつけください！」

従業員の手が止まる、不穏な単語が出てきたからだ。

「『爆発？』」

口を揃える従業員達。

「はい、粉じん爆発です。この粉が充満した状況下で火を使うと引火して爆発します。なので、火気厳禁でお願いします。火を使う場合は建物外で使用してください」

「そんなに危険なの？」

「はい、爆発したらこの小屋は跡形も無く吹き飛ぶと思います」

笑顔で答えるリューに、従業員は震撼し、全員が火気厳禁を徹底する事になった。


パスタは女将が新メニューとしてメインに推したので、すぐにお客さんに食べられるようになった。

この世界の主食はパンなのだが、庶民のパンは黒パンである。

この黒パンはとても硬く、スープに浸して食べないと硬すぎて食べられた物ではない。

なので、それと比べた時に、もちもち食感で、腹に溜まって満腹感があるパスタはそれに取って代わった。

その為、ランドマーク領内での黒パンは、携帯食専用に押しやられる事になったのである。

試しにリューは、小料理屋の女将に、うどんとお好み焼きもどきも勧めてみた。

うどんに関しては底が深いお椀と箸を提供して強めに推す念の入れようである。

お好み焼きもどきはソースを作るのに苦心したが出来ず、仕方なくパスタのトメートソースをお好み焼きにかけ、チーズを乗せる暴挙に出たら、人気が出たのでお好み焼きもどきという名に収まったのだ。ピザ？　そんな子は知りません。

今、人気はトメートソースのパスタ、それに並ぶ勢いで、お好み焼きもどき、その下にうどんという順番だった。

「……うどん。お前の良さは僕が知っているからね……！」

そう言うと、リューは人知れず泣いたとか泣かなかったとか。

以後、リューが街で食事をする時は箸を使ってうどんばかりを食べていて、その姿が領民によく目撃される事になる。


「領主様のとこの坊ちゃんが器用に使っているあの木の棒はなんだい？」

領民が疑問を口にする。

食事と言えばナイフにフォーク、スプーンの三つだ。

木の棒は見た事も聞いた事も無いものだった。

「あれかい、リューの坊ちゃんが考えた『はし』って言うんだよ。見ときな、……こう持って……

こうで、こう挟む」

女将が実践してみせる。

「女将も使えるのかい？　器用なもんだね」

「これが慣れると便利なんだよ。片手で小さい物も掴めるしね」

お客のスープの具を掴んでつまみ食いしてみせた。

「そうなのかい？　って……本当だ。こりゃいい！　ちょっと持ち方を教えてくれよ？」

こうして少しずつ箸の文化も広がっていくのだが、それはまだ先のお話であった。


粉もの料理は浸透しそうな予感だった。

ランドマーク家では、すでに浸透し、ランドマーク家自慢の名物料理となっている。

うどんはお椀を持って箸で食べる事が、家族に中々浸透しなかったのだが……。

それを悲しんでいるリューを見て、長男タウロが実践してみせ、ジーロもそれを真似し、末娘ハンナが一生懸命練習する姿を見た事で親達もやる事になった。

「食器に口を付ける事はマナー的に良くないんだが……、だが慣れると食べやすいな……。リューが考えてくれたのだし、うちで食べる分には問題ないか」

父ファーザは箸の有用性に気づかされたようだ。

「そうね、便利というのは大事な事よね。子供の発想には驚かされるわ」

母セシルも感心すると箸で器用にうどんを食べてみせた。

二人とも、それは、前世では数千年の歴史文化があるんですよ。

とは言えないリューだったが、家族が受け入れてくれたのはとても嬉しい事だった。

リューは、コヒン豆の生産販売、麺の売り上げ、貸付金の回収など来年が楽しみであった。

「来年のみかじめ料、楽しみだなぁ。あ、違う、税収ね」

未だに極道用語が抜けないリューであった。


剣の稽古が休みの日。

暇が出来たリューは、森に入る事にした。

ちょっと早いが罠の様子を見にいく事にしたのだ。

森の奥に入ると、大物狙いの落とし穴にビッグボアがかかっていた。

うまく仕込んであった杭に刺さって絶命している様だ。

早速、穴から引き上げるが、想像以上に重い。

一人で直接は無理そうなので、木の上にロープを渡してそれをビッグボアの足にくくり付け引き上げた。

それでも、相当な力が必要だったが、初期レベルとは言え『器用貧乏』の能力の一つ、[肉体強化]を使用する事でそれをカバーできた。

引き上げたところで、脳裏に声がした。

「『猟師』がG＋の限界に到達しました。……『ゴクドー』の能力の発動条件〈限界に挑戦し道を極めようとする者〉を確認。能力［限界突破］を取得しました。よって、猟師の限界を突破します。……G＋からF－ランクに上がりました。ランク昇格で器用と敏捷に若干のステータスボーナスが付与されました」

突然の『世界の声』だったが、リューは初めての体験だ。慌てた。

周囲を見渡し、自分の頭に直接響いているのを理解すると、そこで初めて『世界の声』に思いが至った。

「……これが世界の声……か。本当に声がするんだ……」

驚きからまだ熱が冷めないという感じであったが、

「あ、器用貧乏ではG＋までしか上がらないはずなのに、限界突破したって言っていたよね⁉」と気づいた。

それが本当なら、『器用貧乏』のスキルに悲観するどころか、逆に強みになるのでは？

器用貧乏は何でもできるが、何も高みに到達できない不遇スキル。しかし、『ゴクドー』の能力［限界突破］と合わさる事で最強になりうるのではないか？

もちろん努力は付き物だが、やりたい事を努力し高める選択肢が増えた。

これからは、もっとランドマーク家に貢献できると確信した瞬間だった。

「あ、ビッグボアの血抜きしないと」

慌てて現実に戻って作業するリューであった。

それからのリューは努力の鬼になった。

勉強にも身を入れてやるようになり、すぐ『教師』の限界に到達、能力で限界突破。ランク昇格で知力に若干のステータスボーナスが付与された。

剣の稽古でも、すぐに『剣』の限界に到達、そして限界突破。

槍、斧、弓、盾、メイス、体術とたて続けに限界突破してステータスが少しずつだが上がった。

武術以外にも、『商人』、『料理』なども限界突破し、『世界の声』が何度も脳裏に響くのであった。


そして……。


「……パタリと、止んだなぁ」

一通り限界突破したからだろう、連日の様に聞こえ慣れ始めていた『世界の声』が聞こえなくなった。

「いや、これからもコツコツとやってれば、聞こえてくるはず」

と気分を切り替えるリューであった。

リューは気づいてなかったが、沢山の限界突破をすることで、一つでは大したことがない若干のステータスボーナスが、塵も積もれば山となるで、リューのステータスをかなり上昇させていた。

しかし、それに気づくのはだいぶ後の事であった。

季節は過ぎ、リューは七歳になった。

この時期になり、ランドマーク家には、新たな仲間が増える事になった。

執事のセバスチャンの孫が使用人として雇われる事になったのだ。

茶色い髪に茶色い瞳を持つ、負けん気の強そうな十歳の少年だった。

きっと長男タウロの代のランドマーク家の執事になってくれる事だろう。

いつもの剣の稽古にこの十歳の少年、シーマが参加する事になった。

最初、その負けん気の強さをみせて、長男タウロに挑んだが、『騎士』のスキルを持つ武闘派である、格の違いをみせつけた。

続いて、次男ジーロ。

こちらも『僧侶戦士』のスキル持ちである。年下と思い今度こそはと挑んだシーマを、圧倒してみせた。

そして、三男のリューの番である。

負け続けとはいえ相手はまだ七歳、それも『器用貧乏』と『鑑定』の、武術とは縁遠いスキルに、よくわからない『ゴクドー』持ちだと聞いていたので、シーマもさすがに気が引けた。

だが、主人であるファーザに、

「シーマ！　戦う前から相手を侮るな、戦場ならすぐ死ぬぞ！」

と、一喝され剣を握り返した。


——結果。

リューの圧勝だった。

リュー本人も驚いていた。

普段、とても強いファーザやスーゴ、優秀な長男タウロに次男ジーロを相手にしていたので感覚が麻痺していたのだ。

いつの間にか、自分も強くなっていた事を、リューは知るのであった。


シーマは愕然とした。

自分もこの日の為に稽古を積んできていたつもりだった。

だが、一つ年上の『騎士』持ちの長男タウロは格が違った。

次男ジーロは一つ年下だがやはり戦闘系でも上位の『僧侶戦士』持ち、強かった。

だが、三つ下の三男リューに関しては、体格も自分が勝っているし、スキル的にも勝っているから大丈夫だと思っていたのだが、全く歯が立たなかった。

やはり、祖父や父に言われた通り、ランドマーク家は凄い一族なんだ！

シーマは驕っていた自分を恥ずかしく思い、心を入れ替えて三人にお仕えしようと思うのであった。


そんな心の中の変化をリューは知らなかったが、長男タウロに仕える事になるであろう年上のシーマに勝ったのはまずかったかもしれないと、冷静になってから反省した。

表向きの戦闘系スキルは『器用貧乏』で、役立たずのはずなのだ、相手にしたら騙し討ちみたいなものだ。

聞けば、シーマは戦闘系を剣、槍、体術の三つも持っているらしい、自信喪失していないだろうか、もしかしたら、騙されたと怒っているかもしれない。

どうしたものか、と悩んでいるところで家の廊下でバッタリシーマと顔を合わせる事になった。

「あ……！」

固まるリュー。

「剣の稽古の時はすみませんでした！」

目が合うなり、間髪を入れず、シーマが謝ってきた。

「え？」

きょとんとする、リュー。

「俺、みなさんを甘くみていました。これからは驕りを捨て、心を入れ替えて、お三方にお仕えします！」

年上だがリューに舎弟が出来た瞬間だった。

「う、うん。よろしくね……」

想像していた展開と全く違ったので、リューは戸惑いながら返事をするのであった。

「リュー様、流石っす！」

リューの森への散歩について来たシーマがリューの狩りの腕を褒めた。

今日に限って罠に獲物がかかっていなかったので、急遽、鳥を狩る事にしたのだが、シーマは弓矢が苦手というので代わりに射落としたのだ。

「リュー様は何でも熟すんですね、本当に凄いっす！」

意外にシーマは弟分肌なのかもしれない。

かといって兄貴分になる気はないのだが……。

兄タウロやジーロに付いていればいいのだが、そのタウロとジーロに、「リューは一人でよく行動して心配だから、付いていてあげて」と、お願いされたらしい。

それで、今である。

お兄ちゃん達、僕に押し付けましたね⁉

違うとは思うのだが、シーマのヨイショが中々面倒臭いと思ったリューであった。

まぁ、悪い子ではないので、その辺は我慢しよう。

と、自分に言い聞かせるのであった。

鳥を数羽捕獲後、マジック収納に入れて、そのまま農家の畑に向かう事にした。

借金で首が回らなくなっていた農家に、コヒン豆を安定して生産できるように畑を作ってもらったので、今日は順調にいっているかの確認だった。

「森に生えていたコヒンの木は、枯らす事なくうまく畑に移す事ができました。タネを撒いた方の畑はあと二、三年かかると思います」

「そうだね、安定生産にはあと数年はかかりそうだね」

「はい」

「生産ラインが安定するまでちゃんと支援するから安心して。それまでは、森と、ここに移したもので出荷しよう」

「買い手はつくのでしょうか？」

農家にとってはそれが一番の心配である。

もう、これにかけるしかないのだ。

「それは、大丈夫。契約を交わしている商会から、ブツがもっと欲しいと言われているくらいだから。ふふふ」

前世なら、通報されそうな発言だが、事実、森からの採取だけでは量が足らず、加工したコヒン豆の粉は貴族の間で飲まれすぐ無くなっていた。

「ブツ？」

「あ、豆の事ね。粉でもいいけど、それはそれで、聞こえ方が危ないから」

「危ないんですか⁉」

農家の男はよくわからないが、危ないという言葉に驚く。

「あ、こっちの話です。大丈夫です」

「ならいいんですが……」

一抹の不安はあったが、今のところうまくいきそうだし、信じるしかない農家の人々であった。

リューの行くところに、シーマあり。

いつの間にか領内の領民達からはそう認識されるようになった。

シーマが住んでいた村ではヤンチャが過ぎる子供として有名だったのでシーマの言動は領民が警戒するところであった。

貸し付けの取り立ての時はスーゴもいるのだが、基本、リューとシーマはワンセットの扱いになりつつあった。

「シーマ君。君、領民に迷惑をかけていたんだね……」

「俺ですか？　ちょっと子供の間で喧嘩したりしていましたけど」

「『体術』持ちなんだから、カタギとステゴロしちゃ駄目だよ」

「カタギとステゴロっすか？」

「あ、一般人と素手の喧嘩の事ね」

「あ、それなら俺、心入れ替えたので、もうしないっす！」

「不良から足を洗ったならいいけどね」

「足を洗う？」

「あ、辞めることね」

「リュー坊ちゃんはたまに不思議な言葉使いますよね」

シーマが疑問を口にした。

「気にしないで、ただの業界用語だから」

「ギョウカイヨウゴ？」

「会話を聞かれても、身内しかわからない単語使っていたら内容がバレないでしょ」

「なるほど。流石っす！」

いや、本当は単に前世のクセが抜けないだけなんだよ？

とは言えないので、シーマの解釈に任せるリューであった。


領内の街と二つの村のうちの一つで、ダイチ村というところがある。

執事のセバスチャンとシーマの家族が住んでいるところだ。

セバスチャンとシーマは、ランドマーク家に住み込みなのでシーマはひと月くらい家に帰っていないはずだ。

シーマに「家に行ってみる？」と、聞いたがあっさり断られた。

一人前になるまでは我慢するらしい。

「うん、でも、凄く近いけどね、うちからシーマ君の家まで……」

そんなやり取りの中、そのダイチ村にシーマと一緒に、借金の利息の回収に来ていた。

「では、今月分の利息、確かに頂きました」

リューが村人からお金を受け取っていると村長が現れた。

「リュー坊ちゃんこの後、お話よろしいでしょうか？」

「？」

導かれるまま、リューとシーマは村長宅に案内された。

「早速ですが、ニダイの村の事です。領主様にもお伺いするつもりだったのですが、リュー坊ちゃんが関わっているとお聞きしまして」

「「？」」

リューとシーマは何事か思い至らず、視線を交わした。

「うちの村人が聞いた話では、ランドマーク家の肝いりで一部の農家で新たな作物を育てているとか、資金も出されて支援しておられるとか。我がダイチの村にはそんなお話が無く、村人の中には不満を漏らす者もおります」

なるほど、そういうことか……！

コヒン豆の栽培の事だろう、確かに外から見たら贔屓している様に見えたのかもしれない。

「えっと。誤解をさせたのなら、申し訳ないけど……。元々、借金が払えない一部の農民に、仕事を与えて返済する当ての一つにしてもらう為に、僕がお願いした事なんだ」

「返済……、ですか？」

「そう。それが軌道に乗るかまだわからない実験的な部分もあるから、その人達にお願いしているんだよ。一応、収穫に成功したら、売れる見込みはあるんだけど、まだ手探りだからね」

「見込みはあるんですね？」

村長がその部分に食いついた。

「そうだね。でも、一から育てて収穫までは数年かかるだろうから、あくまで実験だよ」

このままだと、村長も挙手しかねないと思ったリューは、念を押す。

「うちの村の畑でも作らせてください！」

前のめりになった村長が、旨そうな話と判断して志願してきた。

「いやいや、今、ランドマーク家にはこれ以上のお金出す余裕ないから待って」

「私の畑の一部は、今、空いているので大丈夫です！」

「そうじゃなくて、支援するお金がもうないの！」

「いえ、とりあえず、育てさせてください！　遊ばせている土地で作るので領主様にはご迷惑はお掛けしませんから！」

ここまで言われると断る理由もない。

農作物の収穫量は下がらないのだからいいだろう、あとは、父ファーザに話してみないとわからないが……。

「……わかりました。それじゃ、父に話してみます」

「ありがとうございます！」

どちらにせよ、結果が出たらシマ（生産農家）を増やすつもりでいたので説得する手間が省けて良かったのかもしれないと思うリューであった。

父に祖父、執事にスーゴというランドマーク家の大人達の中に混ざって、リューもその場にいた。

父ファーザの執務室である。

「リューのおかげでランドマーク家の財政再建は進んでいるが、未だ厳しいことに変わりはない。何か案は無いか？」

ざっくりした質問である。

みんな答えようがない。

「もう、今年はお金に余裕がないんじゃろ？」

祖父カミーザがファーザに聞き返した。

「はい、リューの提案してくれたコヒン豆栽培にお金を使ったので収穫までは我慢です」

「収穫量が今以上に上がれば来年にも繋がるんじゃがのう」

「この十年では、ここ数年の収穫量は良い方なので、それは望み過ぎかと」

執事のセバスチャンが指摘する。

「土地が痩せていて、元が悪かったからなぁ。わははははっ！」

スーゴが他人事の様に笑って見せた。

「せめて隣領くらい収穫があれば、余裕が出来るのだが」

ファーザがため息を漏らす。

「……来年に向けて、畑の改善はほぼタダで出来ると思いますよ」

黙って聞いていたリューが口を開いた。

「領内は森が多いです。その森の枯れ葉を集めて、畑の土に混ぜ込めば肥料になって来年はもっと収穫量が増えると思いますよ」

「そうなのか？」

ファーザ達大人は初耳とばかりにリューを凝視した。

「コヒン畑は今順調にきていますが、それは森の枯れ葉と土を混ぜて環境を同じにしたからだと思っています」

「おお！　それを何で今まで言わなかったんだリュー！」

コヒン畑は去年から始めた事だったのでファーザがリューを問うた。

「すみません、確証が無かったので今までは報告できませんでした」

これは本当だ。リューの前世の知識でも農業について詳しくなかった。

ただ、森に毎日入っていて、土の違いには気付いていた。

なのでコヒンの木を育てる時、土の環境を同じにした方が良いんじゃないかと農民と話し合った結果だったのだ。

「それなら、今からでもできるな。村長達に提案してみよう」

提案というのがまた人が良い。

領主なのだから命令すればいいのだが、それをしないのがランドマーク家の当主だった。

リューはそんな父を誇りに思うのだった。

村長達はコヒン豆栽培がうまくいっているのを見て納得していたので、この提案にすぐ頷くと村民を集めて作業を始めた。

もう、初夏なのでこれからやって効果があるかわからないがやらないよりはマシだろう。

収穫時期の楽しみがまた一つ増えたのであった。

森からの枯れ葉と土を運ぶ作業を見て、リューは一つ気になった。

それは、効率の悪さだ。

ズタ袋に詰めて運ぶ者、布にくるんで首にかける者、二人がかりで木に吊るした袋に入れて運ぶ者、みんな思い思いの恰好で運んでいたが、結果、量が少ないから往復回数が増えるばかりだった。

リューはこの世界に猫車はないいんだろうか？　と疑問に思った。

猫車とは工事現場などで人が押す手押し車の事である。

工事現場では主に「ネコ」や、「猫車」と呼ばれている。

リューは前世で十代の頃に、工事現場でアルバイトをしていた経験があった。

リューは街の木工屋と鍛冶屋に猫車の設計図を持ち込み、試しに合作で一台作ってくれるようお願いした。

代金は後払いだ。

ごめん、お金がないんだよ……うぅっ！

最初、職人達に渋られたが相手は領主の三男であるリューである。

それに設計図を見ると面白そうだった。これには木工屋も鍛冶屋も職人として興味をそそられた。共同合作の結果、一部変更が加えられた。

タイヤの部分は馬車の車輪を小さく作ってもらい、この世界ではゴムが無いので強度アップの為に凹凸のある鉄板を薄く張り付ける。凹凹は滑って回らなくなる事があったからだ。

「坊ちゃん、これは大発明ですよ！　こんな便利なもの初めてです。作っていてワクワクしましたよ！」

そこまで言われると、お金になるかもしれない、と思ったリューはその足で商業ギルドに向かい、特許を申請するのだった。

数日後、商業ギルドからこの手押し車の特許が下りると、商人がすぐにリューの元に訪れた。商品化の話である。

もちろんランドマーク家には今、お金がない。

なので、商人に投資させる形で木工屋と鍛冶屋にお金を支払わせ、増産する事にした。

ランドマークの街ではこの手押し車が大ヒットした。

一人で重い物が運べるのだ、バランスさえ保てば誰にでも押せる。

ちょうど、小料理屋の女将が楽しそうにこの手押し車を押していた。

上には小麦の袋が載せてあるが、楽そうだ。

これを目撃してリューは嬉しくなった。また、ランドマーク領の役に立てたと思ったのだ。

好感触を得たリューの元に、すぐに商人から販路の拡大の申し入れがきた。

すぐさまリューはＯＫを出し、領外にも販売先を広げる事になるのであった。


ランドマーク家にとって収穫の前に予想外のまとまったお金が手に入った。

手押し車の売り上げ金だ。

地元の木工屋と鍛冶屋も製造を請け負う事で日夜、作業に追われ嬉しい悲鳴だった。

「リューの坊ちゃん大変ですよ！　発注が多くて生産が追いついていません！　助手も何人か雇ったんですが、まだ、腕が追い付いてなくて」

ランドマークの街は小さい。

この想像を超える注文の多さに応える事が出来る大きなお店が無かった。

「じゃあ、分担作業にしてはどうですか？」

職人の作業する姿を見てリューは提案した。

「分担作業？」

これまで職人達は手押し車一台一台を、一人ずつが作っていた。

だからそのやり方を変更し、一人一人が作る部品をそれぞれ決めて、最終的にその部品を組み上げるところまで役割分担する事を勧めたのだ。

これなら、まだ腕に自信のない助手も、作業が簡単で、覚える技術も少なくて済む。

「なるほど。分担ですか」

この、リューの提案で一人一人の作業は大幅に単純化され、助手を沢山雇っても効率が落ちる事なく、逆に生産性が大いに上がった。

これにより自ずと仕事も増えるので、街には良い事尽くめだった。

ランドマーク騎士爵領は、元々人口は少ない。だから景気が良くなると潤うのも早かった。

農家に恩恵がなさそうだが、農家も一日中畑にいるわけではない。

空き時間に組み立てのアルバイトが出来る。

なので、この手押し車バブルに乗る事ができたのだった。

ランドマーク家執務室。

「初夏にはお金がないと心配していたのにな」

ファーザが感慨深げに言った。

収穫時期が近づいてきたので、その前の話し合いの席だった。

「うちの孫には驚かされるわい。わはははっ!」

祖父のカミーザが豪快に笑う。

「タウロ様も次代当主として成長しているし、その補佐としてジーロ様も励んでいる。リュー坊ちゃんも財政に貢献してくれて、ランドマーク家は安泰だな!」

隊長のスーゴもカミーザに続いて豪快に笑った。

「うちの孫のシーマも御三人を助けられる様に努力を惜しませず、頑張らせます」

執事のセバスチャンが恭しく頭を下げる。

「シーマも同世代の中では優秀だと思うぞセバスチャン。うちの孫達が優秀過ぎるんじゃ」

祖父カミーザが褒めつつ、のろけてみせた。

「そうだぞ、セバスチャン。シーマはよくやっている。時には褒めてやらないとな」

ファーザもシーマを評価してみせた。

「ありがとうございます。そう伝えておきましょう」

セバスチャンは冷静に受け止めた。

「そういえば、リューは呼ばなくていいのか？　今回の作物の出来はリューのアイディアが大きかっただろう」

カミーザが言った。

「そろそろ来ると思いますよ」

コンコン。

執務室の扉から音がした。

「入れ」

ファーザが短くノックに答えた。

「失礼します」

リューが入室する。

「来たな、リュー。ほら座れ」

祖父のカミーザが、自分の横をポンポンと叩いて座る様、促した。

「はい、おじいちゃん」

リューは素直に従った。

「リューが揃ったところで今年の作物の出来の話だが、昨日、各村を回ったが今年は大豊作になりそうだ」

「そりゃーいい。それなら、ランドマーク家も潤いますな」

スーゴが手放しで喜ぶ。

「それもこれもリューの提案のおかげだ。村長もあの森の土の入れ替えで土壌が変わったと言っていたからな。それとコヒン畑も順調なようだ。今年はまだ、収穫できるのは少ないだろうが、来年、再来年と続きそうだ。だから、今ある利益をコヒン畑の拡張に使いたいと思っている」

領主の決断である。

コヒン豆は確実にランドマーク家の生命線になると判断したようだった。

「……となると、あの広い森を開拓しないと駄目ですね。木の伐採はもちろんですが、切り株も取り除かないといけませんし整地も考えると、大変な作業になるかと」

セバスチャンが現実的な話をした。

「……それなら、僕が協力できると思います」

リューには勝算があるようだった。

シマを拡げますが何か？

農作物の収穫時期が訪れた。ここ十年で一番の大豊作らしい。農家のみんなの表情は明るい。

「これで今年のみかじめ料は安泰だね」

「ミカジメリョウって何っすか坊ちゃん？」

シーマがいつものリューのゴクドー用語に意味を聞いた。

「ああ、間違えた。税収ね」

「なるほどっす。コヒン豆はまだ収穫しないんですか？」

「それは、二か月後くらいかな？　そっちも楽しみだね」

コヒン豆の加工場（小屋）も、手押し車の利益で建ててもらっていた。

「それより収穫がひと段落したら、コヒン畑を拡張する為に森を切り拓く作業があるからね。ダイチ村にもニダイ村にも、大きく切り拓く予定だよ」

「それは大変すね。自分も頑張るッス！」

シーマの気合いの入れように頷くと、自分も頑張らなくてはと思うのであった。

森の開拓作業当日。

「木は一々伐らなくて結構です。それは僕がやりますので。みなさんは木の運び出し、その木の枝払い、保管、あと、伐採後の整地をお願いします」

「え？　伐ったり、切り株の掘り出し作業しなくていいんですか？」

一番大変と思われる作業はやらなくていいらしい。

それも目の前の七歳の子がそれをやってくれるらしいのだから助かる話だ。

「じゃあ、始めますね」

村人達が見つめる中、「土ボコ！」とリューが木の根元に向かって手をかざし土魔法を唱えた。

ボコッ。

音と共に木の根元の土が盛り上がり、木が地面から押し上げられ、根っこをむき出しにした。

倒れそうになる木、その瞬間、「『収納』！」と、唱えた。するとリューの手のひらに吸い込まれる様に木が消える。

マジック収納だ。木のままでは、収納できないが、土魔法で一旦、物にする事で回収を可能にしたのだった。

そして、すぐに後ろを向くと収納した木を待機している村人の前に出す。

また、前を向くと、「土ボコ！」と、土魔法を唱える。

これの繰り返しだった。

最初、農民達は目の前に積まれていく木に呆気に取られていたが、慌てて作業に移った。

リューにだけやらせるわけにはいかないからだ。

そのリューは黙々とこの作業をしていく。

側でシーマが瓶を持って待機している。

「シーマ君」

「はい！　坊ちゃん！」

シーマがリューに水の入った瓶を渡す。

魔力回復ポーションだった。

まだ、七歳の少年だ、魔力の限界はたかが知れている。

魔力切れが起きて倒れる前に補充する必要があったので、シーマに持って待機してもらったのだった。

この魔力回復ポーション、さぞお金がかかるだろうと思うのだが、これはタダだった。

リューの自作である。

森に毎日入る中で薬草もよく入手していたのだが、直接、薬師ギルドに卸すと値段が安い、通常、冒険者の仕事だからだ。

なので、自分で作れないかと試行錯誤した結果、完成したものだった。

味は激マズだったが、効果は立証済みだった。

「不味い」

文字通り苦虫をかみ潰したような表情をしながら飲み干すと、土魔法を唱え収納をし続けるのだった。

あっという間に森は切り拓かれていった。

農民達は驚き、喜び、作業していく。

それと同時に、リューのお腹もポーションでタプンタプンだったが……。

「[マジック収納]の限界に到達しました。『ゴクドー』の能力[限界突破]により、現在の[マジック収納]の限界を突破します。[マジック収納]の容量が拡張されました」

脳裏に『世界の声』がした。

「よし！　これで、出来る事が増えたぞ！」

タプンタプンのお腹を揺らしながら、リューは喜びにグッと拳を握るのであった。

リューは、一本ずつしか入れる事が出来なかった『マジック収納』に試しに何本か入れてみた。

限界をまだ感じない。

これは、結構拡張されたのかも！

限界を調べてみたいリューだったが、今は作業中である。

一気に沢山収納から出しても迷惑なので数本ずつ出し、作業を続けるのであった。

リューのお腹の限界があったので、休憩を数回挟んだが、森を切り拓く作業は順調に終わった。

あとは農民達の仕事だ。

リューは、整地作業をする農民達をお腹をさすりながら眺め、達成感を感じるのであった。

コヒン畑拡張の為の森の開拓作業は、予定よりも何倍も早く済み、数日で終わった。

リューの力業があってこそだったが、おかげで経費も労力も抑えられる事になった。

今年は大豊作でもあるので、毎年この季節になるとランドマーク領内で行われる豊穣祭も盛り上がる事だろう。

お祭りを少しでも盛り上げたいリューだったが、思いついた出店の定番「リンゴ飴」を作る為の砂糖が入手しづらい事がわかった。

この世界では砂糖が貴重なので価格が高いのだ。

だが、リューは諦めなかった。

なぜなら水飴の原料は麦芽糖だと知っていたからだ。

前世の極道時代、テキ屋（祭りの露店）担当の先輩極道に酔っぱらう度に聞かされたものだった。

「いいか、竜星。大麦を発芽させて麦もやしを作り、乾燥させて粉末にする。もち米で作ったおかゆに乾燥麦芽を加え、漉した液を煮詰めれば水飴は完成だ。簡単だろ？　まあ、その手間をかけなくても、業者から買えば済むんだがな。がははは！」

ありがとう先輩。

酒代を人に出させようとするせこい人だったけど今は感謝。

幸い、もち米は家畜の餌の一部だったので容易に手に入った。

大麦も小麦と一緒に生産されていたので入手は楽だった。

つまり、これで前世のリンゴ飴、もとい、現世の「リゴー飴」も作れる、というわけだ。

リゴー飴は簡単だ、水飴を煮詰めてリゴーの実に絡ませて乾燥させれば出来上がりだ。

屋敷の厨房で手本を見せると、「これならいけそうですね」と、納得した料理人と兄達、そして、シーマは、みんなで協力し大量に作る事にしたのだった。

厨房に並ぶ大量のリゴー飴は圧巻だった。

「不思議とこう沢山あると、つまみ食いする気にならないね」

ジーロが言うと周囲は笑いに包まれるのであった。

沢山出来たリゴー飴をリューがマジック収納に入れると準備はＯＫだ。

あとは豊穣祭当日を迎えるだけだった。

豊穣祭当日。

人だかりができる出店があった。

領主様のところの息子達が出している出店だ、みんな気になって覗いていた。

そこに、ニダイ村の悪ガキだったシーマが、「寄ってらっしゃい見てらっしゃい！　砂糖の液体で包まれたリゴーの実の砂糖菓子だよ。名前はリゴー飴！　甘くておいしいよ！　数に限りがあるから早い者勝ちだよ！」と、見物人達を煽ってみせる。

「砂糖菓子⁉」

見物人たちはどよめく。

「領主様の所の坊ちゃん達を疑うわけじゃないが、砂糖は高いのにその値段で大丈夫なのかい？」

見物人が疑問をぶつける。

「この日の為に、特別に用意しました！」

リューが言うと、説得力がある。

ここのところ、大活躍の坊ちゃんである。

そこへ長男のタウロが、「疑問を持つのはいいですけど、早い者勝ちです！　心配は食べた後にした方が良いですよ！」と言うと、囲むように見ていた者達は、どっと押し寄せた。

好奇心がタウロの言葉で後押しされたのだ。

「俺に一つくれ！」

「私も一つ下さいな！」

「砂糖菓子を食べるのは生まれて初めてだから、家族の分も含めて四つくれ！」

一気にリゴー飴は大人気になった。

買ったお客さん達は我先にと串に刺されたリゴー飴を頬張った。

「こ、これは甘い！　リゴーの実の酸味がまた、砂糖の甘さと合って美味しい！」

「これが、砂糖菓子か……！　こんなに甘い物があるなんて！」

「美味しい……！」

反響は凄まじく、ランドマーク領の住人の多くは砂糖を食べた事が無い人がほとんどだった為、初めての砂糖菓子に感動の渦（うず）が出来るのだった。

リゴー飴は完売した。

用意していた二百個があっという間である。

大豊作と手押し車バブルでみんな、ちょっとした贅沢が出来たのだった。

「大変だったけど、みんな喜んでくれたね！」

ジーロが興奮気味に言う。

「うん！　みんな美味しいって言ってくれたし」

いつも穏やかなタウロも、みんなが喜ぶ顔に興奮していた。

「じゃあ、みんなの分」

リューがマジック収納から最後のリゴー飴を四つ取り出した。

「あ、僕達が食べてなかったね」

タウロが笑うとみんな一緒になって笑い、リゴー飴にかぶり付くのであった。


豊穣祭のリンゴ飴出店の大成功から二か月が経った。

コヒン畑の収穫が始まった。

大部分の畑はまだ成長段階なので収穫は出来なくても、それでも一部の木からは収穫が出来るだろうと思っていたが、思ったよりは収穫量が多かった。

早速、商人が来て出荷量を確認してきた。

「なるほど、本格的な出荷はやはり来年以降ですかね？　貴族様達から急かされていまして」

「そうなるだろうな。今は我慢してくれ。こっちも売れる事を見込んで森を開拓して畑を広げている。二、三年後からは一定量を出せると思う」

ファーザが答えた。

リューも側にいたが黙って話を聞いている。

「今回も高値で売れると思います。味を知った貴族様の中にはお金を惜しまない人も多いですから」

「あまりに価格が上がり過ぎてないか？」

ファーザが心配を口にした。

「需要に対して供給が間に合っていませんから、価格が上がるのは、仕方がありません。今は、沢山育ててもらって地盤作りをしていただくのが大事だと思います。あとですね――」

今、ランドマーク家の名が近隣の貴族の間で、知られる様になってきているらしい。

「コーヒー」という商品名の黒い粉の出どころとして、そして、手押し車という画期的な物を考え世に送り出した家としてだ。

それは嬉しい誤算だったが、それと同時に、寄り親であるスゴエラ辺境伯へ気を使う問題だった。

年末の挨拶で行くので、お土産を携えてご機嫌伺いした方がいいだろう。

ファーザの悩みが増えたところで、今季の「コーヒー」の取引価格についての話に移ったが、商人は破格の値段を提示してきた。

「今の市場価格を考えるとこのくらいかと」

提示された額に、思わずそばに座るリューを見るファーザ。

リューも正直びっくりした。

前回の取引の十倍である。

「前回の評判と今回の出荷量を考えるとこのくらいかと。もちろん、出荷量が安定すれば価格は下がると思いますが」

ファーザもリューも文句はない、即、契約であった。


良い契約が結べた後、商人の帰りの馬車に便乗してリューは商業ギルドに足を運ぶ事にした。

馬車に乗っている間、商人のバスコはこの子供に探りを入れた。

「ギルドに何の用ですか？」

「特許申請です」

「！　……それは、どういったもので……？」

気になるのは仕方がない。最近のランドマーク家は勢いに乗っているのだ、お金の匂いしかしない。

良い物ならまた、うちの商会と契約してほしい。

「申請し終わったら話します」

マジック収納から取り出した、布に包んだ物がそれらしい。

二つある。どちらともなのか、一方なのかバスコは気になって仕方が無かった。

バスコは申請し終わるまでリューをギルド前で待っていた。

商機は今だと思ったからだ。

申請が手間取り数時間が経っていた。

「あれ、待っていたんですか？」

リューは驚いた。後日、家に来るのだろうと思っていたのだ。

「家までお送りしますので、お話は馬車の中で」

バスコは馬車の中で話を聞くと、その中身は、「水飴」と「スコップ」という事だった。

説明を受けて、水飴は豊穣祭の時に売っていたリゴー飴の材料だとわかった。

これが本当なら、新たな砂糖の製造方法になる。

だが、管理が難しそうだった。

これはこの坊ちゃんがマジック収納持ちだから管理できる品だ。

ただ、王都に行けば、高いがマジック収納付きのバッグやリュック、ポシェットもある、それらを取り寄せてこの「水飴」の運搬用にすれば……。

あとは生産量にもよる、大量に扱えたら元は取れそうだが商会本部に相談が必要そうだった。

「スコップ」は、説明を受けて手押し車とセットで売れる事がわかった。

確かにこの形は今まで無かった。

土を掘る事に特化している優れものだ。

手押し車の契約を結んでいるうちが扱うべき商品だと直感したバスコは、リューを屋敷に送り届けるとそのまま付いていき、またファーザに会って交渉に移るのだった。

寄り親であるスゴエラ辺境伯の元に年末の挨拶の為、父ファーザは出かけていった。

リューも行ってみたかったが、今回は長男タウロを連れていったのでジーロと二人でお留守番だ。

その留守を狙ったのか、偶然なのか、スゴエラ辺境伯を同じく寄り親とする隣領のエランザ準男爵がランドマーク領に訪問してきた。

訪問を告げる使者が来たのが、来訪の数時間前。

これは少なくとも嫌がらせではあるだろう。リューはこれだけで、嫌な印象を受けた。

ファーザの代理人として祖父のカミーザが急遽、迎える事になった。

ジーロとリューも一緒だ。

馬車が到着すると派手目の服に口髭、髪型は前世で言うところのリーゼント、髪色は黒色の中年紳士が馬車から降りてきた。

歳は三六らしい。

祖父のカミーザの話だと父が二九歳だから、地位と年齢が上なのを笠に着て父には偉そうにしているようだ。

「カミーザ⁉　あ、こ、これは、カミーザ前当主殿、隠居なされたはずなのになぜ？　当主殿はどこですかな？」

祖父カミーザがいたのがよほど驚きだったのかエランザ準男爵は動揺していた。

「息子のファーザはスゴエラ辺境伯の元に挨拶に行っている。エランザ準男爵殿はこんな事で息子に嫌がらせするつもりだったのだろうが、入れ違いだったな」

カミーザは強烈な嫌味を言って大笑いした。

どうやら祖父はこの男の天敵らしい、遠慮がなかった。

「あ、相変わらず無礼な方だな！　私でなければ、その失礼な態度を問題にしたところですよ」

自分がやった事は棚に上げて自分は寛大だと言いたいらしい。

このやり取りでリューは完全にこの男を嫌いになった。

「問題にしてくれても構わんよ？　そんな事より、今日は何をしに来たんだね。うちの息子はもう、挨拶に行ったのに、こんなところで悠長に隠居した人間を批判していていいのかな？　スゴエラ辺境伯のお主への心証が悪くなると思うぞ」

「よ、予定日にはまだ時間があるから大丈夫なはずですよ！　……まさか早く行くとは……、これでは計画が……」

エランザ準男爵は後半ぶつぶつ言って聞こえなかったが、父に何か嫌がらせを計画していたようだ。

「何を企んでいるのか知らんが、外で話すのもなんじゃ、うちに入るといい」

カミーザが屋敷に招いた。

こんな男、外で十分なのに！

リューは思ったがジーロが先頭になってお客様として誘導する。

慌てて付いていくが、うちの家族は良い人過ぎると思うリューだった。

不本意だが、リューはメイドに頼んでお茶を出した。

うちの自慢の「コーヒー」だ。水飴を溶かし込んでいる。

「この黒いお茶……、これが噂の……」

エランザ準男爵はつぶやくと一口飲んだ。

「……！　か、香りといい、味といい、これは素晴らしい飲み物ですね。ファーザ殿がいないのなら仕方ない。代わりにそこの子供達からでも、このお茶の生産方法を聞こうかな」

何を言っているんだこの人は？　教えるわけがないだろ。

リューはこのエランザ準男爵の厚かましさにビックリした。

「教えるわけがなかろうが」

カミーザがきっぱり断る。

「今、留守を預かっているのはそこの子供達では？　隠居された方は引っ込んでおられたらいかがですか？」

つくづく失礼な奴だな。

リューが言い返そうとするとジーロが口を開いた。

「先程も祖父が申し上げました通り、当主が留守にしています。スゴエラ辺境伯様の元に集う同じ臣下、困った時は助け合うお隣同士とはいえ、頭ごなしに教えろというのは無理がございます」

丁寧にジーロは断った。

いつもはおっとりとしているが、流石兄だ。

「その辺境伯様の同じ臣下であればこそ、お互いに有益な情報は共有するのが大事だと思わないかね」

「いいえ、そうは思いません。それを判断するのはスゴエラ辺境伯様です。一臣下がその判断をして良いとは思えません。それとも、エランザ準男爵殿は、寄り親である辺境伯様を蔑ろに出来る力をお持ちなのでしょうか？」

今度はリューが切り返した。

「確かに、今のはそう聞こえるの。隠居の身だが今の発言は見過ごせん。エランザ準男爵殿、辺境伯様に報告するが良いかな」

祖父カミーザは元々、スゴエラ辺境伯のお気に入りだった。

報告されたらただ事では済まないだろう。

もちろん、祖父は報告しないだろう。そういう人ではない。

「え、いや。そ、そんな事あるわけがないではないですか！　もちろん冗談です。おっと、長居してしまった様だ、私も早く、スゴエラ辺境伯様の元に挨拶に行かねば。お邪魔した」

エランザ準男爵は慌てて馬車に乗り込むとランドマーク家を後にした。

「誰か玄関に塩を撒いといて！」

リューがメイドに言う。

「塩ですか？」

「そう、塩を撒く事でこの場を清める意味があるの」

それを聞いたメイドは納得するとすぐに塩を撒くのであった。

ファーザ達一行は、数日後にはスゴエラ辺境伯の元から帰ってきた。

予想外だったのはファーザがエランザ準男爵を伴っていた事だ。

リューもジーロもこの光景にお互い目を見合わせた。

つい先日ここで恥をかいて帰ったばかりなのに、さすがにこのエランザ準男爵の厚かましさには驚くしかない。

エランザ準男爵は満面の笑みでファーザと話しながらリューとジーロに気づくと、鼻で笑う素振りを見せて屋敷に入っていった。

兄のタウロを呼び止めるとジーロと二人でこの状況を聞いた。

タウロが言うには、帰り際にランドマーク家のここ最近の快進撃を褒め讃えてきたらしい。

タウロもエランザ準男爵は苦手らしくこれには警戒した様だ。

エランザ準男爵は、ファーザと一時の間、世間話をしていたが、今年が不作で困っているからお金を貸してくれないかという話を切り出してきた。

ファーザは当初、断っていたが、エランザ準男爵が同情を誘ってきてファーザも断りづらくなったようだ。それで、少しならという事になったらしい。

お父さん、だから人が良すぎますって……。

こうしてはいられない、ランドマーク家の財政面を預かる身として、お金の貸し借りの場にはいないといけない。

リューは慌てて、執務室に向かうのだった。

リューはすぐ、執務室に飛び込むと、「お父さんお待ちください！」と、お金を貸そうとしているところを呼び止めた。

「今、大人が大事な話をしている時に割って入ってくるとは！　ファーザ殿、ご子息のしつけがなっていませんぞ」

エランザ準男爵がリューの邪魔をとがめた。

「どうした、リュー？」

ファーザがエランザ準男爵の意見を無視して聞いてきた。

「親しき中にも礼儀あり。お金をお貸しになるならば、ちゃんと借用書を作ってからにしてください」

「借用書⁉」

エランザ準男爵が動揺する。

「エランザ準男爵殿は度々父からお借りになっているご様子。いくら親しくても何度も借りていれば心苦しいでしょう。ちゃんと借用書を作って、貸し借りの事実を受け止められて、お互い返す、返される意思がある事を書類にしておかないと、このままでは隣領同士の関係的に良くないかと思います」

「確かにそうだな……。リュー、書類を作ってくれ」

「はい、わかりました」

リューはすぐさま紙を取り出して書き始める。

「……ちょ、ファーザ殿！　子供にそんな事をさせていいのですか⁉」

「大丈夫です、リューはうちの財政の改善の為に帳簿も付けてくれていますから」

「あ、いや、そうじゃなく……」

そんなやり取りを大人達がしている間にリューは借用書を作成し終わった。

「それでは、二人ともサインをお願いします」

ファーザがすぐサインをすると、ペンを渡されたエランザ準男爵は渋ったが、仕方なくサインした。

「これで、借りた事は記載されました。期日が来ましたら、回収しますので悪しからず」

リューはエランザ準男爵を見上げた。

そこには悔しそうに顔を歪める男の顔があったのだった。


お金を受け取るとエランザ準男爵はそそくさと帰っていった。

最初からこれが目的だったのだろう。帰る時はあっという間だった。

執事のセバスチャンが見送ると、「リュー坊ちゃんのおかげで今回はただで貸す事にならずに済んだようですね」と、つぶやいた。

タウロ達もホッとしたのだろう、リューを囲むと、「さすが僕たちの弟だよ。リューの機転でエランザ準男爵の悔しそうな顔が見られたよ」と、みんなでハイタッチを交わした。

「リューありがとう。お前が言い出してくれたから、借用書が作れた。いかんな、私もしっかりしないと」

隣領の当主には困っていたのだろう、ファーザは反省しきりだった。

これからは、エランザ準男爵も気軽にうちからお金を借りようとは思わないはずだ。

そうだ、メイドにお願いしてまた、塩を撒いてもらわないと……。

と、思ったところに塩の入った壺をもったメイドが現れると、玄関先に早速塩を撒くのであった。

「……うちのメイドは優秀だ」

リューはメイドの後ろ姿に親指を立てて讃えるのだった。


年が明けてランドマーク家も新年を迎えた。

家族はみんなゆっくりしている。

なので、リューは妹のハンナと手を繋ぎ、ランドマークの街に遊びに来ていた。

シーマも同行している。

「リューお兄ちゃんと街に来るの初めてだよね」

「そうだね」

リューは笑顔でこのかわいい妹に答えた。

ハンナは母セシルに似て金髪に青い瞳をした美人さんだ。

まだ二つ下の五歳だがしっかりしていて、普段リューが仕事を手伝って忙しい時は、それを察してか遊ぼうと誘ってこない。

なので普段はタウロとジーロが相手をしている事が多かった。

前世では子供の頃、児童養護施設にいたので、妹の様な子はいたが、実際の妹は初めてだった。

なので、どう接していいかわからない部分もあったのだが、もしかしたらハンナは、それをどこかで感じていたのだろうか？

とにかく今日はそんなハンナの為に、一緒に遊ぶと決めて街に来ていた。

「リュー坊ちゃん、ハンナお嬢ちゃん、こんにちは」

この兄妹を見かけた街の人達が挨拶をしてきてくれる。

屋台の親父さんは、「ハンナお嬢ちゃん、これ食べるかい？」と、串焼きをくれた。

「ありがとう♪」

ハンナが笑顔でお礼を言うと、「しっかりお礼が言える良い子ですね」と、褒められた。兄としてはまんざらでもない。

木工屋に行くと新年間もないのに手押し車の荷台部分の製造が行われていて、熱気に溢れていた。

「凄いね！」

その雰囲気を感じたのかハンナは目を輝かしている。

意外にモノ作りに興味があるらしい。

なので端っこのスペースを借りて、ハンナの為に木のおもちゃを一緒に作ってあげた。

木馬である。

乗って前後に揺れる仕組みの単純なものだが、ハンナは喜んだ。

「お兄ちゃん凄いね！」

出来栄えに感心し、乗って遊ぶハンナ。

それを見て、和むリューとシーマ。

そして、現場のおじさん達も手を休めて和んでいた。

ひと時の癒しを職人達に提供したところで、木工所を後にした。

もちろん、木馬はマジック収納に入れてお持ち帰りだ。

散歩を続けていると、リューとシーマくらいの数人の子供達が駆け寄ってきた。

シーマが、念の為、間に入る。

「リュー様、子分にしてください！」

ビックリの申し込みだった。

それをシーマが追い返す。

「リュー様の、一番の子分は俺だぞ！　あっちいけ」

いや、そうじゃないから。

内心シーマにツッコミを入れた。

「子分はいらないよ。でも、友達として妹のハンナも大事にしてくれるなら一緒に遊んでも良いよ」

リューが言うと、子供達は目を輝かせて喜ぶ。

「「「はい、お願いします、リューの兄貴！」」」

だから、そうじゃない！

この子達からはシーマと同じ匂いがする……！

そう思うリューだったが、ハンナが喜んでいるのでよしとしよう。

この後みんなでかくれんぼや、高鬼、影踏みを教えて遊び、盛り上がった。

「俺達、こんな遊びがあるなんて知らなかったです、リュー様凄いです！」

と、子供達がリューを褒めて喜んだ。

聞けば普段はかけっこや、騎士ごっこ、冒険者ごっこをしているらしい。

男の子らしい遊びだが、ハンナにはやらせられないなと思うリューだった。

そんな中、リューが褒められた事が嬉しかったのかハンナも喜んでいた。

ハンナの為にもこの子達には、女の子は大事に扱うものという事を教えなくてはならないと使命感に燃えた。

が、子供ウケはすこぶる悪かった。

「うちの姉ちゃん口が悪いから苦手だなぁ」とか「うちの母ちゃんすげぇ怖い」など、愚痴がこぼれだす。

なのでハンナの事は僕の妹だから何があっても守れ、それが男として騎士として当然の義務だ、と教えると騎士という言葉に男の子達は強く反応した。

「騎士！　――わかりました。リューの兄貴！」

それ自体はわかってくれたようだ。

でも、兄貴は本当に止めて！

リューは自分の呼び方だけは注意させる事にした。

自分がいない時は、この子達がハンナを大事にしてくれると信じよう。

帰り道。

嫌な噂を耳にした。

隣領のエランザは昨年も豊作だったらしい。

という事は、エランザ準男爵が不作を理由にお金を借りてきたのは、嘘だったようだ。

嘘をついて貧乏な隣領にお金を借りてくるとは質(たち)が悪い。

時期が来たら容赦なく取り立てる事にしよう。

リューはハンナの手を引きながら、あのランドマーク家の天敵をよく調べてみる必要がありそうだと思うのだった。


リューは八歳になった。

長男タウロは今年十二歳、次男のジーロは十歳、末っ子ハンナは六歳である。

今年から長男のタウロは、スゴエラ辺境伯の街にある学校に通う事になる。

王国南東部では一番の学校だ。

騎士爵領からも近いし、後継ぎとして頑張ってきてほしい。

と言っても、タウロは文武両道で風魔法も優秀なので心配はいらないだろう。

次男のジーロも勉強は普通だが武芸と治癒魔法に秀でている。

頭はキレるのでこちらも心配なし、兄を支える最高の補佐になるだろう。

問題は自分だった。

騎士爵領の三男ともなるとさすがにこのまま居座るわけにはいかない。

成人したら家を出ないといけないだろう。

やはり、以前父が言っていた王都の学校に通い、箔をつけてどこかに就職するというのが一番無難なところだろうか？

となると、王都の学校に行く為にはお金がいる。

今のうちにランドマーク家の財政をもっと良くし、自分でもお金を貯めないといけないだろう。

これまでの特許は全て、名義は当主であるファーザにしている。

全てはランドマーク家の家族の為だ、自分には一銅貨も入ってきていない。

そこで、また、一つ思いついた事があった。

それは、ハンナと遊んでいて考えたのだが子供のおもちゃに「けん玉」はどうかと思ったのだ。

早速、商業ギルドに行き、特許申請して認められると、数日後にはいつも通り商人がきて、契約してくれた。

これは、じわじわと広がってくれればいい。

何でも、ヒットするとは限らない、色々試していこう。

タウロが学校に通う為、スゴエラ辺境伯の街の学校の寮に引っ越しする日が来た。

これからしばらくは会えなくなる。

珍しくハンナが泣いたがタウロは夏休みには帰ってくるからと励まして泣き止ませた。

ジーロには自分が留守の間、お父さんを助けるんだぞと叱咤激励し、リューにはこれまで通りみんなをサポートしてあげてと、お願いしてきた。

「タウロお兄ちゃんがいない間、僕頑張るよ」

とても無難な言葉だったが、タウロは頷くと行ってくるね、と馬車に乗り込んでいった。

「寂しくなるわね」

母のセシルが、つぶやく。

二年後にはジーロ、四年後には自分が続く事になる。

親としては子供が巣立つ嬉しさの反面、寂しさもあるのであった。


ひと月半後、タウロから何度目かの手紙が届いた。

学校では成績優秀で、中間試験では学問、武術、魔法共に学年で一番になったらしい。

これは稀な事でスキルで左右される部分も多いが、相当な努力の賜物と言えるだろう。

この報告にはファーザもセシルもとても喜んでいた。

リューもタウロは絶対良い成績を残すと思っていたのだが一番とは……。

なら、ジーロも良い線行くのではないだろうか？　二年後が楽しみだ。

これで、ランドマーク家の将来が安泰なのは確実だ。

タウロの通う学校は、辺境伯領以外のところからも沢山集まっている学校なので、身分を超えて友達も沢山できたらしい、南部のブナーン子爵の子息と良いライバル関係で友情が芽生えたと綴ってあった。

その報告を聞いて、タウロは確実に成長していると、リューは感じるのだった。

だからこそ、ちょっと後悔がある。

それは、もう少し自分が頑張っていればタウロを王都の学校に行かせられたのにという思いだ。

今の学校で一番なら王都の学校でも良い成績が取れるはずだ。

やはり先立つものはお金だった。

ゴメンよ、お兄ちゃん、僕が不甲斐無いばかりに……！


ジーロとリューはタウロの手紙に刺激を受けた。

それで二人ともより一層、自分のスキルを上げる事に励んだ。

その中で、ジーロは最近、治癒の中位魔法である領域回復を覚えた。

この歳で覚えるのはまさに天才と思われる速度なのでファーザとセシルもとても驚いていた。

ますます、ランドマーク家は安泰だ。

その陰で実はリューも、ゴクドーの能力の一部が解放され［経験値増大］を取得していた。

どのくらい増大するのかはわからないが、『器用貧乏』でほとんどのスキルが使えて、ゴクドーの［限界突破］で限界が無いリューにとってとても助かる能力のはずだ。

あとは努力を重ねていこう。

リューとジーロの武術の腕はめきめき上がっていった。

シーマも頑張っているのだが、この二人には及ばない。

「お二人とも最近凄いっす！　俺、ますます差がつけられて悔しいっす！」

「でも、リューの方が、腕上げている気がするよ。最近、危うい場面が増えたし。このままだと、どこかで追い抜かれそうだよ」

ジーロは弟の成長速度が嬉しそうだった。

「そうだな。リューは最近伸びてきている、だが、ジーロも急激に伸びているのは確かだぞ。シーマ、安心しろ、お前の成長も十分、びっくりするくらいだから」

ファーザが三人を褒めた。

その後ろで領兵隊長のスーゴが賛同する様に頷いている。

「旦那様、本当ですか！　ジーロ様とリュー様が凄すぎて自分では全く分からないっす」

「ははは！　親の目から見てもジーロとリューの成長は目を見張るものがあるからな。シーマ、お前も来年は学校だ、その為にも今は勉強も頑張っておけよ」

ランドマーク家がお金を出す事でシーマも学校に行かせる事が決まっていた。

来年はタウロと同じ学校に入学する予定だ。

「でもいいんでしょうか、俺の様な平民が学校に行っても……」

「大丈夫だ。スゴエラ辺境伯の街の学校は、平民出身の者も沢山いる。タウロの手紙にも書いていたから安心しろ」

ファーザがシーマの不安を拭いとってやった。

「……ありがとうございます！　いっぱい勉強してランドマーク家の為に頑張ります！」

リューは八歳になって魔法の訓練も本格的に行っていた。

魔法は母セシルが教えてくれている。

母セシルは凄い人で、魔法使い（風・雷・水）スキルに治癒士スキルを持つ稀な人なのだそうだ。

その上をいくとすれば、それは賢者などの上位特殊スキルになってくるだろう。

さらにセシルの凄いところは、平民出身だったのでそれらを独学で覚えた事だ。

学校に行く事なく、子供時代や、冒険者をやって腕を磨いたらしい。

そこで気になったのが父との馴れ初めだ。

聞くと母は普通に話してくれた。

父ファーザとの出会いは祖父カミーザがまだ、騎士爵ではない平民時代に冒険者をしていて、その時、魔物に襲われていたある冒険者を助けたのだが、それがセシルの父親だったらしい。

そして、親しくなり子供同士を引き合わせたのが最初の二人の出会いだったとか。

のちに、家族ぐるみの付き合いをするようになり、その子供時代は冒険者も一緒にやっていた。

そこで二人は急接近、そのまま結婚したそうだ。

二人の馴れ初めだけで物語ができそうだと思いながら母ののろけ話を聞くリューであった。

リューは今のところは土魔法が抜きん出ていた。

森の開拓を何度も魔力切れでぶっ倒れそうになりながらやっていた結果で、今では無茶な繰り返しのおかげで魔力量が増大し、広大な森の開拓が容易に可能になってきた。

おかげでコヒン畑も拡げられ、来年頃からは安定してコヒン豆を加工した商品「コーヒー」が出荷できそうだ。

話を戻すと、今は母セシルの指導の下、魔法の緻密な操作を学んでいる。

その実践としてひたすら母セシルの石像を作らされていた。

これが、色々と難しい。

鼻が大きくなったり、胴体が太くなったり、足が太くなったりとバランスが取れない。

もちろん、自分の魔力操作が問題なのであって、母の体形が問題なわけではない事は、名誉の為にも言っておく。

言っておかないと怒られそうだし……。

連日、不出来な像を作っては壊す、を繰り返していたが、やっと納得がいくものが作れた。

思わずガッツポーズが出る出来だったが母セシルからは、「胸の部分が小さいわね」という何故か本能的に圧を感じる指摘を受け、作り直させられた。

自分的には忠実に作ったつもりだったのだけど……。

それを言うと母の違う一面を見そうな気がしたので口にせず、心の中に留めるのだった。

緻密な魔力操作が出来るようになったリューはある事に着手した。

それは屋敷のトイレ事情の改善だ。

一応、外にトイレはあったが、粗末で衛生的とは言えない。

そこで土魔法で粘土の便器を作り、それを火魔法で絶妙な加減で焼いてみた。

何度も失敗したが、ついに一つ完成した。

それを新たに土魔法で作ったレンガ風の小屋に設置する。

さらに井戸から汲んだ水を溜めるタンクを上部に設置し、紐を引っ張ると流れる仕組みを作った。

ちなみに流した排泄物は、下に作ったスペースにいる捕獲したスライムが処理するシステムにしてある。

スライムは基本、綺麗好きな魔物なので、進んで消化してくれる。

これで少なくとも屋敷の衛生面は断然に良くなるはずだ。

残念ながら便器を大量生産するのは難しそうだ。

焼き加減が難しい。それは実際やってみて痛感した。

これを生産ラインに乗せるのは難しすぎる。これは商売にはできないだろうと思うリューだった。

早速家族に使い方を教えたら、好評だった。

特に女性陣には喜ばれた。安心して座ってできるからだ。

これまでは、取っ手を握って中腰姿勢を取らねばならず汚さと相まって大変だったのだ。水で流すから衛生的でもある。

スライムを使った処理システムには驚かれたが、ほぼ無害な魔物である、大丈夫だろうという事になった。


さらにリューは道の整備を始めた。

魔力回復ポーションを片手に土魔法で街道風道路をどんどん作っていく。

それで、ランドマーク家の屋敷からランドマークの街までの道を整備した。

これには、父ファーザも大喜びで、「うちの前から街道が続いているみたいだ！　リューよくやってくれたな」と、褒めてくれた。

なので、その日から毎日、リューは領地内の主要な道路の整備を始める。

雨で水たまりが出来る道も、馬車が通る事で出来た轍も、リューの土魔法で平らになり、石畳が敷かれ一気に交通の便が良くなっていく。

もう、道の整備はリューの日課になっていった。

領民達はこのリューの姿に感謝し、拝む老人も現れる程だった。

わずか八歳の子が領民の為に、道を毎日少しずつ整備して回っているのだ、心を打たれる者が現れるのも当然だった。

「リュー坊ちゃんのあの姿。何と健気な事か！」

「毎日、私達の生活向上の為に、ああやって道を整備してくれるなんてね……」

「あれは、ランドマーク領の現人神（あらひとがみ）じゃよ……！」

本人は、褒められた事が嬉しかった、喜ばれた、整備が楽しくなったなど色々あったが、ここまで反響があるとは思っていなかった。

その噂はこのところの景気の良さや、領主が善良な人だという話と共に領外にまで広がり、ランドマーク領という田舎に足を運ぶ人もぽつぽつと現れ始めた。

その者達は領地内に入ると、本当に片田舎の道が街道の様に整備されているので、噂が本当である事に驚き、街も小さいが景気がよく、活気に溢れているので移住を決断する者も増え始めた。

「隣領からの移住の申請が増えたな？」

ファーザが今月の移住者が二桁になったのでセバスチャンに確認した。

「はい、隣領も豊作続きのはずですが、ランドマーク領より税が高いようです。その為、こちらに移住したい者が増えたのかと」

セバスチャンの指摘は間違ってはいなかったが、それに加えてリューの噂、ファーザ本人の善政によるランドマーク家への好感度がアップしていた事は想像していなかった。

ファーザもセバスチャンも善政を敷く事は、施政者として当然の事と思っている善人なので、その辺の想像が出来ていなかった。

そんな中、数か月間、毎日、道路整備をしていたリューであったが、「道路の整備が結構できたから、便器も少しずつ作ってみんなに配ろうかな？」と、考え始めた。

便器作りは大変だから、設置するところは限られるだろうけど、無いよりは有った方が良いよね？と、ランドマーク領のインフラ整備を一人でやろうとしているリューであった。


夏。

領地の南が慌ただしくなってきた。

ランドマーク領の南は魔境と呼ばれ、一帯が深い森で覆われた空白地帯で、治める者はいない。

その為、開拓次第では領地を拡げるのも可能だが、さすがに中央の許可無しに領地を勝手に拡げる事は出来ない。それに、魔物が多い為、そう容易な事ではなかった。

そんな危険地帯から、祖父カミーザが鎧姿で馬に跨り、石畳の道を駆け、屋敷に現れた。

普段は離れに祖母と住んでいてこちらに顔を出さないが、定期的に南の魔境を警戒して森で魔物を狩って過ごしており、今日はその途中で引き返してきた様だ。

「ファーザ、人手が足りん。冒険者ギルドにクエストを出せ」

「……相手は何ですか？」

「オークの群れだが、ちと数が多そうじゃ、八百はおるかもしれん。今回はワシ一人だけでは骨が折れそうだ」

オークとは太った直立歩行する人型の豚で、牙が生えており、性格は粗野で力が強い。

人を下等種と見下している魔物だ。

「わかりました。それと同時に、スーゴにも領兵の徴集を伝達します。セバスチャン冒険者ギルドに連絡を頼む！」

「はい、早速！」

屋敷が慌ただしくなった。

「リューは、おじいちゃんと一緒に南の境に行って、指示に従って土魔法で城壁を築いてくれ。ジーロ、お前は怪我人が出た時に備えて後方で待機。――スーゴ来たか！　オークの群れがこっちに来ているらしい、領兵を集めてすぐ南に向かってくれ。私もすぐに向かう」

それぞれ返事をすると、持ち場に向かう事にした。

みな迅速だった。

スーゴは馬車を出し、領兵を拾いながら、南の領境に向かう。

リューは祖父カミーザの馬に同乗し、シーマはそれに走って付いていく。

セバスチャンがギルドに駆け込むと、冒険者ギルドでも緊急クエストが出され、緊張が走った。

普段、大物の魔物はカミーザとファーザが冒険者ギルドを頼らずに倒すので領主からのクエストが出される事は滅多にない。

なので緊急性は大という扱いだった。

田舎の冒険者ギルド・ランドマーク支部だが、武者修行で来る者も少なくない。

今も、Bランク（一流）冒険者が来ていた。

「もしや、赤髪鬼カミーザ殿や、鮮血の騎士ファーザ殿もおられるのか!?」

「ランドマーク家からの緊急クエストですので共闘になります」

「よし、うちのチームが受ける！　すぐに向かおう。地元の冒険者、道案内を頼む」

元冒険者でもあるカミーザとファーザは有名人のようだ。

「おい、その赤髪鬼とは凄い奴なのか？」

同じく他所から来たらしい冒険者が興味を惹かれた様だ。

「元Aランク帯冒険者だが戦場で活躍し、平民から騎士爵になった大人物だ！　その息子ファーザ殿も一緒に活躍した事で有名だぞ！」

「元Aランク!?　そいつは凄いぜ！　一緒に戦えたら、自慢できる！　よし、俺も受けた！」

クエスト受注者は続々増えて田舎のギルドにもかかわらず、その数は二十人にもなった。

それも、Bランク（一流）帯、Cランク（強者）帯、Dランク（熟練）帯で、構成されていた。

「それでは向かうぞ！」

Bランク冒険者チームがリーダーを引き受けて指揮を執り、南の領境に向かうのであった。

祖父のカミーザと馬に跨って疾駆してきたリューは一足先に現地入りした。

シーマも息も絶え絶えだが付いてこられている。

「シーマは少し休んでおけ。リュー、あの背の高い木の辺りからあそこの岩の辺りまで低めの土壁を築いてくれ。わしは本戦に向けて魔力は温存しておきたいのでな」

「わかりました、おじいちゃん」

リューは頷くとすぐ作業に移る。

地響きと共に大地がせり出し、石の壁が続々と出来上がる、魔力回復ポーションをマジック収納から取り出すと飲み干して続けた。

「うん？　リュー、そのポーションはどうした？」

「？　自作の魔力回復ポーションです」

「そんなものがあるなら先に言わんか、ほれ寄越せ」

魔力回復ポーションを受け取るとそれを片手に、カミーザが土魔法を使うと地鳴りと共に指定した以上の石壁を一気に作ってみせ、すぐ魔力回復ポーションを飲み干した。

「！！！」

リューとぐったりしていたシーマはその光景を目の当たりにしてただただ驚いた。

規模が違う。

「ポーションはまだあるか、リュー？」

「あ、はい」

マジック収納から数本出すとカミーザに渡した。

「味は不味いが良い出来だぞリュー。お前は薬剤師の才能もあるのう。わははは！」

緊張感がない祖父の豪快さに、緊張がほぐれたリューとシーマであった。

土魔法で築いた石壁の上に胡坐を組んで座り込む祖父カミーザ。

魔力回復ポーションを飲みながら見つめるのは、オークの群れが来るであろう、森の方向だ。

「……数に惑わされたが、指揮しているのはもしや……」

考え込む祖父カミーザの横でリューは座って様子を見ていた。

相手のオークは大軍らしい。

多勢の相手に芋を引いたらその時点で負けだ、あ、ビビったらその時点で負けだ。

勝つにはビビらず、まっしぐらにてっぺん（指揮官）のタマ（命）を取る、そこに勝機がありそうだ。

となると、先制攻撃……か。

そうリューが考えている事を察したのか、「……リューも、ワシと同じ考えっぽいのう？」と、祖父カミーザが言った。

「……はい」

「敵の出会い頭に一発どでかいのを喰らわせるか。……お、間に合ったか」

カミーザが森とは反対側に振り向く。

スーゴ達、領兵隊が乗る馬車とその傍らを馬で進むファーザとジーロ、その後から徒歩で続く冒険者の一団だ。

「数では圧倒的に負けとるが、要はココと質よ」

リューに対して、カミーザは頭を指さしてみせた。

偵察に出ていた冒険者が森から走って戻ってきた。

「来るぞー！」

「数は約千！　指揮官はオークキング！　ハイオーク隊にオークジェネラルも確認！」

領兵や冒険者からどよめきが起きる。

「オークキングにオークジェネラルだと⁉」

これはAランク帯案件だ。

単体ならBランク帯クエストだがこの数とリーダー格が複数となると話は変わってくる。

「やはりおったかー。いやーすまん。ワシの見落としだわい。キングはワシが、ジェネラルはファーザが相手するから後はお主ら頼んだぞ」

元Aランクの冒険者、赤髪鬼カミーザの発言だ、全員頷いた。

引けばランドマークの領民が蹂躙される。どちらにせよ、逃げる選択は無い。

「ファーザ、合図を頼む。どでかいのを一発、リューと一緒に奴らに叩き込む」

ファーザは頷くと『索敵』スキルを駆使してタイミングを計る。

「正面、八十メートル先が奴らの中心辺り」

森の木々で視覚では確認できないが、ファーザの『索敵』スキルは正確だ。カミーザは頷くと、「リュー行くぞ！」の合図と共にカミーザは火魔法による大きい火球を、リューは土魔法による地中から伸びる岩の槍の範囲攻撃を放った。

地鳴りと轟音が森に鳴り響き爆発と共に森が広範囲に渡り抉れた。

冒険者達はこの威力に、「これが噂のAランク冒険者の威力か！」と、驚嘆する。

「あの子供は何なんだ⁉」

「赤髪鬼の孫⁉　道理で……！」

と、驚いていたが、ファーザはすぐ様、「スーゴ確認！」と、名指しした。

呼ばれたスーゴは『鷹の目』で遠視し、吹き飛んだ現場を確認した。

「ハイオーク隊全滅。キング健在！　ジェネラル負傷、オークも一割は削れたと思います！」

「よし、他の魔法使い、周囲に攻撃！」

ファーザの合図と共に領兵と冒険者の魔法使いが各々の最大火力で石壁の上から攻撃を開始する。

カミーザは、魔力回復ポーションを飲みながら石壁から飛び降りると他の戦士タイプの領兵、冒険者を率いて突撃を開始する。

ファーザも、魔法使い、遠距離タイプに細かい指示を出すと降りて参戦する。

リューはシーマとジーロと一緒に魔法使い達に魔力回復ポーションを配って回った。

戦いは始まったばかりだった。


祖父カミーザと父ファーザを先頭とした隊形でオークの群れへ切り込み、道を切り拓く。

カミーザとファーザの戦いぶりはまさに鬼だった。

紙の様にオークを切り裂きどんどん前に進む。

味方の援護もあって、あっという間にジェネラルに到達した。

ファーザが一歩前に出る。

「では、ワシはその奥のキングを頂くとしよう」

ジェネラルの脇をすり抜けようとするカミーザに、オークジェネラルは手にした戦斧で斬りつけようとした。

「私を前にしてよそ見をすると死ぬぞ？」

瞬時に接近したファーザが、オークジェネラルの戦斧を握る右腕をあっという間に斬り落とした。

「ナニ⁉」

「経験の浅さが出たな」

ファーザの言葉と共に、その手に握る剣が煌めくと、ジェネラルの首は宙を舞っていた。


石壁の上から見ていたリューは、祖父と父の強さに驚くしかなかった。

オークの群れが二人が進んでいくと半分に割れていくのだ。

その光景だけでも凄いのに、父があっという間にオークジェネラルを討ち取った。

オークジェネラルは祖父と自分の最初の魔法攻撃で負傷していたとはいえ、一瞬で倒すとは……。

普段、稽古の相手をしてもらっていて、これ程の強さだったとわからなかった自分が恥ずかしかった。

そんなリュー達は他の冒険者達の支援の為、石壁から降り戦いの最中に飛び込むのだった。

カミーザはオークキングと対峙した。

「下等ナ人間如キガ調子ニ乗ルナヨ！」

オークキングが威嚇の形相をすると、手にしていた大剣を振るう。

カミーザがそれを長剣で受け流す。

数回打ち合うと、「こやつ、ただのキングではないな」と、カミーザは驚いた。

元の力の強さに加え、筋力強化、敏捷強化の魔法をかけているようだ。カミーザが押されていた。

「見テナイデ、オ前等モ攻撃シロ！」

カミーザの胴に大剣を横薙ぎに払いながら部下のオーク達に命令する。

後方に引いてオークキングの攻撃を寸前でかわすカミーザ。

そこにオークが殺到しようとするがファーザがそうはさせない、間に入ってオークの首を飛ばしていく。

オーク達はそのファーザの剣技にたじろいだ。

「やはりオーク。サシの勝負も関係なしか」

ファーザが怒気をはらんだ気配を発してつぶやいた。

「助かった、息子よ。ちとワシはこいつに集中する」

カミーザがファーザに礼を言うと、「筋力強化、俊敏強化」とつぶやき自分に魔法をかけた。

「本番はこれからじゃ、豚の王よ。オークエンペラーに進化する前に始末してやるわい」

リューの前世の経験上、見た目からは、形勢は五分五分だった。

未だ祖父とオークキングの勝負はつかず、オーク達も数で冒険者達に対している。

リューとジーロは数で劣る冒険者達の怪我をまめに回復し、シーマはその二人を守る。

このまま持久戦になるとこちら側が不利だとリューは感じていた。

力、体力、数、どれもオーク側が有利だ。

なので、カミーザとオークキングの戦いをずっと観察していた。

リューは前世の極道時代に敵対組織との抗争で共闘した殺し屋からのアドバイスや、それに伴う経験上、敵には必ずどこかで隙が生まれるはず、と読んでいた。自分の読み通りなら、その時は祖父と父に怒られてでも、躊躇せずに横やりを入れるつもりでいた。

リューにとって、前世では持てなかった大切な優しい家族である。その家族や領民に、仇なす相手には容赦するつもりはなかった。

「家族（カタギ）に手を出す外道は許さない！　落とし前をつけさせてやる！」

リューは、決意を口にするのであった。


「こやつ、戦いの中で成長し始めとるの」

一時互角だった対決だったが、徐々にカミーザが押され始めていた。

ここで自分が負ければオークエンペラーに成長させる事になるかもしれない。

それだけは死んでも許されない。

ファーザもそれを感じたのか、オークと対峙しながら、参戦する機会を窺っていた。

「サッキマデノ勢イハドウシタ？」

有利を悟ったのかオークキングが、挑発する。

「やれやれ、歳は取りたくないもんじゃ。昔ならとっとと勝負がついていたはずだろうに」

祖父カミーザがボヤいてみせた。

まだ余裕があるようにも聞こえたが、オークキングに明らかに押され始めていた。

攻撃を凌ぐのも紙一重になってきたのだ。

剣を交えるのも百合目を超えた頃。

バキン。

甲高い鉄が折れる音がした。

オークキングの大剣を受け流そうとしたカミーザの長剣が真っ二つになった音だった。

「しもうた！」

カミーザの悲痛の声。

「父さん！」

祖父の声にファーザが振り返る。

「終ワリダ！　死ネ！」

オークキングが叫び、大剣を振り上げた。

「岩槍！」

その瞬間、カミーザとファーザの背後でリューの声がした。

そしてカミーザの顔の横を何かが通過し、気づくとオークキングの口に土魔法『岩槍』が吸い込

まれていった。

「ギャッ！」

リューの土魔法はオークキングの口から後頭部にかけて貫通していた。

カミーザはその瞬間を見逃さなかった。

短剣を腰の鞘から抜くとオークキングの首に突き立てる。

それを掴もうとするオークキングからカミーザは飛び退ると、入れ替わりにファーザも追い打ちで心臓に長剣を突き刺した。

「ウガーー！」

断末魔の叫びと共にオークキングは倒れた。

その叫びにオーク達の手は止まり、「プギーー！」という叫び声と共に、逃げ始めた。

オークキングの死は、ランドマーク側の勝利を意味するものだった。


オークキングの死後は掃討戦だった。

「逃げるのはいかんじゃろ」

ボロボロな祖父だったが、逃げるオークに火魔法を次々に叩き込む。

片手には魔力回復ポーションを持ち、それを飲みながらなのが何かシュールな光景だ。

オーク達は蜘蛛の子を散らした様に「プギーー！」という悲鳴を上げながら逃げ回る。

容赦無いがこちらが負けていたらランドマーク領内でもっと悲惨な事になっていたはずだ。

「ランドマーク領に手を出そうとした報いじゃわい。リュー、魔力回復ポーションをもっとくれ」

リューは慌ててジーロと一緒に駆け寄るとマジック収納から魔力回復ポーションを出して渡す。

ジーロは治癒魔法を唱えて祖父の体力を回復した。

「うちの孫達は優秀じゃ。わははは！」

笑いながらも、火魔法でオーク達を掃討する姿はまさに赤髪鬼の異名通りだった。

そんな中、ファーザも抵抗するオークの首を続々と落とし、血しぶきが飛んでいた。

こちらも、鮮血の騎士の異名通りである。

この光景を見てリューは、自分は本当に凄い家族に囲まれていると、この時再認識したのだった。


終わってみれば、奇跡的な大勝利だった。

死者は一人も出ず、負傷者は沢山出たが、怪我したそばから治癒士とリューとジーロが治療して回っていたから致命傷になる事なく済んでいた。

そういう意味では支援に集中したジーロの領域回復は抜群の力を発揮している。

一度に複数の者の回復は、その分の手間と時間の短縮に貢献した。

大軍を相手にした領兵、冒険者の一団の生命線だったといえる。

そして、地味だったがリューの立ち回りも素晴らしかった。

貴重な魔力回復ポーションを手に動き回り、味方の魔力枯渇を防ぎながら時には緊急性の高い怪我にもすぐに中級ポーションを投げて回復するなど見事だった。

その中でもやはり、オークキングの隙を見つけて土魔法でのピンポイント攻撃は祖父のピンチを救った事のみならず、味方全体の勝利を招き入れたお手柄だった。

「リューがずっとこっちを意識していたのには気づいていたが、あのタイミングを狙っていたとはのう。わははは！　おかげで命を拾うたわい！」

リューの頭をくしゃくしゃと撫でながら祖父カミーザは大笑した。

やはり、あの瞬間は、絶望的な状況だったのだ。

前世の極道時代の実体験で、勝利を確信した時が一番の隙を生む事を知っていたからこそできた事だった。

父ファーザも自分の息子の見事なタイミングでの介入には、驚いた。

あれを見極める事が出来るとは、自分が知らない間にどんな経験を積んでいたのだろうか？　と、自分の子ながら感心した。

タウロといい、ジーロといい、息子達が立派に育っている事に嬉しい限りだった。

シーマもリューとジーロを守って剣を振るい頑張ってくれた。

「ランドマーク家は安泰だ」

ファーザは声に出して言った。

それを聞いた、カミーザも頷く。

「うむ、ランドマーク家は安泰じゃ。ほら、息子よ、領主として皆への報酬は奮発してやれよ」

笑いながら、自分は隠居の身だから後は任せた、というと帰っていく。

後始末もまだ残っていたので、事実上、祖父は厄介事から逃げたのである。

後始末でもリューは活躍した。

マジック収納持ちである。

領兵、冒険者達が一体一体運び、解体、魔石回収をこの疲れた状況でこの数をやるのかと、別の意味で絶望していたところに、リューがポンポンと手の平をオークの死体にかざしては回収していくのである。

手間が省けた冒険者達、領兵達には、リューが天使に見えた。

冒険者達は街に戻り緊急クエストの顛末を冒険者ギルドで報告すると、その内容に室内の職員、冒険者達は驚き震撼し、ランドマーク一家の活躍によって、この街が救われた事に安堵した。

その中、冒険者が倒したオークの処分の為にリューも付いてきていたのだが、その武勇譚を一人の冒険者が語って紹介すると、地元冒険者に担ぎ上げられ「ランドマーク領の未来は明るい！　リュー坊ちゃん万歳！」と、ちょっとした祭りの様な騒ぎになるのであった。

「……今日は早く帰って寝たいんだけど……」

リューの本音はみんなにはしばらく届かないのであった。

ゴロツキに絡まれますが何か？

オークキングとオークジェネラル、その群れの討伐から一週間が経った。

領内外にもこの武勇譚は広まり、スゴエラ辺境伯の下にランドマーク騎士爵家あり、と、その勇名はより一層高まった。

スゴエラ辺境伯からも親子三代の活躍に惜しみない賛辞が贈られた。

ランドマーク家が敗れていれば、明日は我が身だったのだ、聞けばオークキングがAランク討伐対象のオークエンペラーになりかけていたと、冒険者ギルドからの解剖報告も受けている。

ランドマーク家は魔境との防波堤の役割をしっかり果たしてくれた。

スゴエラ辺境伯は最近のランドマーク家の躍進も鑑みて、王都に、この忠臣の準男爵への昇爵を求める事にした。

後日、これが認められ、ランドマーク家は昇爵するがそれはもう少し後のお話。

祖父カミーザとリューは魔境の森との境に、改めて土魔法による城壁と、それに付随する小さい砦を築き始めていた。

今回は急ごしらえのものではなく、丈夫な恒久的なものである。

今まではカミーザが一人、森で魔物狩りをする事でバランスを保っていたが今回の件で歳を感じたらしかった。

「すまんなリュー、手伝わせて。ワシは細かい魔力操作は苦手でな、助かるわい」

「いいえ、おじいちゃん。僕も必要だと思っていたから」

そう、リューも今回の戦いでランドマーク領を守る為にもちゃんとしたものを作る事が必要だと認識したのだ。

とはいえ、魔力回復ポーションも無限ではない、流石に今回の件で在庫が不足気味になっていた。

「おじいちゃんは、魔力回復ポーションの材料を森で見つけてきてください」

「人使いが荒い孫だわい、わはははっ！」

もちろん、冗談だが、「在庫切れなら仕方ないのう」と、森に入っていくのだった。

数日、カミーザとリューは魔境の森との境で寝泊まりして、高さは低いが丈夫な城壁と小さい砦を完成させた。

これから、領兵を数名見張りとして常時滞在させる事になるので、費用も嵩むが景気が上向きな今のランドマーク家なら負担にはならないはずだ。

領境にはこれまで通り祖父カミーザも定期的に顔を出すし、これからランドマーク領も今以上に安全になることだろう。

リューは城壁の大事さを今回の件で知ったのだが、ランドマークの街にはその城壁が無い。

なので父ファーザに作る事を進言した。

もちろん、リューがまた、道路と同じようにコツコツ毎日作るので経費はそんなにかからない。

「それは私の願いでもあるが、一旦、主であるスゴエラ辺境伯に相談してみよう。勝手に城壁を作ったら謀反を勘繰られるかもしれん」

確かに、父ファーザの言う通りだった。

家臣が急に城壁を築き始めたら、戦争の準備と勘繰られてもおかしくない。

ランドマーク家の為にとの思い付きが、時には危険をもたらす可能性がある事をこの時気づかされた。

これからはもっと思慮を持って行動しなければならないと自分に言い聞かせるリューであった。


今年も収穫の時期が来た。

例年通り作物は豊作でコヒン畑も二か月後の収穫が楽しみだった。

豊穣祭も盛り上がり今年もリュー達がお菓子に力を入れ、リゴーパイを出店で販売すると、

「今年も美味しい甘い菓子をありがとうございます坊ちゃん達！」

「今年も密かに楽しみにしていたから感謝だよ！」

「去年食べられなかったリゴー飴が出ないと聞いてがっかりしていたんだが、これ、美味しかったよ！」

と、領民達からも大好評の末、今年も完売した。

楽しみにしてくれているのが嬉しかった。

来年は何にしよう？　それを考えるだけでも楽しいリューであった。

が！

そんな楽しいところに今年も奴が来た。

隣領の領主エランザ準男爵である。

性懲りも無く今年も不作だからと言ってお金を借りに来たのだ。

もちろん借用書を作成してサイン後に貸したが、貸す際、昨年貸した分の利息を差し引いて渡した。

これにはエランザ準男爵は大いに不満そうな顔をしたが、「別にこちら側は貸さなくてもいいいんですよ？」と、リューが言うと、エランザ準男爵はファーザの手からお金の入った革袋を奪うように掴み取り出ていった。

「借りる人の態度じゃないね」

とファーザとリューはその姿に呆れかえるのであった。

もちろん、うちのメイドは言われなくても仕事をする。

エランザ準男爵が去った後の玄関先に、疫病神を祓う為に塩を撒くのであった。

コヒン豆の収穫時期が来た。

切り拓いた最初の畑からも収穫出来た事でこれまでより沢山出荷できそうだ。

驚くべきは商人の買い取り額が前回とほとんど変わらない事だ。

「今回、格段に生産量は上がりましたが、それでもまだ、需要に対して供給が追い付いていませんから、値段は下げられませんね。ただ、今まで以上に出荷できますから需要のすそのはまた広がると思います」

商人のバスコが今季の『コーヒー』の売れ方について予測を立てた。

「まだ広がりますか⁉」

リューが期待に胸を躍らせた。

「ええ、王都方面にも商会本部が売り込むつもりでいるようなので、まだまだ需要は伸びますよ」

バスコが後の事は商会にお任せください、と胸を叩いて張り切る姿勢を見せる中、「そういえば、少しですが模倣品が出てきました」と、バスコが報告してきた。

「模倣品⁉」

ファーザとリューは驚いた。

もう、誰か真似してきたようだ。

「この『コーヒー』は、ランドマーク家の特許商品ですからそれは許されていませんが、今回の模倣品が少々質が悪くてですね……」

「「質が悪い？」」

「ランドマーク家の剣が交差する月桂樹入りの家紋を商品の表にちゃんと入れていて、さらに出荷元はランドマーク家から許可は貰っていると言い張っていたそうです」

ファーザとリューはお互い目を見合わせた。

「ただ、早摘みで豆が若い上に加工が雑で味がランドマーク家の物とは雲泥の差だったので、すぐに偽物と判断して商業ギルドが即刻市場から排除しました。買い付けてきた商人も罰則に照らし合わせて処分済みです」

「それで、出荷元とはどこなんですか？」

ファーザが、確認をした。

「……隣領のエランザ準男爵領です」

はぁー。

ファーザとリューのため息が執務室に響いた。

またあの三下か。

リューは思わず内心で極道用語を口にした。

「どうも、エランザ準男爵が自らの命令で、農作物の収穫直後に領民に森に入らせて集めさせたようです。取引した商人が言うには、『弟分である騎士爵からは許可は貰っている、元々、あれは、自分が教えてやったものである。安心しろ』と言われて信じてしまったようです」

「本当に質が悪いですね、お父さん」

リューが呆れた。

ファーザは再びため息をつくと、「商業ギルドの素早い対応に感謝します。今のところ、バスコ殿に相談なしで他に『コーヒー』の出荷を許可するつもりはありません。エランザ準男爵の対応についてはこちらで何とかします」と、絞り出すように伝えるのだった。

商人バスコとの今季の契約を結び、感謝を告げて帰るのを丁寧に見送ると、リューとファーザはまた一緒にため息をついた。

「どうしたものか……」

「どうしたものでしょう……」

ランドマーク家の家紋を使用して粗悪品を売ろうとしただけに本当に質が悪い行為だ。

今回は商業ギルドの対応の早さに助けられたが、下手をしたらランドマーク家の信用に傷が付くところだった。

何しろ『コーヒー』の取引相手は羽振りがいい貴族だ、一度誤解されたら文字通りランドマーク家が潰される可能性もある。

これは厳重に抗議して、対応しなければならない。

寄り親であるスゴエラ辺境伯にも報告しなければならないだろう。

後日、ファーザが直々にエランザ準男爵領に乗り込み抗議したが、馬耳東風という対応だった。

反省をする気はないらしい。

なので、事の顛末をスゴエラ辺境伯に報告する事にした。

聞いたスゴエラ辺境伯はこれには呆れ、「わかった、エランザには儂から言っておこう。ランドマーク家の名に傷が付けば寄り親であるスゴエラ家の沽券にも関わるからな」と、約束してくれるのであった。

こうして、エランザ準男爵はスゴエラ辺境伯に呼び出されると叱責され、ランドマーク家に謝罪に行くよう言われたようだ。

ようだ、というのはまだ、謝罪に来ていないからだ。

どうやら、格下とみている騎士爵に頭を下げるのは相当プライドが許さないようで、兄貴分と弟分として兄弟共に仲良くして行こうじゃないか、という内容の手紙が来ただけで謝罪は一言もなかった。

どうやら、それで仲直りしたつもりらしい。

ファーザからその手紙を渡されたリューは、「これ以上、相手にするのも無駄な労力だから無視しようお父さん」と、ファーザにアドバイスした。

ファーザは苦笑いしてその意見に賛同するのであった。

年末、学校から一時帰宅していたタウロはゆっくりする暇も無く急遽ファーザに連れられてスゴエラ辺境伯の元に挨拶に出かける事になった。

リューは、今度こそは父ファーザに付いていって辺境伯の街を観察したかったので残念がった。

聞けば今年一年、学校でずっと学年一位の成績だったタウロを、スゴエラ辺境伯がまた会いたいと言うのでまた連れていく事になったのだ。

確かに、次にランドマーク家を引き継いで臣下になる予定の優秀な者をちゃんと確認したいと思うのもわかる。

きっと、前回はあまり気にしていなかったのだろう。

これはこれでランドマーク家の未来に関わる事なので、良しとしよう。

でも、やっぱり行きたかった！

リューの残念な気持ちはさておき、ファーザとタウロは出かけていった。


二人が留守の間、何事も起きる事なく数日が過ぎスゴエラ辺境伯の元からファーザとタウロは戻ってきた。

家族が緊急招集され、揃ったところで突然、深刻な表情のファーザから発表があった。

「タウロにお見合いの話がいくつか持ち上がった」

という事らしい。

聞けば、スゴエラ辺境伯が催すパーティーの席で、他の同じ辺境伯の与力である者達が、ランドマーク家の最近の勢いに、誼（よしみ）を通じておきたいと思ったのか、娘を紹介したいと集まってきたらしい。

中にはタウロより八つも年上の娘もいる他、下は五歳の子供もいるらしい。

仮に下の子は、婚約という事で成人まで待つとしても、年上の娘の方は、タウロがランドマーク家を継いだ時に何かと揉めそうだ。

世継の事もあるし、気を使うし、それに歳が離れすぎていると統治について姉さん女房という立場で口を挟まれるかもしれない。

もちろん、相手が必ず口を出すとは限らないが、立場的に気は使う。

リューはそれを想像するとゾッとした。

自分は三男で良かった……。

と思う反面、兄タウロが可哀想だった。

タウロが今は学校に集中したいと、全く乗り気でない為、すぐ断りたかったが、同じスゴエラ辺境伯の与力という横の繋がりを大切にしないわけにもいかない。

「とりあえず、会わない事にはどうしようもないわ。その上でタウロが判断しなさい」

みながこの初めての状況に悩む中、母セシルが親としてまともな意見を言った。

祖母ケイも頷く。

「出会いのきっかけなんてわからないものよ。タウロが気に入る娘が現れるかもしれないじゃない？」

確かに、そうだ。

自分も出会ってないがそんな子が現れるかもしれない。

要はきっかけなのだから、お見合いも悪くないのかもしれない。

ただ、今回のは相手の親側の打算が見え隠れしているのがやっぱり嫌だけど……。

リューの感想はさておき、タウロの学校が始まる数日前、タウロとお見合いをさせたい一行がランドマーク家に集まってきた。

その一行が驚いたのは領地内の道が街道並みに整備されている事だった。

ランドマーク家が勢いにのっているのは十分知っていた、噂も聞いていた。

だがこれ程とは……。

綺麗な道に感心しきりの一行は、移動の馬車の中、親が娘に気合いを入れる声が、いたる所で聞こえてくるのであった。

だが、屋敷に着くと一行は違う意味でまた驚かされる。

ランドマーク邸が、自分達の住む屋敷より大したことがないからだ。

離れのトイレは煉瓦造りの立派なものなので、それだけに質素な屋敷が際立った。

「ランドマーク騎士爵殿はお金の使い方が変わっておられる」

と、感想をひそひそと漏らす者達もいた。

自分なら屋敷を真っ先に建て直すと言いたいのだろう。

「いやいや、ランドマーク騎士爵殿の、領地、領民への想いが見えた気がします」

と、称賛した者がいた。

スゴエラ辺境伯の与力から独り立ちしながらも、今もスゴエラ辺境伯派閥で知られる新興のベイブリッジ伯爵だ。

この伯爵はお見合い話が持ち上がった当初はいなかったのだが、集団お見合いの席が設けられる事が決まると急遽参加を申し込んできた。

リューが名簿を確認すると、側にいる娘は次女で、タウロと学校で同級生という事が備考欄に書いてあった。

もしかしたら、娘の方が希望したのかもしれない。

でないと普通、騎士爵家と伯爵家では格が違いすぎて参加しようとは思わないだろう。

リューの個人的な感想だが、この中で、一番有り得ないが、一番、動機は純粋で、一番タウロと結ばれると良いのにと思うのであった。

今回のお見合いを裏で取り仕切っていたリューが一言で表現すると、お見合い会場は地獄絵図だった。

庭で立食式のパーティーだったのだが、女性陣がタウロを囲みアピール合戦が始まった。

そこまでは、想像も容易だったが、その後ろには、前世のTVで観た記憶があるどこかのつぶやき女将の様に、親が娘の背後から台詞を吹き込む輪が出来ていて、異様だった。

「……ご趣味は何ですかって聞いて話を広げなさい」

「……ここは自然が多くて良いところですねって、褒めるのよ」

「……料理が得意だとアピールするんだ」

タウロに筒抜けのつぶやき女将合戦が展開される中、徐々にヒートアップしてくると、娘同士の嫌味、中傷が始まった。

その頃にはタウロの作り笑顔も表情筋と共に死んでいた。

そんな地獄絵図が展開される中、輪に入らず遠目から心配する娘がいた。

ベイブリッジ伯爵の娘、エリスである。

父親と共に、タウロを囲む輪には入らず、遠巻きに見つめていた。

「これはタウロ君も可哀想だな」

娘の心配する顔に気づいてか、ベイブリッジ伯爵が背中をそっとさすった。

そんなエリスにタウロが気づいた。

同級生なので顔見知りなのだろう、視線があったので弱弱しい笑顔を見せた。

エリスも、すぐに笑顔で答え、小さく手を振った。

その光景を見ていたリューは、この二人が引っ付けば、良いのにと考えた。

そこで、タウロに背後から近づくと、「兄さん、エリス嬢にも話しかけてください、じゃないとベイブリッジ伯爵に失礼に当たります。それと、ベイブリッジ伯爵の娘さんが相手なら他の人も文句は言えません」と、助言した。

そう、取り囲んでいるのは騎士爵から男爵のところの娘がほとんどで、地位的に伯爵の娘と話すとなると、邪魔だてできる者はいないだろう。

タウロは、リューが自分に助け舟で助言してくれたと思ったのだろう。

素直に従うと、自分を囲む輪を「すみません」と言って突っ切り、エリスの元に行って話しかけた。

他の娘達は最初、その二人の会話に入ろうとしたが、娘の背後に立っているのがベイブリッジ伯爵と知ると親の方が娘を止めて首を振る。

「すみません、伯爵を利用する事になりました」

タウロが正直にベイブリッジ伯爵に謝罪する。

「いや、かまわんよ。それより娘と話をしてあげてほしい。今日は娘が望んで来たのだから」

笑顔でタウロの謝罪を受け入れた伯爵は父親として娘を案じていた。

「はい。――――エリス、今日は来てくれてありがとう」

その後の二人の会話は学校生活や家での事など他愛のない会話ばかりだったが、リューの目に映るのは、二人の今日一番の笑顔だった。

父のファーザはその間、他の参加者の相手を妻のセシルと一緒にするのだが、お見合い一行は標的をタウロからその親である二人に方向転換し、美辞麗句の嵐を注ぎ込んできた。

こちらも後半は表情筋と共に作り笑顔は死んでいたのであった。

お見合いに来た一行は、ランドマーク家が用意したレンガ造りの立派な宿泊施設に一泊するとおもてなしに満足して自領に帰っていった。

ちなみに、宿泊施設はリューが半月かけて、屋敷の近くに土魔法で建てたものだったが、ランドマーク家の屋敷より立派だったと噂になったらしい。

お見合いの返事だが、タウロはこの後すぐにお断りの手紙を全員に出した。

そう、全員にである。

理由は、今はまだそういう事は考えられないというタウロの正直な気持ちが綴ってあった。

数日後に新学期が始まり、タウロは学校に戻るのだが、そこでエリス嬢に会うとすぐに交際を申し込んだ。

タウロからの手紙では返事はＯＫだったそうで、ベイブリッジ伯爵にも交際の許しを、連名で手紙に綴ってお願いしたらしい。後日、伯爵本人がその件で会いに来るそうだ、多分、雰囲気的に大丈夫だろう。

ファーザもこの報告には驚き、日にちを確認してタウロに会いに行く事になった。

ちなみに、お見合い大作戦のちょっと前、シーマが試験にトップ合格し、今年からタウロと一緒の学校に通う事になった。

その為、タウロのお見合い騒ぎで何となく有耶無耶な雰囲気になったのだが、本人は、目の前でタウロがエリス嬢に交際を申し込み、それが成功した事を喜んでいて、気にも留めていないらしい。

どちらにせよ、めでたいこと続きでランドマーク家は我が世の春であった。


リューは九歳になった。

それと同じくして、父ファーザが昇爵の儀の為に王都に行く事になった。

これは異例な話だ。

こう言っては何だが、普通、準男爵への昇爵程度なら王都からそれを伝える使者が来てその証書を渡して終わりの簡単な手順らしい。

だが、王都に呼ばれたとなると他にも何かあるのかもしれない。

リューは付いていきたかったが、今回は寄り親であるスゴエラ辺境伯も同行する片道三週間の長旅なので護衛に領兵数名と隊長のスーゴが付いていく事になった。

スーゴが行くなら僕も良いじゃん！

と、言いたいところだがそういうわけにもいかない。

なのでまたリューとジーロは一緒にお留守番だ。

留守の間、祖父カミーザが二人の武術の稽古をしてくれる事になった。

何げに今まで稽古をしてくれた事がなかったので楽しみだったのだが、父ファーザやスーゴと全然違って、その剣先は変則的でとてもやりづらいものだった。

「ファーザは、冒険者歴より貴族になってからの正規の訓練の方が長いからのう。スーゴも正規の訓練が長い。ワシの独学で身についた剣はやりづらいじゃろ？」

祖父の言う通りカミーザの剣技は変幻自在で型にとらわれないものだった。

だがこの剣技でAランク（超一流）冒険者まで上りつめただけあって、その動きに一切の無駄は無く、合理的でいて、予想だにしない動きを見せるという、リューとジーロが体験した事が無い剣技だった。

祖父との稽古でリューは、自分はこっちの方が向いているかもしれないと思った。

真似してみるとしっくりくる。

ジーロはファーザから習った剣筋から急に祖父の剣筋に切り替えたりする器用さを見せた。

ジーロは、剣の才能だけなら、兄弟の中でも一番なのかもしれない。

だが、リューも負けてはいない、前年に戦ったオークキングを倒した際（厳密にはほぼ祖父と父だが）経験値が驚くほど入ったようで基本ステータスが跳ね上がっている。

そのおかげでジーロと剣は互角以上に渡り合えるようになっていた。

それに付随してリューは土魔法の熟練度も上がり中位魔法が使えるようになった。

鉄を練成できるようになったのだ。

魔法攻撃力は格段に上がったと言えるだろう。

と、同時にその魔法をランドマークの街の城壁作りに活用した。

鉄の芯を壁の内部に入れる事で強度を上げる前世の壁作りの手法を真似したのだ。

城壁はさほど高いものは作れないが、これだけ丈夫に作れば破られる事はそうはないだろう。

もちろん、城壁作りはスゴエラ辺境伯から許可が下りているので、リューが少しずつ作り始めている。

そんな城壁作りだが、リューがファーザと話し合って最初に決めたのは城門だった。

城門に関してファーザはこだわりがあったらしく、リューと念入りに話し合った。

お濠(ほり)を作って敵が来たら橋を上げる跳ね橋式にしないかとか、それなら石橋にしてどっしりしたものが良くないかとか意見を言い合ったが、結局、シンプルなものに落ち着く事になった。

なぜならここは、騎士爵程度の街だ。

そこまで立派にしても他所から反感しか買わないだろう、という現実問題にぶち当たったのだ。

だがリューも引けないところはある。

それは城壁で囲う規模だった。

ファーザは最初、リューの負担を考えると小さい範囲でいいと言っていたのだが、これは頑としてリューが譲らなかった。

今後の発展を考えて広めに作りたかったのだ。

意見はぶつかったが、そこに昇爵の話が来た事でリューは勢いに乗り、ついに広めに作る事を説得したのである。

それからは、リューの日課に城壁作りが加わった。

祖父のカミーザに相談しながら地形を活かしたり、整地したりと大変な作業ではあるが少しずつコツコツと進めていくのであった。

そんな充実した毎日を送るリュー達の元に来客があった。

隣領のエランザ準男爵である。

その日は、祖父カミーザとランドマーク領の地図を広げて城壁の位置の確認をしていたのだが、いつもの如く来訪を伝える使者もろくに送ってこずに現れた。

当主である父ファーザが留守の時に来るなよ、と呆れるリューだった。


「ランドマーク騎士爵殿はおられるか!」

エランザ準男爵は憤慨収まらぬという態度を見せて馬車から降りると、メイドが止めるのも聞かず屋敷に乗り込んできた。

執務室で話し込んでいた祖父カミーザとリューは乱暴にドアを開けて飛び込んできたエランザ準男爵の姿に驚いた。

また「ファーザ殿はどこだ!」と、エランザ準男爵の怒号を聞くと、「なんじゃ、またお主か。

位が上とはいえ、これは礼儀が無さ過ぎているのではないかのう?」と、カミーザがうんざりだと言わんばかりに嫌な顔をした。

「ファーザ殿はどこだと聞いている！　今回ばかりは、隣領の誼と言えど見過ごせぬぞ！」

「そちらと誼を持った記憶はないのう」

「黙れ！　ファーザはどこだ！」

「いい加減にせんか。息子は王都に出かけていて居らぬわい。その礼儀知らずのお主のケツを蹴り上げてもいいのだぞ?」

息子を呼び捨てにされたのでカミーザも静かに怒りをみせた。

「……むっ！　わ、私が礼儀知らずなら、ファーザ殿は寄り親であるスゴエラ辺境伯に弓引く大逆賊人ではないか！」

「人の親を大逆賊人呼ばわりとは、ただ事ではすみませんよ?　スゴエラ辺境伯に弓引くとは一体なんの事でしょうか?」

リューはこの人は何を言っているんだと呆れながらも、気になるワードについて問うた。

「街道のような道の整備を、隣領の私に許しも無く行ったばかりか、今度は城門に城壁まで作り始めるとは！　貴様らがスゴエラ辺境伯の一部与力の貴族達と、何やら企む会合を開いた事も知っておるぞ！　こうなったらファーザを引っ立ててスゴエラ辺境伯に私が忠臣である事を示す機会——」

あ、この人思いっきり勘違いしている。

リューとカミーザは呆れたが、もう少ししゃべらせる事にした。

「私がファーザを捕らえれば、お前達一族郎党も縛り首だ。ふふふ、この土地も褒美で頂けるかもしれぬ。借金もチャラどころかコヒン畑も手に入って今まで以上に裕福に暮らせるわ。わははは！」

とことんクズだな。

リューはこの男の本音が聞けたのでこちらも話す事にした。

「父ファーザは今、〝スゴエラ辺境伯様〟と一緒に〝昇爵の儀〟の為、王都に出かけております。道の整備はそもそも自領の事なのでエランザ準男爵に許可を得なくてはいけないものではありません。さらに、城壁に関しては、すでに辺境伯様から許可を得ています。あまり高く作り過ぎて他から反感を買わない様にと注意を頂いていますのでそこはしっかり守っています。与力の同胞一行が来たのは事実ですが、それは兄タウロのお見合いの為です。ところで、先程から父を呼び捨てにされていますが、これからは同格になりますので、その辺りはお言葉にお気をつけください。今回は勘違いが元での言動の様なので、行き過ぎた発言も祖父カミーザ共々、聞かなかった事にしておきます」

「ファーザ……殿が、昇爵⁉　そんな馬鹿な話聞いてないぞ！　それに辺境伯の許可がある、だと⁉」

リューの言葉に唖然とするエランザ準男爵。

「馬鹿とは失礼ですよ。辺境伯様直々のご推薦があったからなのですから」

「くっ！　私は認めんぞ。奴と同格になるなど！」

「それは、スゴエラ辺境伯の判断を否定するという事じゃぞ？」

祖父カミーザが眼光鋭く指摘する。

「そ、それは……」

口ごもるエランザ準男爵。

「あと、お越しになったついでに、お借りになっているお金の利息でも支払っていってくださいますか？」

リューが追い打ちをかけた。

「……ちっ！　もう、用は済んだから帰る！」

舌打ちするとエランザ準男爵は慌てて部屋を出て、待機してあった馬車に乗り込み、すぐ屋敷を後にした。

「一人で騒いで、罵倒して、ショックを受けて、迷惑な奴じゃの」

「でも、本音がはっきり聞けて良かったね、おじいちゃん」

二人が会話しているとメイドが壺を脇に抱えて玄関に猛然と走っていく。

祖父カミーザが何事かと見ると、メイドは扉を開けて外に出ると、勢いよく塩を撒くのが見えるのだった。

「なんじゃあれは？」

リューに聞く、カミーザ。

「あれは疫病神から厄を祓う為の簡単な清めの儀式みたいなもので、塩を撒いてくれているんだよ」

「ほう、そうか！　うちのメイドはよくわかっとるのう。わははははっ！」

リューの説明に納得すると二人で大笑いするのであった。

約一か月半ぶりに父ファーザが王都から帰還した。

早速、家族全員に緊急招集がかかり、学校に行っているタウロとシーマ以外の者はメイドから料理人、使用人に至るまで集められた。

昇爵の報告だという事はみんなわかっていたが、それはかなり予想を超えていた。

ファーザはまず、最初にスゴエラ辺境伯が侯爵に昇爵した事が報告された。

寄り親の昇爵はもちろんめでたい事でみんな喜んだのだが、次にファーザが、国王陛下直々に、騎士爵から、準男爵を越えて、男爵位を授けられたと話した。

「「「えー!?」」」

一つ飛びの昇爵に、みんなここが驚きの頂点だと思っていた。

がしかし、驚くのはここからで、さらには、スゴエラ新侯爵の与力から独り立ちし、魔境との境を守る者として一帯を治めよと国王陛下自ら、勅令が下された。

これにはリューをはじめ、みんなポカンとした。

話が飛躍し過ぎていまいちみんな状況が飲み込めないでいたのだ。

ファーザはかみ砕いて報告を続ける。

「スゴエラ辺境伯じゃない……、侯爵からのお話では国王陛下が父カミーザの冒険者時代を知っておられ、オークキング討伐談を耳にして、大変喜ばれたらしい。それで、あの者が国境を守ってくれるのは頼もしいから、息子を男爵位に昇爵させてそれに相応しい領地を与えよと宰相に申された。

スゴエラ侯爵は『ランドマーク家は魔境の森との境を守ってくれている頼もしい強者達です、その者達がいなくなると私だけでなく領民達も困ります』と」

ファーザは一息ついた。

「そこで私もその場に呼ばれ、陛下に問いただされた、『領地を与えるがどうしたい？』と」

みんな続きをファーザが話すのを待って、息を殺す。

「なので、私は今の領地に愛着があり、領民も好きなので今のままが良いですと答えた。すると、陛下が『ならば、スゴエラ新侯爵よ、お主の領地を加増するから、この者にその分、周囲の土地をやってほしい』と、仰られた」

……という事は……？

「話をまとめると……、男爵位への昇爵と領地加増、スゴエラ侯爵から独り立ちし、王家に直接仕える貴族という事になった！」

わー！

その瞬間、みんな大騒ぎになった。

使用人達にしても敬愛する領主様の出世はめでたかった。

早速、使用人の一人が街に走った。

領主様の昇爵を知らせる為だ。

「領主様が男爵になられたぞー！」

ざわざわ。

何事かと家から、お店から、酒場から、ギルドから、人が続々と出てきた。

「領主様が男爵になられたー！」

もう一度、使用人の男が叫ぶと、どっ！　と、みんなが沸く。

領民達の間でも噂にはなっていた。領主様に準男爵への昇爵の話があると。だが、予想を超えて男爵だという、これはめでたい。

「準男爵でなく、男爵とはさすが領主様だ！」

「今日は祭りだ！」

「領主様のところにお祝いを言いにいかないと！」

「そうだ、お酒で祝わないとだな！」

「お前はずっと飲んでいただろ！」

領民達から色んな声が上がったが、多くは祝福する為に領主邸に押し寄せて大騒ぎになった。

ファーザはこの騒ぎをめでたいからと、訪れる人々に酒を振る舞い、料理を出し、お金を配って歓迎しお礼を言って回った。

自分のお祝いなのに逆にもてなす父に、本当に人が良いと思ったが、だからこそ慕われる人なのだと、誇りに思えたリューであった。

祭りは二日間続き、集まった領民達の体力の限界で、やっとお開きになったのだが、その数日後から連日、祝いの品が屋敷に届くようになった。

それは領民達からの物だったが、スゴエラ新侯爵の下の与力の貴族達からの物も続々と贈られてきた。

同胞のランドマーク家の出世は羨ましい限りだったが、あの家なら素直に祝福できるというのが大半の意見で、どこかの隣領の当主の様に妬み、ランドマーク家の悪口を広めようと躍起になるようなことはなかった。

全ては祖父カミーザとファーザの上げた功績と人徳であった。

スゴエラ侯爵は、ランドマーク男爵に譲る土地の選定に悩んでいた。

その一部として隣領のエランザ準男爵に新たな土地を与えて移動を打診したが、頑として首を縦に振らないどころか、ランドマーク男爵の罵詈雑言を手紙に書き連ねて送ってきた。

この妄言としか思えない内容にスゴエラ侯爵も閉口した。

エランザ準男爵にはここのところいい噂が無い。

この手紙を読むと、どうやらその噂もあながち嘘ではない様だ。

そこでランドマーク男爵宛に一通の手紙を送った。

その内容は、エランザ準男爵からランドマーク家を誹(そし)る手紙がきた事や、隣領のランドマーク男爵ならばエランザ準男爵にまつわる噂の真実を知っているかどうかと、問いただすものだった。

もちろん、ランドマーク男爵に譲る領地候補であることは記さない。

そこまで記せば事実とは異なる報告が来るかもしれない、まあ、ランドマーク家は悪い話は聞かないし、初代当主のカミーザは自分の部下として先の大戦で大いに活躍してくれた信頼すべき男なので疑ってはいない。

息子のファーザもこれまでカミーザと共によく尽くしてくれた。

そんなファーザからは、昇爵の儀直後に今後も恩を忘れず、スゴエラ侯爵の派閥の一員として付いていくとも宣言してくれた。

同じ派閥の一員であるベイブリッジ伯爵とも最近親交を深めているというし、信頼は変わらない。

ランドマーク家に、スゴエラ侯爵から手紙が来た。

何でも、隣領のエランザ準男爵からランドマーク家を誹る手紙が来たそうだ。

ファーザはため息が出る思いだったが、スゴエラ侯爵がそれを真に受けてない事が伝わってきたので良かった。だが、これ以上の放置はランドマーク家の沽券にかかわる問題だ。

そこでリューを呼ぶと、この手紙をみせた。

「やっぱりこうなったんですね、ははは……」

「リューが言っていた通り、エスカレートしてきたな」

「実はお父さんには黙っていたけど、エランザ準男爵の身辺調査をやっておきました」

「そうなのか⁉」

「債務者の身辺調査は金貸し屋の基本なんで！」

ガッツポーズをするリュー。

「そうなのか？」

「そうなんです！」

またもガッツポーズをするリュー。

「よ、よし、それならば、私見を入れず、証拠だけをまとめて侯爵にお送りし、その上で判断してもらおう。で、エランザ準男爵の評判はそんなによくないのか？」

「はい、まず、領民への重税は噂通りです。そして、払えない領民にお金を貸して高利で追い込み、強制労働を強いたり、妻子に手を出すなど悪辣な限りを尽くしています。あと侯爵に納めるべき税を不作を理由に着服していますね。他にも……」

「ちょっと待て、そんな事を領主なのにやっているのか⁉」

領民の幸せを第一に考えるのが領主の務めと考えているファーザには考えられない事だった。

「はい、そして、最大の問題が……、スゴエラ侯爵領を含むこの南東部地域の機密情報を積極的に入手しては隣国に売っています。この情報はつい最近、調査に雇っていた冒険者チームから報告がありました」

「な……！　それは、侯爵への背信行為のみならず、国への反逆罪だぞ⁉」

ファーザは、リューの衝撃的な報告に思わず立ち上がった。

「この調査結果には僕も驚きました。税収以上に羽振りがいいので資金源を調べさせていたらこの結果でした」

ファーザは隣領の自分も、あの男の悪事にこれまで気づかなかった事に、ショックだったのか椅子に崩れる様に座り込んだ。

「徹底的に追い込みをかける時です。貸し付けたお金の回収のみならず、ランドマーク家に対する無礼の数々、ケリをつける時かと」

「……わかった、侯爵への報告書はリューに任せる」

「はい、準備はできているので早速、お送りします」


リューはすぐに大量の証拠書類をまとめてスゴエラ侯爵の元に送った。

噂については判断しかねるので、事実のみをまとめました。後は、侯爵の判断にお任せします、としたためて。


数日後、エランザ準男爵が自領の兵、数十人を連れてランドマーク領内に乗り込んできた。

これは、不可侵の誓約があるので、許可なしに兵を連れてきたエランザ準男爵に非がある事になる。

この行為に、ランドマーク側の領兵達が、新しく出来た城門前で止めようと揉み合いになったが、エランザ準男爵が爵位を盾に強行突破しようとしていた。

「平民ごときが触れるな！　私はエランザ準男爵様だぞ！」

この騒ぎに近くを通りかかった祖父カミーザが現れた。

「何事かと思うて来てみたら、これはこれはエランザ準男爵。これはランドマーク〝男爵家〟に対して喧嘩を売ったとみていいのかな？」

「私は認めていない！　それに貴様らだろう！　有る事無い事スゴエラ侯爵に吹き込んだのは！　そうに決まっている……、私に嫉妬したに違いない！　この平民出の成り上がりが！」

「お主に嫉妬する要素は皆無じゃぞ？　それより、息子が国王陛下直々に賜った男爵位を軽視する発言は無視できん、殺されても文句は言えんぞ」

カミーザが剣に手をかける。

「兵達よ、あの男を捕らえよ。私を侮辱したランドマークの首魁の一人だ。引き立ててスゴエラ侯爵への手土産とする！」

エランザ準男爵の領兵達は動揺した、命令でついて来たのはいいが、元Aランク冒険者、赤髪鬼のカミーザを捕らえよときた、それも他領で、である。

どう考えても非はこちらにあるので、領兵達は目を見合わせて動けずにいた。

そこに騒ぎを聞きつけ、ファーザやリュー、ジーロ、隊長のスーゴと領兵数名が駆けつけてきた。

「これはどういうことですかな、エランザ準男爵。兵まで連れてお越しになるとは……、これが意味するところをおわかりですか？」

ファーザが落ち着いているが、どこか圧を感じる質量の声で問いただした。

「黙れ！　貴様らのせいで、スゴエラ侯爵から出頭命令が来たのだぞ！　私に濡れ衣を着せ、失脚させようとしてもそうはいかん！　即刻、私のお縄を頂戴しろ！　そして、貴様ら全員スゴエラ侯爵の前に引き立ててやる！」

「その出頭命令とは、侯爵に納めるべき税を着服していた事でしょうか？」

ファーザは静かに答える。

「！　やはり貴様のせいだったか！」

「私のせいではなく、あなたの行った罪のせいでは？」

ファーザはまたも淡々と答える。

「黙れ！　私の領から出た税収だ、私が好きにして何が悪い！」

「勘違いしてはいけない。スゴエラ侯爵から頂いた領地領民である以上、侯爵に税を納めるのは義務ですよ。エランザ準男爵、それとも、あなたはスゴエラ侯爵を寄り親と思っておられないのか？　いや、仕える国自体が違うのか？」

「ど、どういう意味だ！」

「あなたがこれまで、スゴエラ侯爵領のみならず、王国南東部の機密情報を入手しては隣国に売りさばいて、お金にしていた件ですよ」

「な、な、な、何の話だ！　そ、それは貴様らランドマーク家がやっていた事に違いない……。そうだ、貴様らが隣国に情報を流し私腹を肥やしていたのだ！　私はそれを知って今日捕らえに来たのだ！　黙ってその首を差し出せ！」

「最初言っていた内容と違う事に気づいていますか？　その場限りの嘘に酔って自分を正当化するのはお止めなさい」

ファーザはエランザ準男爵の醜態に呆れた。

「黙れ、黙れ、黙れー！　兵達よ、即刻この嘘つきの反逆者達を捕らえよ！　捕らえた者にはたっぷり報酬を与えるぞ！」

エランザ準男爵は剣を抜くと自領の兵達に命令を下す。

だが、兵士達は相手当主と自分達が仕える当主とのやり取りから、今、剣を抜くと同罪に扱われる可能性がある事に気づいた。

「剣は抜くなよ、兵士達。抜けばこの男と一緒に極刑は免れないぞ！」

大柄でがっちりとした領兵隊長スーゴがファーザと兵士達の間にドンと立ちはだかると言い放った。

その言葉に威圧された兵士達は鞘に収まったままの剣を投げ捨てた。

「何をしている貴様ら!?　命令に従わんか！」

怒ったエランザ準男爵は近くにいた自領の兵を斬りつけた。

ギャッ！

肩を斬られて兵士は悲鳴と共にその場にうずくまる。

「スーゴ！」

ファーザの鋭い指名に、「了解！」と答えると馬上のエランザ準男爵にスーゴは身軽に飛びかかり引きずり下ろすと、あっという間に取り押さえた。

こうして、エランザ準男爵とのご近所付き合いは終焉の時を迎えたのであった。

エランザ準男爵の逆恨みによるランドマーク家への襲撃事件の話は、スゴエラ侯爵領全域にすぐ広まった。

それはエランザ準男爵が隣国に機密情報を売り飛ばしていた事実で衝撃を与え、この問題はスゴエラ侯爵の手を離れ、エランザとその一党は王都に罪人として送られる事になった。

ランドマーク男爵は事件を暴いた手柄もあり、エランザ準男爵領の統治移行がスムーズに行われたのだが、その二か月後、国王陛下直々に子爵への昇爵の提案がなされた。

さすがにこの早いペースでの昇爵には他から反感を買うだろうという事で、ファーザは直接断る為に、また王都に行く事になった。

リューも今度こそ付いていきたい気持ちがあったが、新領の道の整備にランドマークの街の城壁も完成していない。

それを考えると、王都までの往復の時間で色々と出来る事がある。

なので今回は次男であるジーロに譲る事にした。


「なんじゃ、リュー。ファーザに付いていかなかったのか?」

新領の道の整備をしていたリューを、セバスチャンと領兵を率いたカミーザが発見した。

「うん。おじいちゃんは何でセバスチャン達とここにいるの?」

「今から、エランザの住んでいた邸宅内の物の整理と取り壊しじゃわい。あんな無駄に立派な建物はいらんからな」

「ああ、あの屋敷は……。仕方ないよね。趣味が悪いもの」

納得したリューは屋敷の中に興味が湧き、カミーザに付いていく事にした。

屋敷の内部は準男爵のレベルにしては贅沢極まりない作りだった。

これが、領民に重税を課して搾り取った結果なのだろう。

うちも、お金を貸していたのでその一部はこの調度品の数々に変わったのかもしれない。

「やれやれ、悪趣味の塊じゃわい。こんなものにお金をかけて喜ぶのは自分だけだろうに」

近くにあった壺を無造作に手に取ると眺めながらカミーザが呆れた。

「それは、金貨八枚相当の価値があります！」

管理を任されていたこの屋敷のメイドの一人が、慌てて前に出る。

「そうか。ワシには全然わからんわい。この執事のセバスチャンにひとつひとつ教えてやってくれ。処分する時に助かる」

カミーザは壺を元の台に戻すと手を上げてみせた。


リューは一通り、見て回ると二階の執務室に向かった。

書類をいくつか見てみたが、際立って問題はない。

「……うん？」

側にある書棚の支え部分が宙に浮いているのがわかった。

壁に固定されている？

リューは本をどけるとそこに小さい穴があり、そこに小さい突起物がある。

それを押すとカチッという音と共に書棚が壁からゆっくりとドアが開く様に動いた。

裏に隠し部屋があったのだ。

「本当にあるんだこういうの……！」

中に入ると色んな魔道具や、高価と思われる貴金属類、それにいくつかの書類や手紙があった。

「こ、これは……!? ヤバいんだけど……！」

そこにあったのは、隣国から届いたと思われる、スゴエラ侯爵の暗殺計画が記されている書類だった。

さすがにこの計画にはエランザ準男爵も反対していたのか、隣国側から決断を迫る高圧的な内容が記された手紙もあった。

「何じゃこの部屋は？ ……お？ リュー、お前が見つけたのか？」

祖父のカミーザが隠し部屋に入ってきた。

「おじいちゃん、ヤバいものがあるんだけど」

「なんじゃそれは？」

リューが持っていた書類や手紙を上から覗き込む。

「……ほう。これは、いかんのう。計画が継続しとる可能性があるな」

リューの手から受け取ると、内容を確認し始めた。

「なんと、この計画は実行後、ランドマーク家に罪を着せる事になっとるのう。我が家も隣国には脅威らしい。わははは」

それはそうだろう。

先の大戦で隣国軍が侵攻して来た際には、当時のスゴエラ辺境伯が指揮する王国南東部貴族連合軍が、神出鬼没な奇襲戦を行って隣国軍の後方を脅かした、その急先鋒が祖父カミーザの所属する部隊だったのだ。

隣国にしたら痛い目にあわされたスゴエラ侯爵と、祖父は葬りたい相手だろう。

「これは直ぐに報告に向かった方が良さそうだ。ワシが直接行くから、リュー、あとは頼むのう」

「え、僕も行きたいです!」

「ファーザも、タウロもジーロも、居らんのにこれ以上は屋敷を留守にするわけにいかんじゃろ。お母さんと屋敷を今守るのはリューお前じゃ」

リューの頭をポンと叩くとカミーザは一階に降り、セバスチャンを呼んで事情を伝えると、屋敷をすぐ後にした。

この後、祖父カミーザの消息は途絶えた。

リューは日々、悶々としながら道の整備や、城壁作りをしていた。

祖父カミーザがスゴエラ侯爵の元に向かってから半月が経っていた。

連絡は一切なく、消息は不明。

父とジーロ、それにスーゴは片道三週間の王都に行っているのであとひと月近くは帰ってこない。

長男のタウロは丸一日あれば帰ってこられる距離だが、連絡していない。

勉強に集中してほしいからだ。

それは母セシルの意向でもあった。

祖母ケイは心配していると思っていたが、いつも通りゆっくりしている。

普段、祖父カミーザが、魔境の森に出かけていく人なので連絡がなくても慣れっこの様だ。

「……なんか最近、よく見られている気がする……」

領民からは未だに拝まれたりする事はあるのだが、その視線とはまた違うものを感じていた。

だが、視線は感じても見ている人を見つける事はできなかった。

これは、監視されている？

領兵隊長スーゴの能力『鷹の目』の様なもので遠距離から見られているのかもしれないとリューは感じた。

前世でも、組（ヤクザの組事務所）がポリ（警察）の監視対象になっていた時は、向かいのビルからよく見られていたなぁ。

リューは前世の思い出を振り返りながら、監視している相手を想像したが、身に覚えがない。

強いて言えば、エランザ準男爵関連だが、一党は捕らえられ、裁かれる為王都に送られているはずだ……。

だが、元極道の勘から、首筋にチリチリと走る違和感は警察のガサ入れか、敵対する組の鉄砲玉による襲撃前の感覚に似ていたから、ろくな事ではないだろう。

屋敷に戻ったリューは母セシルに監視の件を一応報告した。

「あら、よく気づいたわね。セバスチャンからも報告が来ているわよ」

「知っていたの⁉」

「ええ、もちろんお母さんだって気づくわよ、最初に気づいたのは私なんだから。そうだ、リューは、一応、人気のないところで一人にならないようにね」

母セシルはドヤ顔をすると、息子の行動を注意喚起した。

「……はい、わかりました」

さすが、父と冒険者をしていただけある。

監視への対応は専門じゃないはずだが、スキルや能力とは関係ないレベルの経験の差だろうか。

とりあえず、母セシルの言う通り、当分は森などに一人で行かないようにしておこう。

相手の目的がわからない内は下手な行動は出来ない。

妹のハンナも、母に注意されたのか、ここ最近は母に付きっきりだった。

黙って相手の出方を待っているつもりもないリューは、屋敷の周囲に土魔法で大人の背丈くらいある壁を建てた。監視している相手の視線を切る事にしたのだ。わざわざ監視相手に情報を与えるつもりはない。それに、前世の極道での経験上、先の先、後の先を取る事でこちらが有利に立つ事は可能だからだ。

これには母セシルも反対しなかった。

人の良い母セシルでも、ただで私生活を見られるつもりはなかったようだ。

そんなちょっとした相手への嫌がらせをした数日後、スゴエラ侯爵の領都である街の学校に通うタウロから緊急の手紙が来た。

母セシルが声に出して読んでくれたのだが、その内容がなんとスゴエラ侯爵を狙った暗殺未遂事件が起きたそうだ。

タウロも詳しい事はわからないらしいが、かなり大掛かりな事件だった様で、タウロの通う学校もそれに連動して襲撃されたらしい。

タウロ自身も敵に遭遇して一戦交え撃退したようだ。

怪我はないので安心してと綴ってあった。

「……無事なのね、良かったわ」

母セシルは手紙を読み終わるとほっとため息を漏らした。

そこにセバスチャンが足早に部屋に入ってきた。

「監視していた者達が動き出したようです、こちらに向かってきています」

このタイミングという事は、どうやら、スゴエラ侯爵暗殺未遂事件と関係があるのかもしれない。

セバスチャンから報告を受けた母セシルが、使用人やメイドにすぐに末娘ハンナと一緒に地下室に隠れる様に言うと、

「リュー、ランドマーク家の男子として、意地を見せなさい」

「はい！」

リューは返事をすると壁に向かう。

壁に小さい穴を掘っていたのでそこから覗いて確認する。

数は……十七人。

「家族（カタギ）に手を出す外道は許さない！　僕の誇りにかけて絶対守って見せる！」

リューは、決意を口にした。

そして、先手を打って敵を引き付けるとお得意の土魔法を唱える。

「岩槍！」

ギャッ！

突然地面から伸びる岩の槍に反応できなかった二人がその場に倒れた。

他の者は咄嗟に魔法の気配を感じて反応し、防御魔法で防いだ。

「魔物と違って反応が早い！」

その監視者達、もとい、襲撃者達は統一された黒装束に身を包み、組織だった動きからただ者ではなかった。

実際、リューの得意な土魔法も、ほとんどが防いでみせた。

「じゃあ、もう一発」

壁に肉薄してきた襲撃者を引き付けると、寸前のタイミングで初歩だが、瞬時に出せる土魔法『石礫（いしつぶて）』を大量に放った。

近距離でのこれには、敵も防御魔法で反応する時間は無く、剣や盾で防ぐのが精いっぱいで、クリーンヒットした二人を戦闘不能に追い込んだ。

そのタイミングに合わせる様に、母セシルが、広範囲攻撃の大技、雷魔法の『雷撃驟雨（らいげきしゅうう）』を放った。

敵は土魔法を防いでいる直後である、隙が生じた。

降り注ぐ雷の槍に貫かれ四人がその場に倒れた。

それでも敵は怯まず、壁を飛び越えてきた。

リューは慌てて飛び退る。

襲撃犯達が地面に着地した瞬間だった。

リューが仕掛けた罠が発動した。

壁は罠を仕掛ける為の目隠しだったのだ。

地面が消失し、穴に落ちてそこから生える杭に貫かれる者、土の中から槍が飛び出し、それに刺され負傷する者、足に罠が絡まり逆さに吊り上げられる者。

合計三人が戦闘不能に陥った。

どうだ！　タマ（命）の取り合いは念入りに準備した方が勝つんだ！

リューは、前世も含めての経験の差を見せるのであった。

そこに動揺する敵の隙を見逃さず、セバスチャンが一人を斬り捨てた。

残り五人。

それでも、リュー、セシル、セバスチャンの三人対五人ではまだ分が悪い。

睨み合いながらリュー達は屋敷内に退いて行く。

外でこれ以上戦えば組織だった動きをする相手が有利と見たのだ。

狭い屋敷に引き込めばまだ戦えるはずだ。

リューは背後を、セバスチャンは前を、セシルはその間で魔法によるサポートをする体制になった。

屋敷の廊下は広くない。

相手は一人ずつセバスチャンと戦う事になる。

と、思ったのも一瞬で、リューの方が狙い目と見た敵がすぐ外から窓ガラスを割って侵入して背後に回りリュー側に二人来た。

挟み撃ちだ。

「これは、子供に容赦ない大人だね」

と、リューはつぶやく。

セシルが咄嗟に庇ってリューの前に出ようとしたが、「お母さん大丈夫。僕もお父さんの子だよ」と、母セシルを押しとどめた。

「やれ！」

敵のリーダーらしき男が後方から指示を出す。

その瞬間、前ではセバスチャンに後方ではリューに敵が斬りかかる。

「力強化、俊敏強化」

セシルがそれに合わせる様にセバスチャンとリューの二人に魔法をかける。

二人は敵と切り結び跳ね返す。

セバスチャンはともかく、リューの剣技に敵は驚いた。

「このガキ、できるぞ！　魔法だけじゃなかったのか⁉」

監視の間は一日中、土魔法で道の整備と城壁作りしかしてなかったので勘違いしてくれていたようだ。

それからは膠着状態だった。

狭い廊下での攻防は実力が伯仲していて、たまにリューが負傷するがすぐ、母セシルが治療する。

その厄介さに敵はセシルを先に倒したいがセバスチャンとリューが邪魔というジレンマに陥った。

「ならば！」

リーダーと思しき男は火魔法で屋敷に火を点けようとした。

「それは、いかんじゃろ」

敵リーダーの背後から声がした。

「な⁉」

振り返ろうとする敵の胸から剣が生えてみえた。

突然現れた祖父カミーザが背後から剣で貫いたのだ。

「うちの家族に手を出した時点で悪手だったのう」

リーダーをやられた後の襲撃犯達は脆かった。

セバスチャン側の残り二人はカミーザとの挟み撃ちで直ぐ倒され、リュー側の二人は逃走しようと外に出たが、追いすがったセシルが背後から風魔法で切り裂いた。

「息子に手を出した報いよ」

容赦がなかったが、自分も親だったら子供を狙った相手に容赦はしないだろう。

同情の余地はなかった。

「長い事留守にしてすまんかった。スゴエラ侯爵暗殺計画を防ぐのに忙しくてな。無事防いでみたら、うちも狙われていると知って、慌てて戻ったんだが間にあって良かったわい」

「おばあちゃんは大丈夫？」

「ああ、あっちは狙われてなかったわい」

あっ、おばあちゃんのところに最初駆けつけたのね。

と、祖父のラブラブっぷりを指摘しようかとも思ったが今は止めておこう。

みんな助かったのが何よりだった。


スゴエラ侯爵暗殺未遂事件では、祖父カミーザからの報告でスゴエラ侯爵自身が事前に知ったことで、二人は協力して裏で調査し事件当日まで動いていた。

その結果、先手を打って防ぐ事ができたのだが、その中で、学校襲撃は暗殺の前に目をそちらに向けさせると同時にランドマーク家の次の当主になるであろうタウロも暗殺できれば一石二鳥という計画だったと思われる。

それほど、隣国は先の大戦で散々自国軍の後方をかく乱したランドマーク家が目障りだったようだ。

当初、スゴエラ侯爵暗殺後、その罪をランドマーク家へ着せる為の準備をしていたようだったが、失敗に終わった事で暗殺に切り替えたらしい。

それを祖父カミーザが直後に知って、駆けつけてくれたという事が、全ての顛末だった。

暗殺計画を知っていたエランザ準男爵は王都に移送されたので、王都到着後の尋問まで明るみにならなかっただろう事を考えると、たまたま自分が隠し部屋を見つけた事は、本当についていたと思うしかなかった。

「リューが隠し部屋を見つけてくれたおかげだ」

祖父カミーザがリューの頭を撫でた。

そう言ってくれたが、その後はほぼ祖父カミーザの活躍によるものだった。

自分はほとんど何もしていない、もっと強くならなければいけない。

そう誓うリューだった。

その後、ファーザとジーロが王都から帰ってくるまでは、ほとんど何事も無く過ぎた。

途中、スゴエラ侯爵から謝意の使者が来たが、ファーザが留守だったので、カミーザが代わりに相手をし、ファーザが帰還した後、改めてお礼をしたいとの事だった。

そんな中、ファーザは帰ってくる途中でスゴエラ侯爵暗殺未遂事件と、ランドマーク家襲撃事件を知った。

なので、その知らせを聞いた後は昼夜休まず馬車を走らせた様で、ファーザ一行は予定より数日早く帰ってきた。

城門を過ぎ、祖父カミーザに遭遇したところで馬車を止めた。

「なんじゃ、急いでも結果は変わらんのだから、ゆっくり戻ってくればいいものを。馬がかわいそうじゃろ」

　ファーザが血相を変えた顔で馬車を降りてきたのを、息荒く、泡を吹く馬達を労いながら、祖父が笑ってみせた。

「みんな無事なんですか⁉」

「うむ、留守をリューとセシルさんがちゃんと守ってくれたわい。ワシも家を離れていたから、ちと焦ったがのう」

「そうですか、無事なら良かった……。おっと、セシル達に早く会わないと」

　そう言うファーザの脇から、「おじいちゃん、ただいま」と、ジーロが馬車から顔を出した、げっそりしている。

　連日、馬車を飛ばしていたから数日間あんまり寝られていなかったのだろう。

「ジーロお帰り。大丈夫か、げっそりしとるぞ。ファーザ、早く帰って休ませてやれ」

　ファーザは馬車に乗り込むと今度はゆっくり走らせ屋敷に帰っていくのであった。


　ファーザが王都から戻ってから数日後。

　ファーザの元に、スゴエラ侯爵から会談要請が来た。

　もう、与力ではないから、要請という形の様だ。

　父カミーザを同席させてほしいとの事だが、今回の一件での父の活躍についてだろう。

　それは誇らしいのだが、もう少しゆっくりしたかったというのが、本音だった。

今年は片道三週間かかる王都の往復を二回立て続けにやっている。馬車に揺られるのには正直飽きた。

だが、侯爵からの要請だから断れない。

「よし、……行くか。今度は旅行をしたがっていたリューを連れていこう。……ジーロはさすがに帰りに無茶させ過ぎたからな」

ジーロは文句一つ言わず強行軍での帰途に耐えてくれた。

それだけにジーロも当分馬車は嫌だろう。

「そう言えば、今回の件で王都での出来事が有耶無耶になったな。……帰ってから改めて話すか」

今回、子爵への昇爵を断りに行ったのだが、連れて行ったジーロが国王陛下や宰相閣下らにやけに評価されていた。

多分、知らぬ間に人物『鑑定』をして優秀だと判断したのだろう。

来年から王都の学校に入学できるように推薦してくれる事になった。

本当は、タウロと一緒の学校に入れるつもりだったのだが、昇爵を断った手前、ジーロの事は断りづらかった。

陛下は純粋に子爵昇爵の代わりにその子、ジーロの将来を考え、取り立てるつもりで、まず、王都の学校にと考えたのだろう。

ジーロもそれを察して、何も言わなかった。

それだけにファーザはジーロに申し訳ない気持ちだ。

ジーロはタウロと同じ学校に行くのを楽しみにしていたからだった。

舎弟が増えますが何か？

今後のランドマークの街を発展させる為の参考になりそうだ。

それも、王国南東部域ではスゴエラ侯爵領の街が最も大きいらしい。

ランドマーク領内から出たのは魔境の森だけなので他所の街に出かけるのは初めてだった。

リューはワクワクしていた。


リューは堪えていた。

一日中馬車に乗っているとお尻が、もの凄く痛い。

衝撃がもろにお尻に伝わってくる、衝撃を和らげるクッションの様な物が馬車に付いていないのだ。

この道から伝わる凸凹の衝撃に一日中襲われる現状に、リューは早くも心が折れそうになっていた。

これは馬車を早急に改造しなければならないとリューは思うのだった。

「お父さん、よく王都までの片道三週間も我慢できたね」

「いや、私も馬車は当分乗りたくなかったよ」

ファーザが本音を漏らし苦笑いした。

「わははは！　ワシも馬車より馬に直接乗る方がまだ楽だな。ジーロもさぞ、うんざりしただろう？」

「あの子は我慢強いから愚痴は漏らしませんでしたが、当分は乗りたくないでしょうね……」

そういえばジーロお兄ちゃん帰還直後、げっそりしていたもんなぁ……。

リューはその時の事を思い出した。

確かにこの状態で三週間、それも後半は昼夜休まず乗っていたら、これはほとんど寝られないとジーロに同情した。

自分が王都の学校に行くまでには馬車を改造して、楽しく行けるようにしようと思うリューであった。

途中、村に一泊して昼過ぎにはスゴエラの街に到着した。

初めて見た高い城壁に囲まれた立派な街である。

ランドマークの街しか知らなかったリューには外から眺めるだけでも圧巻の光景だった。

「これは凄いですね、お父さん、おじいちゃん。ランドマークの街もこんな風に栄えると良いですね！」

目を輝かすリューに、「そうだな。栄えると良いが、道のりは遠そうだな。ははは」と、父ファーザは答えるのであった。

領主として、息子の願いに応えたい想いはあるが、それは少なくとも数十年はかかる事業になるだろう。

「わははは！　ランドマークの街には田舎ならではの良さがある。こんなに栄える事だけが、良さではないぞリュー」

祖父カミーザならではの答えだった。

確かに、田舎ならではの良さがある、そしてそれは住んでいる人にとっての過ごしやすさで、それを守るのもランドマーク家の務めだろう。

発展と過ごしやすさの両立、今後の課題にしよう。


城門を馬車が通過した。

そこに広がるのは大きく沢山の建物と高い塔、そして想像をはるかに超える人の数、そこは人種のるつぼだった。

前世の記憶では映画で観た記憶がある「エルフ」とか「ドワーフ」とかがいる。

うん？　犬みたいな耳と尻尾を持つ人がいるけどあれは何だろう？

母セシルが勉強の時に言っていた獣人族だろうか？

よく見ると、耳や尻尾も違う種類がある。

あれは猫人族だろうか？

前世では猫好きだったから撫でたいけど、流石に怒られるよね？

リューの興味は尽きなかった。

馬車の引き戸窓に顔を張り付けたまま離れないでいた。

「リュー、そうしていると顔に跡が付くからそろそろやめておきなさい。あとは、着いてからじっくり見物するといい。今日は、到着を伝える使者を出すくらいだからな」

ファーザから注意されてやっと顔を離したリューだったが、もう手遅れで顔に窓枠の跡がしっかり残っていた。

街に来た時にいつも泊まる宿に到着した。

受付で空きの確認をしていると奥から宿屋の主人が現れた。

「これはこれはランドマーク男爵様！　実はスゴエラ侯爵様から使いが来まして、うちではなく違う宿屋に泊まる様、仰せつかっております。……ここだけの話、うちとは比べ物にならないくらい、とても良い宿屋です。侯爵様が宿泊費は負担してくれるそうですからタダですよ。良かったですね♪」

ここの主人とは、ファーザが騎士爵時代からの付き合いだ、とても親しい。

それだけに宿屋を移るのは申し訳なかったが、主人は気にしていなかった。

ファーザがお礼を言うと、「いえいえ、男爵様のご活躍は聞き及んでおります。うちを長い事ご利用いただけていた事は自慢でございますよ。あ、男爵様の名前を使って宣伝していいですか？」と、答えてきた。

親しい間柄の冗談だ。

「もちろん自由に使ってくれ。今回は指定された宿に行くが、次回はこちらを利用させてもらうよ」

ファーザ達は挨拶するとまた、馬車に乗り込み移動するのであった。

新しい宿はスゴエラ侯爵の領都であるこの街で一番の宿屋だった。

それこそ上級貴族やお金持ちが訪れた際に宿泊する様な贅の限りを尽くした宿である。

リューは少し、エランザ準男爵の屋敷を思い出したが、あそこと違うのは品の良さがあることだろう。

高そうな調度品も置いてあるが、ゴテゴテしておらず、前世で言うところのわびさび的な質素な美しさもある。

一介の貧乏男爵風情が泊まる宿ではないのだが、これがスゴエラ侯爵なりのお礼の一つなのだろう。

宿泊代が気になるところだが、ここは敢えて聞かないで黙って泊まろう、聞くと緊張でゆっくりできない自信がある。

「じゃあ、街を見てくるね」

「ああ、遠くに行き過ぎて迷子にならないようにな」

「はーい！」

リューは返事をすると走り出した。

夕方まで時間は少ない、色々と見て回りたかった。


「だ・か・ら！　働かないと食べられないから雇われるって言っているの！」

金髪に緑の瞳の十六歳くらいの一人の美少女が鍛冶屋の店先で鍛冶屋の主人であるドワーフに噛みついていた。

「だから、ワイが何でエルフを雇わんと、いかんのじゃ⁉」

そう、ドワーフに噛みついていたのは耳が尖り、華奢で力仕事が不向きな者が多いエルフだった。

そして、ドワーフにとってエルフは相性が良くない。

それだけでもドワーフには雇いたくない理由だったが、鍛冶屋の仕事となると、このエルフに適性があるとは思えない。

「仕事募集の張り紙を出していたのはそっちでしょ！」

「お主、絶対、鍛冶屋適性ないじゃろ⁉　せめて体格が良ければ助手が務まるが、それも期待できない奴をなんで雇わないといかんのじゃ！」

「そんなの無いわよ！　私の適性は誇り高き『精霊使い』に『追跡者』、『森の神官』よ！　馬鹿にしないで！」

「やっぱりじゃないか！　それで、その体格でなんでワイが雇うと思ったんじゃ！」

「知らないわよ！　私はお金がないから食べられない、だから、その為に働く。そこにあなたが人手を募集しているんだから私が雇われる、それがこの世界の仕組みでしょ！」

「無茶を言うなエルフ！　こっちも使える奴を雇わないと損にしかならんじゃろが！」

「エルフを使えない奴呼ばわりとは失礼でしょ！　謝りなさいよ！　謝らないとこのお店を潰すわよ！」

うわー。

揉め事から一転、エルフがクレーマーになる瞬間を目撃したよ……。

現場に遭遇する事になったリューは、最初、ドワーフとエルフという珍しい組み合わせに感動すら覚えて見ていたが、ただの揉め事だった。

だが、今言ったスキルの持ち主ならうちが雇いたいぐらいだ。

お父さんに相談しないといけないが、個人的に異種族のエルフには興味がある。

自分の従者になってくれないだろうか？

「あのー……。そこのエルフさん。良かったら家で雇いましょうか？」

リューは口喧嘩の最中の二人に割って入っていった。

「「？」」

突然の子供の乱入にドワーフとエルフも思わず口喧嘩を止めたが、そこに雇うという言葉にさらに思考停止した。

が、すぐ、ドワーフは正気に戻ると、「ボウズ、止めとけ。今の聞いていただろ？　店を潰すと脅すような奴じゃぞ」と止めに入った。

「ちょっと、人を悪党みたいに言わないで！」

エルフの少女が再びドワーフに噛みつく。

「ほら、自覚がないのが一番危険なんじゃ。エルフという奴はこれだから」

「いえ、エルフさんのスキルは優秀そうなのでうちで欲しい人材です」

「？」

リューは自分がランドマーク男爵家の三男である事を自己紹介した。

「あの巷で評判のランドマーク家の坊ちゃんかい！」

鍛冶屋のドワーフが驚く。

「誰、それ？」

エルフの美少女は全く知らない様だ。

「最近この街の領主様であるスゴエラ侯爵の命を救ったランドマーク男爵家を知らんのか⁉」

「仕方ないでしょ？　私、森から出てきたばかりなんだから！」

「ともかく貴族様なんだよ！」

「……じゃあ、私を雇ってくれるの？」

ぐー。

言うタイミングでお腹がなり、エルフは顔を真っ赤にした。

「とりあえず、食事にしましょう、奢ります」

リューはニッコリ笑うとエルフの手を取って食事に誘うのであった。


このエルフの美少女の名前はリーンというらしい。

今二人は小料理屋に来ていて、リーンが一人忙しくだが、黙々と食事をしていた。

それでは話が進まないのでまず、年齢を聞いたが、その回答に驚いた。
十六、七歳に見えるのだが四五歳らしい。
エルフは長命で人間の三倍以上生きるそうだ。

母セシルから聞いていたが、実際目にすると驚きでしかない。

次に、なぜ困っていたのかを聞くと、家出同然で住んでいた村から飛び出してきたそうで、お金の持ち合わせも少なく、すぐに使ってしまったそうだ。

それで空腹の中、街を徘徊していたのだがそこに犬猿の仲であるドワーフが目に入り、店先をみると人手を募集していた。

リーン本人はドワーフに対して思うところが無かったので、背に腹は代えられない事もあり、扉を叩いたところあの揉め事になったそうだ。

「で、あなたは本当にそのなんとか男爵の子息なのね？」

食事をし終えたリーンは、落ち着いたのか改めて聞いてきた。

「ランドマーク男爵家の三男です。うちは今、昇爵したばかりで人手不足なんです。リーンさんみたいな優秀なスキルの持ち主は貴重なので僕の舎弟……じゃなく、従者になってほしいです」

「従者ねぇ……」

ピンと来ないらしい。

「エルフは高潔な人種なの。仕えるにしてもそれなりに立派な人でないと。リューはいくつなの？」

「九歳です」

「驚いた！　本当に人間って早熟ね……。昔あった人間もそうだったけど、エルフの九歳よりしっかりしているわ！」

すみません、前世を合わせたらあなたとあんまり年齢は変わりません……！

とは言えなかったが、「ありがとうございます」とだけ言っておいた。

「それに、リューの親にも会わないと今はうんとは言えないわね」

「そうですね。それでは祖父と父が宿に泊まっているので案内します」

こうして、エルフのリーンを連れて宿に戻る事になった。


帰ってきたリューがエルフの美少女を拾ってきた。

これには祖父カミーザも父ファーザも驚いていたが、「こちらが祖父のカミーザと父のファーザです。おじいちゃん、お父さん、こちらはリーンさんといって、うちに雇ってもらいたい人です」と紹介すると……。

「「「え？」」」

リューの紹介にカミーザもファーザもそして、リーンも驚いた。

「リーンとはもしかしてリンドの森の村の村長リンデスの娘のリーンちゃんか？」

カミーザが知っているエルフだったのか問いただした。

「そうだよね、父さん？　面影があるから私もそう思いました」

ファーザも知っているのかカミーザの質問に賛同する。

「という事はカミーザおじさんにファーザ君？」

家出エルフ、リーンも聞き返した。

これにはリューは蚊帳の外だった。

「三人とも知り合いなの？」

「ワシが冒険者の頃、妻のケイ、ファーザとセシルさんと一緒に立ち寄ったエルフの村で出会った娘さんだよ。あの時は小さいファーザやセシルさんと同じくらいだったが成長したな。それでも長命なエルフだからまだ若いが」

「本当にそうだ。自分だけ老けて不思議だな」

ファーザも呆気にとられながら目の前のリーンを見つめる。

「……えっとそれでね？」

リューが仕切り直して経緯とスカウトについて説明し直した。

「それなら、ワシは反対せんぞ？」

「私もリーンちゃんがうちに来るなら大歓迎だ」

「カミーザのおじさんは恩人だし、ファーザ君の子供なら私も問題ないわ。お願いしたいくらいです」

「でも、家出はアカンぞ、リーンちゃん。家には連絡するからの？」

「……はい。ごめんなさい」

リーンはシュンとして謝る、祖父カミーザには頭が上がらない様だ。

「それにしても、まさかリューがリーンちゃんを拾ってくるとはな……。セシルさんも喜ぶな。わははは！」

「え？　セシルちゃんも元気なのカミーザのおじさん」

「私の妻になったよ」

ファーザが代わりに答える。

「やっぱり、そうなったのね。あの時から仲良かったもの」

思いがけない出会いから、祖父と父、リーンの話は翌日にスゴエラ侯爵との会談を前に深夜まで盛り上がるのだった。

ちなみに、リューは蚊帳の外のままだったので一人早く寝る事にしたのだった。

スゴエラ侯爵とランドマーク男爵の会談は思ったより長引いていた。

祖父カミーザもその会談に参加しているのでリューとエルフのリーンは控室で待たされていた。

「長くない?」

状況をよく知らないリーンがもっともな感想を述べた。

「だね。何か揉める事でもあったのかな?」

「私は事情がいまいち飲み込めてないんだけど、カミーザおじさんが命を助けたんだから揉める理由ないわよね?」

「そうなんだけど。お礼の話をするだけで何時間もかかるわけないしなぁ」

リューとリーンが何度目かの同じやり取りをしていると控室の扉が開いた。

「リュー、リーン。会談は終わったから帰るぞ」

父ファーザが疲れた顔をして二人を呼んだ。

「「はーい」」

二人はやっと息がつまりそうな豪勢な部屋から解放されたのだった。

宿屋に戻る馬車の中。

「お父さん、なんで長引いていたの？」

「……侯爵が陛下に子爵への昇爵を働きかけると言い出してな」

なるほど、陛下へ直に断りを入れたばかりなので、それは父も困った事だろう。

それに今回の件は国と関係ない事だし、昇爵を望まないと断ったらしいのだが。

「今度はジーロを召し抱えたいと仰ってな。まだ早いし、そもそもジーロは陛下に気に入られて来年は王都の学校に行かせる事になるかもしれん。だから断るのには苦労したよ」

「ジーロお兄ちゃんはタウロお兄ちゃんと同じ学校を望んでいたよね？」

「そうなのだが、わからん。陛下や宰相閣下から推薦されるとこれも断るのが難しいんだ」

ファーザはため息をついた。

ジーロが望む進路に行かせたいのが親心だろう。

「侯爵は、ならばうちの孫娘を、とジーロの相手に勧めてきたのだがタウロの事もあるからこれも返答が難しくてな……」

「侯爵もこの段階で拗ねていたな。わははは！」

祖父カミーザが横からファーザの説明に情報を足してきた。

「リューを婿養子にという話も上がったのじゃぞ？」

祖父カミーザがリューをからかう様に言ってきた。

どうやら、命の恩人であるランドマーク家に報いる為にスゴエラ侯爵は親戚縁者になる提案を色々としてきた様だ。

まだ七歳である妹ハンナをスゴエラ侯爵の孫の婚約者にという話も上がったが、スゴエラ侯爵の孫にはすでに婚約者がいるので、小さい内から複雑な状況に関わらせたくないと、これにもファーザは強く断ったそうだ。

この世界、裕福であれば複数の妻を迎える事も多々ある事だが、母セシル一筋の父ファーザには抵抗があった。

与力でなくなった以上、領地の割譲も王都に許可を得なければならない為、現実的ではない。

こうなると三男で一番影響が少ないリューが婿養子という話が有力になりそうだが、スゴエラ侯爵もそれはそこまで積極的ではなかった。

タウロは学校での評判を、ジーロの評判は陛下や宰相が高評価している事をカミーザから聞いているが、リューの事は知らない様で凡庸と解釈したのかもしれないとファーザが予測したのだが。

それはそれで傷つくんですけど……！

意外な流れ弾に胸を撃たれるリューであった。

そこへ、リーンが、「リューは期待されてないの？　私、これから大丈夫かしら」と、追い打ちをかけてきた。

ぐはっ！

機関銃で撃たれたかのように内心、吐血する思いだったが、「だ、大丈夫！　僕もお兄ちゃん達と同様に頑張っているからね」と、強がって返答するのであった。

「でも、才能が無かったら努力も虚しいものよ？」

ぐはっ！

エルフの言葉が、狙撃手の弾丸の様に心臓を抉る。

リーン、わざと追い打ちかけてない？

と、思ったリューだったが本人はいたって真面目な様子なので、質が悪い。

「僕のスキルはゴクドーに器用貧乏、鑑定があって……」

「器用貧乏!?　……リューいいのよ、強がらなくて……。ゴクドー？　は知らないけど鑑定が別にあるだけでもまだ希望があるのだから。私も出来るだけ見放さないわ」

リーンは明らかにリューに落胆した様子だったから、この子の出来るだけというのも当てにならないと思ったが、後でビックリさせてやろうと企むリューであった。

宿屋に戻ると一泊し、ランドマーク男爵一行は翌日には朝一番で帰路に就いた。

帰り道は順調で途中、村で一泊し、その翌日の昼にはランドマーク家に到着した。

部屋に入ってきたエルフの少女に母セシルは気づくと、

「……リーンちゃん？」

「セシルちゃん？」

「「久しぶりー！」」

きゃー！

母セシルの少女な反応には驚いたが、そこに祖父カミーザに呼ばれた祖母ケイも加わり、今度は状況をよく知らないジーロが蚊帳の外になった。

リューはこの数日間で慣れたが、ジーロにはびっくりだろう。

わかるよジーロお兄ちゃん……、僕も同じだった。

戸惑うジーロの肩を叩くリューであった。


祖父カミーザと祖母ケイ、父ファーザと母セシルの四人は、リーンの故郷の村を救った事があるそうだ。

そして、先の大戦を村の者達と共に戦った経緯がある。

なのでリーンは村の救世主であり戦友である祖父カミーザ達に頭が上がらないのだ。

「一応、僕の舎弟……、じゃない、従者になるはずなんだけどね？」

「あの雰囲気だと、リューのお目付け役みたいな感じがするよ？」

ジーロの指摘に、「でも、リーンはそんなタイプじゃない気が……」とリューはリーンのトラブルメイカー的な性格に難ありと思った。

まぁ、まだ可愛げがあるから許されるけど。

リューの評価はそんな感じであった。

「まぁ、お父さん達みんな喜んでいるし、いいんじゃない？　僕は来年学校でいなくなるから仲良くね」

「王都の学校の方に行くの？」

「あ、お父さんから聞いていたんだ。うーん……、手続きを考えるともう決めなくちゃいけないんだけど、まだ悩んでいるよ」

「ジーロお兄ちゃんなら王都でも大丈夫だよ！」

「ありがとう。でも、勉強は普通だからなぁ。タウロお兄ちゃんと同じ学校でいいかもしれないなぁ」

うーん、うちの兄達は自分を過小評価し過ぎている気がする……。

兄タウロは学校で評価されて自分の立ち位置がわかったのだろうけど、それでも自分はまだまだと謙虚である。

ジーロも多分同じような感じで、周囲が凄すぎるから自分が平凡だと思っているようだ。

それが兄達の良さでもあるのだが、少しは自信を持ってほしいと思うリューだった。

「で、この子がリューの兄ジーロなのね？」

リーンが蚊帳の外のリューとジーロに話しかけてきた。

「これからは私は従者としてリュー達の下で仕える事になるからよろしくね」

態度は完全に雇う側のそれだが、リーンはこれがお願いらしい。

ジーロは素直に受け止めると、「リューをよろしくお願いしますね」と、答えた。

お兄ちゃん、普通の貴族の子ならそこは態度を咎めるところだよ。

心の中でツッコミを入れるところだが、ここはランドマーク家、これが普通で良いよね、とリューは思った。

「そうだ、僕は夕方までいつものやって来るね」

日課である城壁作りのことだ。

「今日くらいは休めばいいのに」

ジーロがリューを労わるように言った。

「何々？　いつものって」

リーンが興味を持った様だ。

そこに母セシルが声をかけた。

「リューの日課をみたらリーンちゃんもびっくりするわよ」

いたずらっ子の様な表情をセシルがする。

「何か変な事でもしているの？　じゃあ、付いていくわ」

セシルに言われてリーンも興味津々になったようだ。

「じゃあ、付いてきて」

リューは早速リーンを驚かせる機会を得る事になったのであった。

リューは作りかけの城壁に近寄っていく。

この子は何をする気なのだろう?

リーンは疑問だらけだった。

カミーザおじさん達はリューが凄い子だというのだが、スキルが器用貧乏では最初は良くても後の人生苦労だらけだ。

鑑定スキルがあるのでうまく成長できれば食うには困らないだろうが、この歳では今は大した事はできないはずである。

「じゃあ、やるね」

リューはリーンに声をかけた。

「城壁」とつぶやくと、地響きと共に地面が盛り上がり城壁がせり出してきた。

ちょっとした土の壁なら自分もできる。

精霊使いであり森の神官のスキル持ちだから土魔法は得意だ、だが、この規模は無い!

それも、石一つ一つの作りもしっかりしていて作りは精巧だ。

「ちょっと何これ!?」

リーンは見上げて口を開けたまま驚くのであった。

目の前の事実にリーンは頭が付いていかなかった。

まだ九歳の子供が自分より規模が大きい土魔法を使ってみせたのだ。

一番の疑問は、このリューは器用貧乏で能力の制限がある事だ。

有り得ない事があり過ぎて、リーンは開いた口が塞がらなかった。

「一応、この城壁は僕が一人で毎日作ったものだよ」

ここぞとばかりにリューは自慢した。

毎日コツコツとやってきた成果だ、このくらいは自慢してもいいだろう。

「……ちょ、ちょっと！　リューのスキルは器用貧乏じゃないの⁉」

正気に戻ったリーンが一番の疑問をぶつけた。

「そうだよ？　でも、限界突破の能力があるから」

「……限界突破？」

「そう、ゴクドースキルの能力の一つで――」

リューの説明をリーンは聞いていたが長命のエルフの中でもそんなスキルの話、聞いた事が無い。

まして、限界突破って何その無茶苦茶な能力……。

「それってつまり器用貧乏でほとんどのスキルが使えて、限界突破で制限無く成長できるって事⁉」

「そう、最近は『経験値増大』も覚えたから、熟練度も人よりは上がるのが少し早いかも」

同情の目で見ていたリューが、一番ヤバい子だった事をリーンはやっと理解した。

「お、ＯＫ……。私が仕えるのに相応しい事がわかったわ。うん、そうよ！　それくらい凄くないと私が仕える意味ないものね！」

「ポジティブだね……」

リーンは想像通りの人だなとリューも理解した。

このエルフさんはエルフ特有の偉ぶったところはあるが、正直で人に同情する優しさを持った偏見の無い女性だ。

ドワーフにも独特だがお願いが出来るし悪気が無い。

これから雇用主と舎弟、もとい従者として仲良くやっていけそうだ。


ランドマーク領という田舎では珍しいエルフのリーンはすぐに有名になった。

リューにいつも引っ付いて道の整備や城壁作りを一緒にする様になったので領民からは好感を持って受け入れられた。


そして、収穫の時期が訪れた。

豊穣祭で今年も開いた、ランドマーク家のお菓子の出店でジーロやリューとその子分の子供達と一緒にリーンも売り子を務めた。

その結果、リーンは完全にランドマーク領のアイドル的存在になっていた。

「ははは。評判を聞くと実際の性格との差に笑えるね」

リューがリーンをからかう。

領民の間でのリーンはリューの後ろから甲斐甲斐しく付き添う淑女として映っている様だ。

実際は、好奇心旺盛でリューに色々と教えてもらい行動に移す、天真爛漫な子で淑女とはまた違うタイプだが、その容姿から領民には美化されているようだ。

「みんなが勘違いしているだけでしょ？　関係ないわ、私は私だもの。それよりリュー、あのお菓子はもうないの？」

今年の出店は準備が出来なくてリゴー飴とリゴーパイを再販したのだが、リーンはそれが気に入ったのだ。

「城壁作りの合間の休憩の時にあげるよ」

「じゃあ、早速今日も頑張りましょう！」

エルフの森では甘味と言えば果物だったらしく、お菓子の存在にリーンは心奪われていた。

最早、ジャンキー並みのハマり方である。

ふふふ、シャブ（砂糖）漬けだね。——おっと、冗談でも不謹慎な表現だった、ダメダメ。

一人でボケて一人でツッコむリューであった。


リーンは城壁作業も手伝う様になって、元々センスがあったから慣れてくると上手く作れるようになってきた。

規模はまだまだだが、おかげではかどる。

土魔法の強化にもなるのでリーンも意外に飽きずに毎日リューを手伝ってくれていた。

全てはお菓子の為では？　と、思うところもあるが、一応、僕には敬意は持ってくれている様だ。

次男ジーロの事も剣技がずば抜けている事に感心していた。

「やっぱりカミーザおじさんの孫なのね。長男のタウロ君も凄いんでしょ？」

「文武両道で『騎士』スキル持ちの、ランドマーク家の次代当主だからね」

リューにとって自慢の兄だ。

「それじゃ、リューはどうするの？」

リーンにとっては将来性では断トツだと思っているリューがどうするのか気になっていた。

「僕は家族みんなを影からサポートできれば何でも良いんだけど、今は王都の学校に行って可能性を広げる事が目標かな」

「……そっか。なら、私ももっと勉強しないといけないわね」

「え？」

「リューが学校に行くなら私も行くわよ？　リューがよく言っている舎弟？　なんだから当然でしょ」

そうなの？

意外に忠誠心溢れるリーンの発言に驚くリューであった。


ついにランドマークの街の城壁が完成した。

新興の男爵家にしてはかなり立派な城壁だろう。

これで、魔物の襲撃に怯える必要も無くなり、守りやすくなる。

領民も城壁の完成に喜び、リューが歩いていると功績を称えたり、感謝の言葉を伝えてくれた。

これには少しながら手伝ったリーンもドヤ顔で、「うちのリューは凄いでしょ！」と自慢するのであった。

この城壁完成の時期に合わせる様にスゴエラ侯爵領から職人達の移住者が集団でやってきた。

スゴエラ侯爵との会談でお礼を話し合った結果、人手不足のランドマーク領への職人や農業従事者の移住を大々的に募集したのだ。

その結果、第一陣の職人を中心とした約百人がやってきた。

住居はリューが街の城壁を作る際に、区画整理の一環でリューが土魔法で作った長屋なる煉瓦造り風の効率的な住居も沢山建てている。

この長屋のしっかりした作りには、移住者だけでなく、街の者もそちらに引っ越す程の人気だった。

区画整理に伴い、職人の住む場所の通りを作ったりもしている。

これはファーザや職人達と話し合った結果だ。

今まで急に忙しくなった事から空いた土地に製造拠点を飛び飛びで建てていたので、一か所にまとめて効率化を図ったのだ。

人気商品である手押し車やスコップなどの製造もこれで、もっと効率が良くなるはずだ。

移住者達はもっと田舎を想像していた者も多かったが、ちゃんとした住居、そして当面の仕事も確保できそうなので安心してくれたようだ。

また、第二陣が来るのでそれまでに村の方の家も増やさないといけないだろう。

だからやる事はいっぱいある。

領民もリューの仕事も当分は絶えないどころか忙しいだろう。

ランドマーク領の好景気は本格的に波に乗ろうとしていた。


年末が近づく中、コヒン豆の収穫時期が訪れた。

前年に比べて収穫量は数倍で取引商人は大喜びだった。

貴族からの催促に苦慮していたのだ。

ランドマーク家のコヒン豆を加工した『コーヒー』は、もう、貴族の間で貴重な嗜好品として広まっていた。

うちの黒い粉で貴族はシャブ（コーヒー）漬けに…、ぐへへへ。

と、また不謹慎な冗談を妄想するリューであったが、「リュー、悪い顔しているわよ。その顔は私嫌い」という勘が鋭いリーンに指摘されて止める事にした。

「香りは良いけど、この苦い飲み物の、どこがいいんだろう？」

と、リーンは一口飲むと正直な感想を漏らした。

なので、リューはそこにマジック収納から取り出した水飴を入れて甘めにしてまた飲ませた。

「!?　美味しい♪　もう、リュー、最初からその甘いの入れてよね」

リーンは一気にご機嫌になった。

ふふふ、リーンもまたシャブ（甘味）漬けに……。

あ、しつこいネタは嫌われる……、リューはもう、このネタは使わないと思うのだった。

ファーザの執務室。

執事のセバスチャン、領兵隊長スーゴに、学校から一時帰宅したタウロ、次男のジーロ、そしてリューとリーンがいた。

祖父カミーザは隠居の身だから財務の話はみんなでしてくれと参加しなかった。

「今回のコヒン豆の収穫、そして『コーヒー』への加工と販売で例年の数倍の大金が入った。手押し車やスコップの製造でも大分利益が出ている。諸経費を差し引いてもかなりプラスだ。それで、使い道だが……」

「王都に来年から通うジーロの学費もかかるよねお父さん」

タウロが大事な事だと最初に指摘した。

「……その事なんだけど、ぼくはお兄ちゃんと同じ学校に行く事にしたから」

ジーロの決断に父ファーザも驚いたが、息子の決断を快く歓迎した。

「そうか、わかった。じゃあ、リューとリーンが王都の学校に行く時まで貯めておかないとな」

「……ごめんねお父さん。陛下や宰相閣下から推薦してもらえる予定だったのに」

ジーロが申し訳なさそうにしていたが、「大丈夫だよ、ジーロお兄ちゃん。僕が王都の学校に行くからランドマーク男爵家代表として頑張るよ！」と、リューはジーロの罪悪感を拭ってやった。

「それにリーンも付いてくるから、学費も倍かかるしね」

もちろんジーロを笑わせる為の冗談だが、「そうだね、三人も王都に行っていたら学費だけでランドマーク家は大変だよね。ははは！」と、ジーロもそれをわかって笑ってくれた。

「おいおい、父さんは三人くらい王都の学校に行かせられない甲斐性無しじゃないぞ。わははは！」

父ファーザもそれを汲んで話に入ってきてくれたのだった。

話は脱線したが今年の予算は領内の開発に投資する割合を大幅に増やす事でまとまったのだった。


新年を迎えランドマーク家は新たな門出を迎えた。

ジーロの受験だ。

スゴエラの街の学校は南東部では一番の学校で、近隣から貴族達も多数受験する。

長男のタウロは二年前に受験して一番だった。

今年はジーロの番だ。

流石に文武両道のタウロの様に一番とはいかないだろうが、良い成績を残して合格してくれるだろう。家族みんなが期待した。


……大丈夫だろうか？

ジーロは一抹の不安を持って受験を終えていた。

筆記試験は母セシルに教わっていた事が偶然問題に出ていた事もあって、ジーロは合格が微かに見えてきたかもとは思っていた。

だが、南東部のみならず、南部、東部の貴族やお金持ち、優秀な庶民も受験する学校だ。

油断は禁物、実技試験はさすがに筆記試験の様にはうまくいかないだろうと、気を引き締め直して臨んだ。

魔法試験では得意の治癒魔法を見せて自分が出来る最大の事をアピールしたつもりだったが、試験官がぼくの駄目さに驚いていた、でも、気にせずに最後までやれたと思う。

武術試験では剣、槍、メイス、体術、これも自分の得意なジャンルでアピールした。

これは、全て試験官がわざと負けてくれた様で、驚く演技までしてくれた。

あまりの駄目さにきっと気を使われたのだろう、あんまり手応えがなかった。

武術は一番自信があっただけに、僕は自信を喪失しそうだ。


受験からジーロが帰って来てから翌日の事。

「……ジーロお兄ちゃん、試験から帰ってきてずっと元気がないよね」

元気の無いジーロを心配してリューが父ファーザに聞きに執務室に顔を出した。

「……試験の内容があまり良くなかったらしい。手応えがあったのが筆記試験だけだったみたいだからな」

ファーザも心配なのかため息をついた。

「え？　一番、苦手だと言っていた筆記試験が？」

「セシルから習ったところがたまたま出題されたらしい。本人はそれだけが良かったと漏らしていた」

これは意外な展開だった。

ジーロは、筆記は兄タウロに及ばないが魔法と武術は十分匹敵すると思っていたのだ。

なので、心配は全くしていなかったのだが、試験当日、緊張で本領を発揮できなかったのかもしれない。

そんなジーロは初めてだったのでリューも心配だった。

「もう、終わったものを心配しても仕方がないわよ」

二人の深刻な顔を他所にリーンが率直な事を言った。

「そうなんだけどね……？」

リーンの言う事も尤もだ。

だが、進路の事を考えなくてはいけない。

万が一、落ちていたら他の学校に行かせるのか、それとも一年待って再受験させるのか、悩むところだ。

スゴエラの街の学校は二十歳以下まで受験できるので一年待ってもおかしなことではない。

実際、そうする受験生も少なくないのだ。

ジーロはタウロと同じ学校を望んでいるし、来年の受験を勧めていいかもしれない。

後で母セシルにも話さなくてはいけないが、ファーザとリューはその方針で答えを出した。

「まだ落ちたわけじゃないんだから、合格発表を聞いてからにしなさいよ二人とも」

また、リーンが鋭い事を言う。

確かに、ジーロの落ち込む姿を見て、もう落ちた気分になっていたが、まだわからないのだ。

最悪、補欠合格もあるかもしれない。望みを捨ててはいけない、受かればいいのだ。
一縷の望みに賭けてランドマーク家の面々は合格を祈るのだった。

合格発表当日にスゴエラの街に再びジーロと付き添いのセバスチャンが訪れた。
合格発表後、手続きなどもあるので本人がくる必要があるのだ。
遠方からの受験者などは、受験日から合格発表までの間、街に宿泊するらしい。
だからこの時期は、一年中活気のあるこの街も異様な熱気に包まれる。
合格すれば箔が付き卒業後の就職にも有利に働く。
だが、落ちれば、それまでなのだ。
受験者は皆、必死だった、ジーロもその中にいた。

遂に広場の掲示板に合格者が張り出された。
受験者が受験票を握りしめて押し寄せる。
ジーロもその中に紛れた。
ジーロは自分の番号を探したが、肝心の自分の番号はそこには無かった。
愕然とするジーロ。
いや、まだ補欠がある、一番最後に張り出されているはずだ。
ジーロは最後の望みに賭けてそちらも確認したが、やはり番号はなかった。

ジーロは崩れ落ちそうになった。

そこにセバスチャンがジーロの肩を叩く。

「ジーロ坊ちゃん。あれをご覧ください」

セバスチャンの指さす方向には……。

『首席合格者：２８０１番ジーロ・ランドマーク』

と、張り出された紙だった。

そう、ジーロは受験者の中で一番の成績で合格していたのだった。


ジーロの首席合格はランドマーク家を沸かせた。

タウロ、使用人のシーマ、そして、ジーロと三年連続、三人続けて首席合格者を出したのだから喜ばずにはいられない。

この事はスゴエラ侯爵の耳にも入ったらしく合格を祝う手紙が送られてきた。

同じくタウロが交際しているエリス嬢の親、ベイブリッジ伯爵からもお祝いのメッセージが届いた。

こうなると……僕のプレッシャーが半端ないんだけど!?

二年後はリューとリーンが王都の学校を受験する予定だ。

ランドマーク家の未来の為にも連勝記録を伸ばす為にも期待されるところだが、ここはリーンに先に来年受験してもらって連勝記録を止めてもらえないだろうか？

「馬鹿な事を言わないで！　私はリューと一緒に受験して一緒の学年で勉強するんだから。それが出来れば、順位なんてどうでもいいの」

口は悪いけどランドマーク家への忠誠心は本物なんだなとリーンに感謝するリューだったが、やっぱりプレッシャーはかかる。

残り二年間、しっかり勉強して武術も磨き、魔法も強化していこう。

今は出来る事をやるしかないのだ。

幸い、城壁作りは終わったし道路整備もメインの通りは終えている。

移住者達の為に大工達と共に、まだ家を沢山建てないといけないが、最近ではコツを掴んだので数軒同時に作る事もできるようになってきた。

今のペースなら次の移住者が来る前に一通り建てて落ち着くだろう。

ジーロが学校に行く時期になり、それと同時にリューは十歳になった。

さらにランドマーク領にはまた、移住者の第二陣が押し寄せた。

今回は事前に報告があったが、三百人もの人がやって来た。

今回は二度目という事で前回よりもスムーズに家を割り振り、村の方にも農業従事者が沢山訪れた。

コヒン豆作りが人手不足だったので、これは大いに助かる。

職人も、欲しかった陶芸家が複数人含まれていた。

実はリューが地道に作っているトイレの便器を職人達で生産できないかと思っていたのだ。

ランドマークの街では、少しずつ普及して領民達からも絶賛されている。

最初こそ、道端でしたら駄目なの？　とか、川でいいじゃんとか、衛生面でかなり問題な常識が当たり前にあったのだが、スライムによる排泄物処理でほとんど臭くなく汚くないので女性を中心に喜ばれ始めると、男性も病気が減るというリューの説明に、心動かされた。

それからは、各所に配置してあるトイレで用を足すのが、常識になりつつある。

この勢いは大切にしたい。

領外の街や村では未だに排泄物の処理はずさん過ぎて、それが原因で時折病が流行り、亡くなる者も後を絶たない。

この問題が解決すれば、自ずと平均寿命は上がるだろう。

なので、便器作りの為にリューは土魔法で大きな窯を作り、陶芸家に提供した。

もちろん、便器の構造を教え込んで一から作ってもらい、焼いて完成させるところまで指導する。

これが出来れば、ランドマーク家の新たな収入源になるはずだ。

道のりは遠いが、職人達と地道にやっていこう。

リューとリーンは毎日忙しかった。

勉強に武芸、街の発展の為に家を建てたり、職人達と新たな商品の開発、試行錯誤と奮闘した。

あと、妹のハンナが八歳になったので本格的に勉強と武芸の鍛錬に参加するようになったのだが、こちらがまたランドマーク家の才能の片鱗を見せていた。

最初、女の子という事で、勉強はともかく武芸は人並みで、他の女性らしい嗜(たしな)みを覚えさせるつもりでいたファーザとセシルだったが、勉強は一を聞けば十を理解し、武芸は兄達の背中を見てきたせいか要領がよく、コツといったものを理解していて八歳とは思えない天才っぷりをみせた。

そう言えば、ハンナのスキルはなんなのか聞いた事が無いリューだったが、母セシルに午前の授業中に聞いてみた。

「これは人に絶対言っちゃ駄目よ？」

セシルが真剣な顔つきで念を押してきた。

何やら知られるとまずいらしい。

「……うん」

リューとリーンは頷くとセシルの言葉を待った。

「『賢者』と『天衣無縫』という特殊スキルなの」

「『賢者』!?」

リーンがこれ以上ないくらいに驚く。

側にいるハンナは自分の話をされているので、耳を傾けていたがスキルの事で驚かれているのが不思議なようだ。

どうやら、人に言わない様口止めされているが、細かい事は説明されていないらしい。

リーンが驚くのも仕方が無い。

『賢者』はとても有名であり、とても希少なスキルだ。

『勇者』や『英雄』、『剣聖』、『聖女』などに匹敵する。

さらに『賢者』に加えて、『天衣無縫』というリューの『ゴクドー』と同じ特殊スキル持ちとなると成長次第で人類最強クラスになるかもしれない。

これは、本当に秘密にしないと、知られた時、世間が混乱すると思ったリューであった。

妹ハンナの件は、リーンとリューは一切口外しない事を母セシルと固く約束したが、二人もうっかり漏らす事を恐れた為、うっかりしても漏らさずに済むよう魔法の契約を結ぶ事にした。

魔法契約は、契約者が解除しない限り、切れる事は無い。

その代わり両者の同意が無いと結べないが、そこは問題なかった。

リューは散々兄達の天才ぶりを見てきたが、妹がそれを上回るであろう真の天才だという事を知った日であった。

リューは執務室に赴いて、ファーザに一つの提案をしていた。

「学校を作る?」

ファーザは首をかしげる。

学校は隣領のスゴエラ侯爵の元に大きなものがある。

リューの提案がいまいち理解できないファーザだった。

「はい、と言っても、お父さんが想像しているものではなく、読み書きや簡単な計算を教える学校です。残念ながら領民の識字率はとても低いです。国内的にも低いですが、それだけに読み書きできる者は重宝されます。領民が読み書きできれば、領内の発展にも繋がると思うんです」

「……なるほど。確かに、読み書きできると契約時に騙されたり、他所の商人から計算で欺かれたりする被害も無くなるし、領民が知識を得て豊かになる事は悪い事じゃないな」

「はい。学んでもっと勉強したい者は、それこそスゴエラの街の学校に行く者も現れるでしょうし、そこで学んだ者が領内に戻って発展に貢献する者も現れると思うんです」

「よし、学校を作ろう。教師役は知識人でリューの鑑定もした事があるサイテン先生や、読み書きができる隠居した者達を雇えば、なんとかなるだろう」

懐かしい名前を聞いた。

サイテン先生と言えば王都にも顔見知りが多いという知識人だが、自分の『ゴクドー』スキルの鑑定以来、接点が無かった。

今は何をしているのだろう？

教師の依頼も兼ねて挨拶に行ってみよう、と思うリューであった。


ランドマークの街の外れにサイテンの家はある。

四年ぶりなのでサイテンの顔を思い出す事ができなかったが、丁度、家から一人の男性が出てきた。

その顔を見てやっと、記憶の底からその男性がサイテンだと思いだした。

手には如雨露を持っているので庭の菜園に水をあげようとしている様だ。

「あれ？　エルフと少年……。ああ、リュー坊ちゃんですね」

サイテンはリュー達に気づくと見聞きした事を思い出し、リューに辿り着いた様だ。

「約四年ぶりですね。大きくなられたのでわかりませんでした。ははは」

サイテンは笑顔で二人を歓迎すると室内に案内した。

「あ、そうだ。久しぶりにリュー坊ちゃんの『鑑定』をさせてもらってもいいですか？」

二人が席に着くとサイテンが先に聞いてきた。

「え、あ、……どうぞ」

リューはサイテンのマイペースさに困惑した。

「……おお！　未知のスキル『ゴクドー』には、限界突破に経験値増大が⁉　これは凄い。弱点になりそうな『器用貧乏』を、『ゴクドー』スキルが最高のものにしてくれているとは！　それにしても、リュー坊ちゃんは努力を重ねられていますね。経験値増大が、あるにしてもこれ程のステータス、王都の学園の生徒にもいないでしょうね」

サイテンに『鑑定』スキルで丸裸にされて恥ずかしいリューだったが、最後に褒められたので嬉しかった。

「これは、論文を書かなくては！　リュー坊ちゃんすみません、お越しいただきましたが今日はこれで……」

「いやいや、今、僕達来たばかりですから！」

リューは慌ててサイテンにツッコミを入れる。

「せめてこちらの用件を聞いてからにしてください！」

続けてリューが言うとサイテンも自分の悪いところが出たと思ったのか謝った。

「すみません、つい……。――それで、今日は何のご用件でしょうか？」

やっと本題に入れるとリューは安堵して教師の件をお願いした。

「うーん。そうですね。ご協力したいところですが、研究や論文作成など色々あるもので、上手く時間を割くのは難しいですね。あ、私のところに読み書きを学びに来ていた者が街にいるのでそちらを紹介しましょう」

体よく断られたが、代わりの人物を紹介された。

なんでも、『教師』のスキル持ちらしい。

今は『薬剤ギルド』で受付事務をしているそうだが、勧誘してみる事にした。

リューはサイテンに手紙を書いてもらい、それを薬剤ギルドの受付事務の女性に渡した。

腰まである黒い長髪に眼鏡、痩せ型ですらっとしている。

エルフのリーンが傍にいるので感覚が麻痺しそうだが、この女性も十分美人と言っていいだろう。

「サイテン先生から？」

驚いた顔をしていたが、手紙を読むと目を輝かせた。

「私、シキョウと言います。ぜひやらせてください！」

あっさりと今の職を辞める事に躊躇がないので、リューはびっくりしたが、本人がやる気なので任せる事にするのだった。

学校の建物に、教師の確保、あとは、生徒が集まるかどうかが問題だった。

どの時代でもそうだが、貧しければ子供は働き手であり、それを手放す親はそういない。

だが、今のランドマーク領は事情が違った。

インフラも整い始め、領主の改革で領民は裕福になってきている。

裕福になれば余裕が生まれ、子供の将来を考えるゆとりが親にもできつつあった。

早速、学校の設立と、その目的を領民達に伝え、生徒の募集を大々的にした。

すると、子供達を学校に行かせて読み書きを学ばせようとする者が思いのほか多かった。

あっという間に一クラス分の子供が集まった。

そこへ、時間帯によっては自分も読み書きを学びたいと希望する大人も現れた。

読み書きの重要性は、大人になって社会に出た者ほど現実を知り、子供の時に勉強出来ていればと後悔するものだ。

なので、夕方からは、大人向けの授業をやる事にした。

教師はシキョウ他、数人が確保できているのでシキョウに割り当てをしてもらう事にした。

シキョウは俄然やる気で、頼もしい。

本人も学校には思い入れがあり、色々と提案してくれる。

先を見通した意見も多いので、シキョウに学校の事は全面的に任せて良さそうだ。

リューは学校の為に黒板を用意した。

シキョウから何か書くものをという希望があったのだ。

作り方は簡単で土魔法で岩板の表面を綺麗にしただけだが、チョークで字が書ければ十分だった。

チョークは石膏を街で入手してそれを固めて作ったら完成だ。

作りは簡単だったが、教える側にはとても便利なものである。

生徒一人一人にも薄い石板を用意して、書けるようにした。

やはり、書いて覚えるのが一番だからだ。

難点は落としたらすぐに割れるということだったが、リューの土魔法でいくらでも用意できるので、学校の庭には、予備で作った石板が山積みになっているのだった。


学校の開始はスムーズに進んだ。

全てを任されたシキョウが一つ一つ問題を解決して、初日を迎える頃には慌てる事なく授業が行われた。

生徒達は目を輝かせて先生の話を聞いて、黒板を見る、積極的に石板に黒板の字をマネして書く。

消しては書く、その繰り返しだ。

廊下から初授業を眺めていた父ファーザとリューは、この光景にランドマーク領の未来に手応えを感じるのだった。


領民からの反響は大きかった。

日が経つごとに領都を歩いているとお礼や感謝の言葉が送られてくる。

「自分の名前が読み書き出来る様になりました！」

という、まだ、そのレベルではあったが、これから完全に読み書き出来る様になれば、本を読めるようになったり、仕事で計算出来る様になったりと、可能性が広がっていくはずだ。

読み書きと簡単な計算を教える授業は無料で行っていた。

その分は、ランドマーク家の負担になるが、目に見えない部分で将来、この領地にリターンがあると見込んでいる。

それに悪さをする商人もいなくなるだろう。

不当な契約書で騙されていた者は文字が読める事でそれを回避し、計算できずにピンハネされる者も自分で計算出来ればそれも無くなる。

悪い商人はこの街から駆逐されるのだ。

近い将来そうなるだろう事をリューは確信した。

もちろん、字が読めても騙される者はいる。

以前のランドマーク家がそうだった。

信用して任せていたら、請求額の水増しが行われていたのだから、信用するのも限度がある。

だが、字が読め、計算出来れば、いつか被害に気づき、訴え出てくれる者は現れる。

その時、ランドマーク家が裁けばいい。

領民の可能性が広がる事を想像したらリューは楽しみでウキウキするのだった。

ある日の事。

道を歩いていると、道路上に落書きがされていた。

〇〇好きだー！

とか、
〇△の馬鹿！

などと書いている。

練習を兼ねているのだろうが、実名を書いちゃいけないだろ。というか景観を損なう。

なので、リューはすぐに看板を立てた。

「道への落書き禁止」

すると落書きはすぐに収まった。

文字が書けて、文字が読める、ちゃんと領民は出来る様になってきている。

その事にリューは嬉しかったが、それ以上に、領民が看板の内容にちゃんと従う良識がある事がもっと嬉しいリューであった。


学校の設立が完了したリューは次の事案に移っていた。

長旅に必要な馬車の地面から伝わる衝撃を緩和する為の改造だ。

職人達を集めてリューが描いた設計図を基に技術的に可能なレベルに仕上げていく事にした。

リューが考えたのは馬車の車輪部分と車箱（人が乗る部分）を別にして、前後四か所にアーチ状の衝撃を緩和する鉄と木製のフレームを付けて車箱を吊り上げる構造だ。

もちろん車箱と車輪の間にも鉄製のスプリングと木製の弓型の簡単なサスペンションを入れる。

これで、上からの人や荷物の重さを緩和し、下から上への衝撃を抑える。

問題は強度面で実際作ってみて確かめなければならない。

職人達はリューのこの提案に目を輝かせると喜々として作り始めた。

これが完成すれば、史上初の馬車になる確信が誰もにあったからだ。

それくらい、リューの提案した馬車は革新的だった。

リューにすればサスペンション有りきで最初から考えたので出てきた案だが、現在の馬車の構造から考えたら中々思いつかないものだろう。

それだけに職人達にすると、この十歳の領主の息子は天才に映っていた。


新型の馬車の製作と共に、リューはもう一つ、馬車よりは簡単なものを考えていた。

手押し車とは別の利用目的を持った二輪の引き車「リヤカー」である。

手押し車は一輪車だからこその小回り、機動性を持っているが、リヤカーは小回りが利かない代わりに安定感がある。

これは、リューが土魔法の鉄精製で形を作ると、車輪を付けてすぐに職人達に見せた。

これは、物珍しくなかったようで、何となくみんな思いついていたようだった。

が、形にしている物は木製で重く、ほとんど広まる事なく終わっていたので、すぐに商業ギルドに登録する事にした。

今更人が引かずとも馬に引かせればよいと思うところだったが、わざわざ馬に引かせる事も無い力仕事や、そもそも馬が無い者にとっては人力以外にないので、鉄で骨組みを作り、薄い板を貼っただけに軽量化されたリヤカーは魅力的に映るはずだ。

リューはこれもすぐに商品化させて商人に宣伝してもらった。

予想に反して街ではあまり売れなかったが、これは、主に農村部で売れる事になった。

やはり、馬や牛の様に餌を必要としないで軽い力で引けるリヤカーは魅力的に映ったのだ。

「うーん。街では何で売れないのかな?」

リューが原因を考えていると、リーンが一つ指摘した。

「街は狭くて道は馬車が通るから、リヤカーは場所を取って邪魔になるんじゃない? それなら、今まで通り小回りが利く手押し車でいいもの」

そう言われて、リューは前世の物に例えてみた。

「それは、日常で普通車と原付の使い分けをしていると、今更、軽自動車はいらないって事だね!」

「ケイジドウシャ? よくわからないけど納得したなら良かったわ」

リーンはリューの説明を理解できなかったが、聞かなかった事にした。

リヤカーは静かに農村部で火が付くと行商人達の間でも、流行しだした。

馬車を借りるお金は無いし扱う商品も多くないが、リヤカーなら丁度、商品が多めに運べて元が取れるから便利と話題になったのだ。

各地を行き交う行商人の実践込みの口コミで、より一層、村々に広まる事になる。

馬車は試作品が出来たがうまくいってなかった。

車箱を支えるフレームが鉄がメインだとコスト的にも技術的にも厳しいという話になったのだ。

そこで、木製フレームに変更、鉄板でそのフレームを補強して車箱を支える形に変更した。

その車箱を支えるサスペンションは板バネ方式を取り入れた。

板バネを何枚か重ねて両端をボディーにつなぎ、弓なりとなった板バネの中央に車軸を固定する構造で衝撃を吸収するものだ。

これは、最初に考えていたスプリングを、職人に提案したのだが、今の技術では無理だと判断された結果、絞り出したものだった。

そういった試行錯誤の末、『乗り心地最高四号改』(仮)が完成した。

リューのネームセンスは置いておいて、職人達の技術とリューの知識が詰まった馬車に父ファーザと母セシル、そしてリューが一緒に乗り込むと街を走らせてみた。

「おお！　衝撃がほとんどないじゃないか！」

ファーザが驚いた。

木製強化フレームの吊り上げ式と板バネで大きい衝撃は吸収されていた。

散々王都との往復を体験した父の発言だ、これ以上の評価は無い。

「本当に乗り心地が良いわね！　振動が柔らかいもの」

セシルも今まで突き上げるような衝撃をクッションで誤魔化していたので感心しきりだった。

二人とも満足してくれたので、リューはそのまま商業ギルドに向かうと特許登録するのだった。


開発から半月が経ち、ランドマーク製『リヤカー』は農村部でじわじわと、ランドマーク製『乗用馬車一号』（リューの名付けたものはファーザに却下された）は、都市部で貴族やお金持ちに口コミでじわじわと売れ始めていた。

『乗用馬車一号』は乗らないと良さがわからないので、売るためにはその外観に頼るしかなかったが、明らかにこれまでの馬車とは形が違うので街を走っていると目を引いた。

そして、商品名の頭にランドマーク製を付けた。

ランドマーク家の名前は「黒い粉」で有名な『コーヒー』でブランド力が高まりつつあったので貴族達の間では、「あの『コーヒー』のランドマークが作った馬車？　ほほう、それは興味深いですな」と、新しい物好きの興味を引いた。

まだ、この『乗用馬車一号』の入手がしづらいなか、入手できた一部の貴族の間では、この革新的な馬車の乗車会が行われたとか。

というか、つまるところ、一足先に購入できた貴族の自慢大会なのだが、この個人的に行ってくれる乗車会のおかげで確実に貴族に浸透していく事になる。

取引を任せている商会を通じずに直接、ランドマーク家に注文の手紙を送ってくる貴族もおり、一時、その対応に苦心する事になった。

終いには、直接使者を送ってきた近隣の貴族もいた。

どうしても、早く手に入れたいと懇願されたが、それでOKを出すと今後もっと混乱する事が予想される。

なので、予約の順番があるのでお待ちください、と丁寧にお断りする事になった。

とはいえ、贔屓はやはりある。

元寄り親であるスゴエラ侯爵の元には頼まれていないが真っ先に贈呈したし、長男のタウロの交際相手エリス嬢の実家、ベイブリッジ伯爵家にも優先的に回した。

ここで迷うのが、王家だ。

王家には昇爵の件や、ジーロの推薦の件など何かと恩義がある。

だが、こちらから頼まれてもいないのに贈っていいものかとファーザは思った。

さらには王都までが遠すぎる。

献上するとなるとまた、直接、自分が行かないといけないだろう。

贈る為に往復一か月半は遠すぎる。

その間、またランドマーク家を留守にするにはここのところ色々あり過ぎた。

今は、離れるわけにはいかない。

ファーザはリューにそう漏らしたのだが、リューが一つの案を出してくれた。

それは、王家に献上できるほどの物ではありません、を口癖に近隣の貴族達に謙遜して回る事だった。

文字通り恐れ多くて気軽に贈れません、という形をとったのだ。

数か月後、そのせいなのかどうかはわからないが、王家御用達の王都の大商会から注文が入る事になり、ファーザが直接王都に行く心配は無くなるのだった。


夏、タウロとジーロそして、シーマが夏休みで一時帰宅してきた。

シーマはすっかりタウロとジーロの従者に収まっている。

この三人、学校での成績が優秀でずっと上位を守っていた。

学校ではタウロはその優秀さから上級貴族の子が占める生徒会に異例の推薦で、入る事になった。

さすがにシーマは平民なので駄目なようだがタウロの従者として出入りしていて結果的に仕事を手伝っているので、周囲からは関係者として映っている様だ。

そこに、首席合格で入ってきた弟ジーロの登場である、学校中はあのタウロ・ランドマークの弟が入学してきたと騒ぎになった。

とても控え目でいて、気が利き、剣も魔法もずば抜けているのだから羨望の的になった。

それでいて、努力を惜しまず、放課後も勉強し剣を振る姿を生徒達はよく見かけていたので、嫉妬される前に脱帽する者が多かった。

ランドマーク家はスゴエラの街の学校では、敬意を持って、迎えられている様だ。

それを聞いて、リューは嬉しかった、自慢の兄達だ。

シーマが、また、平民の中で人気らしく、気さくでいて、ランドマーク家への忠誠心が高いと評価されていて、貴族に仕える者や、これからそうしたい者にとっての手本になっているそうだ。

普段のシーマを知っているリューにとっては、想像できない話だったが、タウロが言うのだから事実なんだろう。

どちらにせよ、みんな頑張っている。

リューも一年半後にはどこかの学校に入学するのだから、ランドマーク家の看板を背負う事になる。

前世で組の看板を守ったようにランドマーク家の看板に泥を塗らない様に務めを果たす事が大事だと思うリューだった。


久しぶりにリュー達兄弟は剣の鍛錬を一緒に行う事にした。

そこに、シーマも加わる。

リーンは見学する事にした。

リーンの得手は突きに特化した細剣、弓にメイス、体術なので通常の剣は専門外だからだ。

兄タウロは背も伸びて体格もよくなってきていた。

それにやはり同年代のライバル達がいるから切磋琢磨して以前よりも十分強くなっている。

シーマも同じで学校に通っている一年の間に心身共にかなり成長した事を実力で示していた。

だが、みんなが驚いたのはリューの成長だった。

ジーロはタウロ達と違って数か月前まで一緒だったからあまり驚かないがそれでも、半年前に比べて随分成長しているのがわかった。

「リュー、何か特別な事でも始めたの？」

ジーロはリューがこの数か月で何をしていたのか気になった。

「？　うーん……。リーンとおじいちゃんのところに行って特訓したり、魔境の森に行くのに付いていって魔物を退治していたくらいかな」

そう、リューはこの数か月、リーンと一緒に祖父のカミーザに付いてみっちり実戦を経験していた。

実戦を積み重ねる事で、余計なものをそぎ落とし、いかに効率よく魔物を倒すかを磨いていたのだ。

経験を積む事で咄嗟の判断にも迷いがなくなり、大抵の事では動じない鋼の精神を得ていた。

もちろん、リューには『ゴクドー』スキルの能力〈経験値増大〉があるのでそのおかげもあるが、実戦の経験はかなり大きかった。

「これは、僕もすぐに追いつかれそうだな」

タウロが笑って弟の成長を喜んだ。

「リュー坊ちゃん流石っす、自分全く歯が立たないっす！」

シーマもリューを褒め称えた。

「僕なんて大した事ないよ。リーンの弓矢の技術がまた凄いんだよ？　体術と合わせて弓矢による近接戦闘が鮮やかなんだ」

リューが自分の舎弟もとい、従者であるリーンを誇った。

「弓矢での近接戦闘？」

中・長距離専門の弓矢で近接戦闘とは聞いた事が無い、なのでみんな想像が出来ずにいた。

「敵に接近された時に、体術で相手を捌きながら至近距離で急所をことごとく矢で射抜くんだけど、魔物はみんな即死だよ。あまりの鮮やかさに驚くと思うよ」

見てみたいが、それをされると自分達が即死なので的を射抜いてもらう事にした。

普通の的と、木を間に視界を遮った的、壁の裏側に上に向けた的とリューは変な設定をした。

リーンは、「曲芸じゃないのよ?」と言いながら、弓矢を構えると普通の的の中心を射抜き、続けざまに真上を射る様に曲線を描いて壁の裏側の的を射抜いた。

さらに矢を少し曲げて、歪んだ矢を射ると鋭く野球のスライダーの様に曲がりながら木で視界を遮った的を射抜いてみせた。

最後に、また、普通の的を狙うと、最初に射た矢の尾の部分である矢筈に命中させて真っ二つにしながらまた、中心を射抜くのだった。

これらの技術には、タウロ達もびっくりし、拍手すると、「リーン凄いね！　エルフの弓矢の技術に並ぶ者無しって言うけど、まさにそれだよ！」と絶賛した。

「まぁ、私はリューの従者だから当然だけどね！」

リーンもまんざらでもないのか、へへーん！　と上機嫌で鼻を高くしてみせた。

「俺も従者として負けてられないっす！」

シーマがやる気を出して素振りをし始めた。

「シーマも頑張っているから大丈夫だよ」

タウロがフォローすると、ジーロも頷いた。

「そうだ、夏休みの間、僕達もリューの特訓に付き合って魔物退治に行きたいね」

タウロが提案するとジーロとシーマもそれに大いに賛同した。

「じゃあ、おじいちゃんにお願いしないと。早速行ってみる？　今の時間帯ならおじいちゃん森に出かけているはずだよ？」

リューが案内する気満々になった。

「今からだとおじいちゃんみつけるだけで大変そうだけど大丈夫？」

ジーロが素直な疑問を口にした。

「それなら、リーンが『追跡者』のスキル持ちだから、すぐみつけてくれるよ。迷子になる心配もないよ」

リューがリーンの有能さをアピールした。

「さすが、森の民だね」

タウロがエルフの別名を口にした。

「森は私の庭だから」

リーンもその別名に誇りを持っている様だった。


昼過ぎ。

リュー、リーン、タウロ、ジーロ、シーマの五人は装備を整えて、魔境の森の境の城壁まで来ていた。

途中はもっぱらここまで乗ってきた『乗用馬車一号』の話題で持ちきりだった。

特にジーロが、これなら馬車が苦手な人も苦にならないねとか、長旅に向いているとか、王都までの往復がトラウマになることないよねとか、本人が十分トラウマになっているっぽいしつこさで熱く語っていた。

ジーロお兄ちゃん……、やっぱり王都往復は相当苦痛だったのね……。

リューはジーロに心の底から同情したのであった。

タウロはこの魔境の森での戦いについて、話には聞いていた。

本人が学校で留守の時であったから、自分もその時ここに居れば忸怩(じくじ)たる思いがあるようで、「ジーロやリュー達が危険に身を晒して戦っている時、自分だけ勉強していたのを知った時は情けなかったなぁ」と、つぶやいた。

「タウロお兄ちゃんが勉強している間に貴重な体験したよ」

ジーロがタウロの罪悪感を払拭する様に冗談を言った。

「そうそう。タウロお兄ちゃんは残念だったね。おじいちゃんとお父さんが凄かったよ。確かに危険はあったけど、あの体験は貴重だったね」

リューもそれを察してタウロに意地悪な言い方をした。

「二人とも……。それは羨ましいな。ははは！」

タウロは二人に感謝する様に笑って罪悪感の全てを吹き飛ばすのであった。

「カミーザおじさん、見つけた」

リーンが城壁上から森の一か所を指さした。

みんながその指さす先をみると丁度いいタイミングで爆発と共にはるか向こうの森の一部が吹き飛んだ。

カミーザお得意の火魔法を使って魔物を吹き飛ばした様だ。

「おじいちゃん、派手にやっているね」

タウロが驚いたがリューとリーンは見慣れた光景だったので、「いつもここでは、あんな感じだよ？」と、フォローになってないフォローをした。

「そうなんだ……。じゃあ、とりあえず、行こう」

タウロが気を取り直して一同を行くように促す。

一行は頷くと、カミーザと合流する為に森に入るのだった。

「おじいちゃーん！」

リーンの案内で最短でカミーザの足跡を辿ると森の奥でカミーザを発見した。

「おー、なんじゃタウロ達も来たのか、少し遅かったのう。もう少し早かったら、オーガ達と戦えていたぞ」

タウロとジーロ、シーマはオーガと聞いて驚いた。

オーガは冒険者の間ではCランク帯の討伐対象で、鬼の様な容姿をした魔物だ。

その習性は武器を持ち、鎧に身を纏い、戦士然としていて、戦う事を喜びとしている厄介な相手だ。

「それは残念！　前回、勝負つかなかったから、やりたかったなぁ」

リューがリーンと相槌を打つ。

「え？　リュー、相手はオーガだよ？　そんな大物相手にして危険じゃない？」

タウロが自分の弟が想像以上に危険な事をしている事に動揺した。

「うん、強いよね。オーガ！　リーンと二人がかりで、いい勝負だったから、お兄ちゃん達と一緒なら必ず勝てたのになぁ」

リューが残念そうに言う。

うちの弟、感覚が麻痺している！

タウロはリューとリーンに呆れたが、そもそも祖父の教育方針が危険なのかもしれないと原因を考えるのであった。

「リュー、カミーザおじさん。魔物が九時方向から二体接近している」

リーンが『索敵』で、魔物の接近にいち早く気づいた。

「お？　さっきのオーガの連れかの。よし、タウロ達五人で戦ってみろ。オーガ二体は難敵だがうまくチームワークで倒すんじゃ」

カミーザはそう言うと、火魔法を唱えると、魔物と自分達の間の森を吹き飛ばした。

「ほれ、スペースは作ってやったから頑張れ」

カミーザは高みの見物と決め込んだのか、五人を前に出るように促す。

タウロとジーロ、シーマは戸惑ったが、リューとリーンは当たり前の様に前に出ると、「タウロお兄ちゃん。左は僕とリーンが、右はお兄ちゃんとジーロお兄ちゃんとシーマがお願い」と言うと丁度、茂みからオーガ二体が現れた。

「よーし！　リーン、今日こそ勝とう！」

「そうね！」

リーンも頷くとオーガに戦いを挑んでいく。

タウロもリューに遅れてはいけないと駆け出した。

ジーロとシーマも慌てて剣を抜くとタウロに続くのであった。


夕暮れ時。

リュー達とオーガの戦いは、結論から言うと、引き分けに近い敗北だった。

ぶっつけ本番のタウロ達はチームワークでは劣っていたが、その分能力でカバーしつつ闘った。

リューとリーンは見事なコンビネーションだったが、相手のオーガが歴戦の戦士だったのかこれが手強く引き分けがやっとであった。

両者決め手に欠け長引いた結果、カミーザがタウロ達の方のオーガの背後から気配も無く近づくと簡単に首を刎ねて止めを刺した。

時間切れと割って入ったのだ。

もう一方のオーガは不利と悟り背中を見せた、そこにリーンの矢とタウロの風魔法で負傷させて動きを止めると、そこに追いすがったリューが止めを刺した。

「今回のオーガ強かった……」

リューが肩で息をしながら感想を漏らした。

リーンも頷くと、「確かに、このオーガは強かったわね。魔石、取っておきましょう」と提案した。

リューは頷くとオーガの胸から魔石を取り出す、角もついでに回収しておいた、材料として売れるからだ。

「ほら、もう暗くなるからとっとと帰るぞ」

カミーザが五人を促す。

シーマが疲れて座り込んでいたが、リューがポーションを飲ませて回復させると全員で帰途に就くのであった。


それからというもの、夏休みの間ずっと、タウロ、ジーロ、シーマの三人はリュー達の特訓と称した魔物討伐を連日繰り返した。

短い期間だったが魔物との命のやり取りは三人に心境の変化を与え、剣技にも無駄のない実戦的な鋭さが増した。

特に敗北から学ぶことが多く、死を覚悟する場面もあったので、学園生活でトップを歩んでいる三人のどこかにあった慢心も全て取り除かれた。

「あ、お兄ちゃん達、学校に戻る前に、そのシリアスな顔は元に戻さないとね」

リューが、三人の場違いな劇画タッチな表情を指摘した。

「そうね、その顔つきだと学校できっと浮いちゃうわ」

リーンも指摘するとカミーザもそこに混ざって笑うのだった。

夏休みが明け、タウロ達は学校に戻っていった。

短期間だがそれなりに成長できた筈だ。

リューとリーンはそれを見送るとまた、日常に戻った。

日常といっても昼から魔境の森に入って魔物を狩る事に変わりはない。

今日も魔境の森入りして先に入っていった祖父カミーザをリーンに捜してもらおうとしたら森の一部が吹き飛んだ。

「あ、いた」

二人はすぐにカミーザの仕業とわかってその場所に向かうと案の定だった。

複数のオーガの死体が丸コゲになって転がっていた。

「あれ？　オーガを仕留めていたんだね。……おじいちゃんいつもオーガを魔法で仕留めているけどなんで？」

リューがふと疑問に思ったので聞いてみた。

「そりゃあ、物理耐性があって厄介だからじゃよ。その反面、魔法耐性が無いから、手っ取り早く倒すなら魔法一択じゃわい。魔法の弱点がなかったら、即、Bランク帯討伐魔物になっているだろうからな」

知らなかったのか？　という顔でカミーザは答えた。

「えー!?　これまで必死に物理攻撃で戦っていた僕達はなんだったのさ！」

「そーよ、カミーザおじさん！　私達やタウロ達の努力はなんだったのよ！」

リューとリーンはカミーザに怒った。

「なんじゃ、そうだったのか。剣で討伐する事にこだわっているのかと思っておったぞ？」

カミーザは怒られるのは心外とばかりに呆れてみせた。


カミーザから教えてもらった弱点を参考にオーガを探して二人はまた、挑戦してみた。

剣ではあれほどダメージを与えるのも大変だったオーガだが、二人が魔法の連携で攻撃すると容易にダメージを与える事が出来た。

祖父カミーザの様に一撃とはいかないが、ダメージを蓄積させていくと、これまでの苦労が嘘の様だった。

距離を取られて魔法の攻撃を受け続けたオーガは「ギィー！」という絶叫と共に倒れた。

「……こんなに簡単なものだったのか」

リューは呆れた。

もちろんリーンとのコンビネーションだからこそ、敵に反撃らしい反撃を受けずに倒せたのだが、それにしても耐性の有無でここまで差があるのかとリューは反省した。

これからは弱点を積極的に見つけて攻撃する必要がある、卑怯とは言ってられないと思うリューであった。

新たなシノギを始めますが何か？

ある日の事。

この日も、リューとリーンは魔境の森に入って魔物討伐に励んでいた。

もちろん、カミーザも一緒である。

「そろそろ休憩にするか。ほれ、さっきそこで見つけた果実でも食べていろ」

カミーザが手のひら大の果実？　をリュー達に投げて渡した。

「おじいちゃん、これって？」

どこかで見た事がある気がしたリューは祖父カミーザに聞いてみた。

「よく知らんが、カカオンの実とか言った気がするのう」

「カカオン……、もしかしてカカオ？　まさか……ね」

リューは、『鑑定』スキルで確認してみてもカカオンの実と表示されている。

リューは、カカオンの実を短剣で半分に切ってみた。

断面は五個ずつ並んだ種子が見えた。

「あ、やっぱりこれ、カカオ豆だ……」

「カカオ豆？　カカオンの実でしょ？」

リーンがリューの横から覗き込んで、カカオンの実を確認した。

「そうなんだけどね？　もっと南の方で出来るもののはずなんだけど。まさかこんなランドマーク領に近いところで出来ているなんて！」

リューは素直に驚いた。

ランドマーク領は比較的に温暖な気候だが、カカオが出来る程の熱帯気候ではない。

「この魔境の森は魔素が濃いからのう。環境の変化が激しいのじゃ。ずっと奥に入っていくと氷の世界もあると聞く。まあ、伝説じゃがな」

カミーザが重要な事を教えてくれた。

「そっか、魔素が関係しているのか……。逆にそのお陰でカカオンの実が育つ環境が出来ているのならこんなに素晴らしい事は無いかも！」

リューの喜びように、リーンは不思議がった。

「この実がそんなに、嬉しいの？」

「この実が有ればチョコが作れるからね」

「チョコ？」

「そう、お菓子だよ。とても美味しいお菓子」

「お菓子！　それは、水飴よりも美味しいものなの!?」

リーンは激しく反応した。

「水飴も使うけど、とても美味しいよ」

「きゃー！　リューそれを作って！　食べてみたい！」

リーンは興奮気味に急き立てた。

「でも、時間と手間がかかるよ？　まあ、作るけど」

リューは、答えた。

「えー！　時間かかるの？　頑張って、十五分くらいで作ってよ！」

「……無茶言わないで。最低でも一週間はかかるから……！」

「そんなに!?」

「そうだよ。それだけ手間がかかる食べ物だから」

「……そうなんだ。残念……」

リューの言葉にがっかりするリーンだった。

だが、これでやる事が一つ増えたと思うリューだった。

リューは考え込むと一つの答えを出した。

それは、ここまで直通の道を作り、一帯を城壁で囲んでカカオンの実の栽培拠点にする事だ。

それができれば、チョコの製造が出来る様になる。

これはランドマーク家の新たな収入源になるはずだ。

「よし、リーン、おじいちゃん。早速だけど、カカオンの実があるという事はバナナの実もあるはずだから探して。あと、この一帯を城壁で囲んで開拓するね！」

リューは二人には突然過ぎる提案をした。

それも、大規模工事のお知らせだ。

「バナナの実？　ああ、バナーナの実の事か？　確かに前にこの辺で見かけた気がするのう。にしても、ここは魔境の森のど真ん中じゃぞ。どのくらいの規模で開拓するつもりじゃ？」

カミーザがリューの突飛な提案にさほど驚く事なく乗ってきた。

リューが木に登ると、ついて登ってきたカミーザとリーンに、「範囲はあそこからあの辺りまで……。あっちがあの岩山辺りまで……かな？」と指し示した。

「かなり広いのう。とりあえず、囲いだけは邪魔が入らん様に作っておくか」

と、カミーザは言うと、地面に降りた。

カミーザは呪文を唱えると大規模な土魔法で雑だが石壁を広範囲に作り上げた。

「リュー、いつもの魔力回復ポーションを渡しておいてくれ。リーンはその間にバナーナの実を探してこい。リューは道を作っておけ。分担すれば少しは早く終わるじゃろ」

カミーザはリューの提案を疑う事なく、実行に移す事にした。

孫に対して全幅の信頼を置いている証拠であった。

リューとリーンは頷くとすぐに作業に移る。

リーンはすぐにバナーナの実をみつけると一か所に集め出した。

「あ、リーン。今はバナーナの実もだけど葉っぱの方も必要だから。あと、カカオンの実も沢山集めておいて」

リューが道の為に、木を土魔法で根元から浮き上がらせるとマジック収納で回収する作業をしながら指示した。

「え？　実だけじゃないの？　バナーナの実、美味しいわよ？」

リーンがバナーナの実を頬張りながら言った。

「今は、チョコ作りに必要な材料が欲しいからそっち優先でお願い」

「？　わかったわ。チョコ優先ね」

リーンはまだ見ぬお菓子、チョコを夢見てせっせとカカオンの実を集めるのだった。


リューとリーン、祖父のカミーザは魔境の森との領境に築いてある砦に一旦戻って、泊まる事にした。

見張りの領兵も駐在している施設なので、住み心地は悪くない。

「何だか思い付きでごめんなさい」

リューは二人に頭を下げた。

「構わんさ。リューがこのランドマーク領の為になると思ったんじゃろ？　それにこういう作業は楽しいからのう」

カミーザは笑うとリューの頭を撫でた。

「それよりリュー。たくさん集めたカカオンの実はどうやってその「チョコ」にするの？」

リーンは楽しみが止まらない、という様にワクワク感を表に出して聞いてきた。

「それじゃ、下準備しとこうかな」

リューはマジック収納からカカオンの実を取り出し「種のみ収納」すると、それを改めてマジック収納から取りだした。

山の様なカカオンの種をリューは手に取り、「取りだしたらバナーナの葉っぱで包みます。そして、放置！」と言うと、リューはその場に置いてみせた。

「え、放置なの？　それにマジック収納に直さないの？」

リーンが不思議そうに聞いた。

「うん、収納しちゃうと発酵が進まないからね。一週間かけて発酵させるよ」

「だから一週間かかるって言っていたのね」

「そう。そして、この分は今年の豊穣祭の屋台で出すお菓子の為の材料にするよ」

そう言うとリューは葉っぱに包まれたカカオン豆を指さした。

「じゃあ、私も手伝う」

リーンは納得すると、一緒にカカオンの種を葉っぱで包む作業を手伝うのだった。

翌日からもまた、三人は分担して作業を行った。

時折魔物が出現するが、リーンが前もって察知し、カミーザに知らせるので問題になる前に処置された。

一度、家に戻って報告をした日を含めて一週間が経った。

カミーザのカカオン畑予定地を囲む仮の城壁作りがひと段落した。

そのタイミングで、リューも道を引き終わったのでリーンの回収作業も一旦終了にした。

「じゃあ、一週間前に下準備したカカオンの種が良い具合に発酵したので葉っぱから取り出して乾燥させます。今回は早く終わらせる為に火魔法の熱と、風魔法の風で熱風を起こして早く乾燥させるね」

そういうと、リューは最近腕を上げてきている火魔法と風魔法を無詠唱で同時に使うと熱風を起こしてカカオンの種を乾燥させ始めた。

カミーザはリューの魔法の上達に目を細めて感心し、リーンも一緒に負けじと苦手な火の精霊魔法に苦戦しながらも、同じく熱風を起こしてカカオンの種を乾燥させるのだった。

魔力回復ポーションを飲みつつ、乾燥作業を続けると、リューが、「いい具合に乾燥できたから、次の作業に移るね」と、リーンに声をかけた。

リーンは頷くと魔法を解いた。

「長く持続するのが地味に大変ね……」

リーンが次の段階に移行するのに安心して一息をついた。

「それでは、完成したカカオン豆の胚芽(はいが)をマジック収納で回収して……と」

カカオン豆の突起している芽の部分が一瞬で消えた。

「マジック収納をそういう発想で使う人、……多分いないわよ？」

呆れる様に言うリーンだったが、それと同時にこのリューの発想に感心してもいた。

「このカカオン豆を加熱してローストします」

リューはフライパンと竈をマジック収納から出すと、竈に火を入れてカカオン豆に加熱しだした。

その作業が済むと、「これを砕く為に風魔法の『真空の刃』の低威力版を使います」そういうとリューは手の平の上で小さく細かい真空の刃を起こし、球体にすると容器に入れたカカオン豆を粉砕しだした、前世で言うところのフードプロセッサーといったところだろうか。

カカオン豆が跳ねない様に、風の薄い壁を容器の周囲に作る事も忘れない。

魔力操作をセシルから学んでいるので細かい操作はお手のものだった。

「こりゃ凄いな。ワシには出来ん芸当じゃわい。わはは！」

カミーザがこの魔法に感心してリューを褒めた。

「風魔法は得意分野だから私も出来るわよ！」

リーンもリューに負けじとチャレンジする。

最初、操作に失敗して砕いた豆が飛んだが、すぐに風の壁を修正してうまくカカオン豆を包み込む様に使い、丁寧に砕き始めた。

「二人ともやるのう！」

孫達の成長に嬉しくなるカミーザだった。

見る見るうちに砕かれたカカオン豆はドロドロになっていく。

「え？　粉じゃなくてドロドロになったんだけど？」

リーンが慌てた。

「大丈夫だよ。それは豆から油分が出た結果だよ」

リューはそういうと、そのドロドロの液体にマジック収納から出した全脂粉乳と水飴を混ぜ込んだ。

「これを固めたらチョコの出来上がりだよ。今回はバナーナに絡めて完成させるよ！」

そういうと、同じくマジック収納からバナーナを出してチョコを絡めると風魔法で風を起こして冷やした。

それをカミーザとリーンに渡す。

食べる様に勧めると、二人はその「チョコバナーナ」を口にした。

「甘くて美味しい！　チョコの苦みがある甘さとバナーナの果物の違う甘さが合わさって最高よ！」

「ほう。このチョコの苦みがわしは好きじゃのう！　水飴の調節で色々と楽しめそうじゃ」

二人から良い評価がされてホッとするリューであった。


新たなカカオン畑計画は難航していた。

何しろ魔境の森のど真ん中での作業である。

壁に囲まれているとはいえ、恐れない人はいなかった。

なので、カカオン畑で働く人の為の集落作りも頓挫していた。

予定では、魔境の森の境の砦の側に集落を作り、専用道路を使ってカカオン畑まで通い作業をする、という構想だった。

集落作りはリューとリーンが土魔法で住居を建てた後はドアや窓などを職人が作って完成なのだが、移住者の予定が無いので無人の廃墟状態であった。

今、ランドマーク領の産業はコヒン豆とそれを加工した『コーヒー』で成功している。

製造業もここのところずっと堅調な伸びを見せている。

カカオン豆畑もその柱の一つに必ずなれるはずなのだが、働き手がいないとどうしようもなかった。

「うーん……。今年いっぱいの内にめどをつけておきたいのだけど、無理なのかな」

リューが珍しくため息をついた。

「大丈夫よ。カカオン豆の素晴らしさを広めればいいのよ。簡単な事じゃない。今年の豊穣祭の屋台はあの『チョコバナーナ』を出すんでしょ？　楽勝よ！」

確かに、リーンの言う通りだ。

バナーナが珍しい果物というだけでも評判になりそうなところを『チョコ』を付けて売るのだ、話題性はバッチリだ。

領民には、カカオン豆から作ったものである事を大いにアピールしよう。

リーンに励まされたリューは、豊穣祭を控え、気合いを入れ直すのだった。


豊穣祭当日。

領民達は最大の楽しみの一つである、領主様のところの坊ちゃんが出す屋台に今年も期待していた。

今回は、これまで以上に凄い物を出すとその坊ちゃんと周囲が喧伝していたからだ。

スゴエラの街から移住したての者達は何事かと騒ぎになったが、地元住民から、毎年豊穣祭では、安い値段で砂糖菓子が食べられると聞いて大いに驚いた。

砂糖は贅沢品だ。

このランドマーク領では水飴というものが作られているが、まだ知名度は低く高級品だった。

それだけにその砂糖菓子が食べられるとあっては移住してきたばかりの者達も期待に胸を膨らませていたのであった。

朝から屋台を設置していると、すぐに行列ができ始めた。

販売は昼過ぎからなのだが、それを並んでいる人に説明すると、

「前回、俺、食べられなかったんだ。だから、今回は並ぶ事にした！」

「私は、前回食べられたけど今回も食べたいもの」

「ワシは移住組で今回初めてだが、砂糖菓子は食べた事がないから、どうしても食べてみたい！昼まで待つよ！」

など、一人一人それなりに想いがあって期待してくれているようだ。

リューとリーンが大いに宣伝して回った効果が出ていた。


いざ販売の時間が訪れた。

並ぶ習慣が無い領民達がこの時ばかりは、みな綺麗に並んでいた。

リューの子分の子供達が並ぶように言って回っていた事も功を奏した様だ。

「それではランドマーク家の今回の出し物、カカオン豆から作った『チョコバナーナ』の販売を始めます！」

「買い占めしようとせず、一人一本のつもりでお願いしまーす！」

売り子であるリューとリーンが声を上げる。

お手伝いのリューの子分である子供達も声を張り上げてお願いする。

ざわざわ。

領民達は思い思いに話しながら自分の番を待って次々に串に刺された『チョコバナーナ』を買っていった。

「何これ⁉　今までの砂糖菓子と全然違う！」

「このバナーナだけでも美味しいけど、この『チョコ』がほろ苦さと甘さが相まって最高だ！」

「初めて砂糖菓子を食べたが、こんなに美味しい物なのか！　え？　普通の砂糖菓子とも味が違う？　ワシはいきなり凄いものを食べたという事なのか⁉」

これまでの砂糖菓子とは全く違う味に、領民達は嬉しい戸惑いをみせて喜んでくれたのだった。

リューは今回、移住者で領都の人口が増えた事もあり、例年より遥かに多い六百本を用意していたが、瞬く間に売れ、夕方には完売した。

リューはリーンと大いに喜び、それを手伝ってくれた子供達に取って置いた『チョコバナーナ』とお小遣いをあげるとお家に帰した。

子供達はリューにお礼を言うと『チョコバナーナ』を手に急いで帰宅していく。

それを見送ると、二人は満足して屋台を片付けるのだった。

出店でのカカオン豆アピールはすぐに各所に影響を及ぼした。

まずはいつもの如く、商人が屋敷に訪れた。

もちろん契約したいが、今の状態ではほとんどめどが立たないのでこれは断りを入れた。

次に各村の村長からうちの畑で生産したいと打診があったが、環境的に無理だと説明した。

魔境の森だと出来る事を説明すると、「村の者をそんな危険な場所には行かせられない」と、村長は断った。

それに、自分のところの村人が減るのは村長的には喜べないはずだ、移住者を募る事はしてくれないだろう。

次に現れたのは、旧エランザ準男爵領の端に位置する村長だった。

現在はもちろんランドマーク領なのだが、合併した為、領内では領都から一番離れた村になったので、今はあんまり村の雰囲気は良くないらしい。

そこで、コヒン豆の生産をうちでもやるかどうかを話し合っていたのだが、他の村から出遅れた格好で今は一時出ていた援助金も生産が安定してきたので止まっていた。

そうなると生産できる数年後まで我慢してやるしかないのだがそんな体力は村にはなかった。

一応、今まで通り、畑を耕していれば食えない事はないのだろうが、他のコヒン豆を栽培している村に比べたらじり貧なのは間違いなく、緩やかに廃れていくだろうと村長は危機感を持ったそうだ。

そこで、豊穣祭で口にした『チョコバナーナ』に衝撃を受けた。

聞けば、まだ、この栽培には誰も手を出していないという。

今なら援助金も出るというし、それならば村人達を説得して移住もする覚悟だと熱弁した。

「今の土地を捨てる事になりますよ？」

「このままでは、村はどちらにせよ、廃れます。ならば、村人の幸せの方を村長として優先します！」

「……わかりました。幸い用意した土地にはカカオンの木はかなり生えているので、生産量は結構見込めます。ただし、一から育てると五年以上を要するので覚悟はしてください。もちろん、そこまでは責任を持って支援します」

「わかりました……、お願いします！」

村長はリューに頭を下げた。

ファーザには前もって魔境の森の側への移住者募集は許可を貰っているので、大丈夫だが、まさか、村が丸々移転するとは思ってないだろう。


ランドマーク邸の執務室。

案の定、ファーザに報告すると驚かれた。

「村長はそれでOKしているのか？」

「はい、あちらから言い出したので」

「……そうか。あの村の事はどうにかしてやらないととは思っていたが、そういう決断をしたか。よし、最大限の支援を惜しまないと伝えておいてくれ」

ファーザは、そういうと机の引き出しからお金の入った革袋を取り出して、さらに、「これは移転や今後の出費に対する準備金として、村長に渡してくれ」と、リューに大金を預けるのだった。

端の村の村人達は日頃から危機感を抱いていたのか、村長の人望なのかほとんどの者が移住に賛成した。

一部の者は、隣の村に合併される事を望んだので、そのように取り計らった。

いざ、移住してみると、魔境の森と城壁で区切られた内側に集落はあって、家も立派だった。側に砦もあるので何かの場合は避難も容易そうだ。

それに今までの村と違って道も石畳で、領都まで数時間の距離なので利便性も悪くない。

カカオン畑までも一本の専用道路で移動できて、畑は城壁で覆われ、魔境の森とは隔離されているので、思ったよりも安全そうだ。

良い意味での環境の変化に、移住してきた村人達は自分達の判断に十分満足するのだった。

カカオンの一からの栽培については、村人とリューでカカオンの木を直接前にして話し合いが行われ続けた。

魔境の森の特殊な環境なので、村人達もこの初体験にこれまでの植物の育て方でいいのか困惑もあったが、元からあるものからの収穫だけでも収入が十分得られ、それは年二回収穫できるので安定しますよと、リューから言われたので安心して研究する事にした。

城壁の外から時折、魔物の声がするのが怖いと漏らす村人もいたが、見張りの領兵もいるし、いざとなったら専用道路から砦まで逃げればいいと説明を受けて少し、安心したようだった。こればかりは慣れてもらうしかないだろう。

たまに避難訓練をした方がいいのかもしれない。

リューは前世でサツ（警察）のガサ入れ（家宅捜査）を想定した訓練を身内（組の人間）でやっていた事を思い出すのであった。


ランドマーク領内の事とはいえ、村の大移動は驚きを持って領内では騒がれた。

その事で豊穣祭で領民の間で話題となったあの『チョコバナーナ』の原料を栽培する為の移住である事がわかると、その栽培に興味を持つ個人もぽつぽつと現れた。

コヒン豆栽培と水飴の原料の大麦、もち米栽培もお金になるが、迷ってそれに手を出さず、周囲から後れを取った人々だ。

リューが領都の集会所で説明会を開くとその人達が参加してきた。

中には、魔境の森の中の畑に批判的な者も現れたが、リューはバッサリと、「そう思われる方は参加しなくていいんですよ？　こちらも強制する気はありませんから」と、言うと説明を続けた。

言われた者は周囲からも、

「お前は何をしに来たんだ？」

「魔境の森の環境でしか育たないって坊ちゃんは説明しているだろ！」

「今の現状を変える気が無いなら帰れ！」

と非難されるとバツが悪くなったのか集会所から出ていくのだった。

そんな小さいトラブルもありながらも説明会は無事終わり、移住希望者が現れた。

やはり、村が丸々移動した効果で安心感もあったのだろう、さらに同じ考えの者が周囲にいる事で集団心理も働いて決断する者も続々と現れた。

これ以上増えても困るのでこの希望者全員で一旦、定員限界とする事にした。

「それでは、説明通り家も用意してありますので、各自準備が出来次第引っ越しをお願いします。魔境の森の村には、もう、移住者がいて研究と作業は始まっていますので現場の責任者に話をちゃんと聞いてくださいね」

こうして、カカオン豆とバナーナの栽培の為の人員確保は終了した。

あとは、生産体制を整え、軌道に乗るのを待つだけだ。

加工する為の工場はすでに領都に建築し始めている。

そうだ、商業ギルドに『チョコ』を登録しないと。

リューは集会所からそのまま、商業ギルドに直行するのであった。


商業ギルドに到着すると、リューをギルドの表に視認したギルド職員は慣れたもので、登録手続きの書類を用意し始めた。

「リュー坊ちゃんいらっしゃいませ。では書類も用意していますので奥にどうぞ」

当たり前の様に、奥の部屋に通された。

「用件を何も言ってないのに……。ちょっと、慣れ過ぎてない……？」

リューはギルドの対応の早さに呆れた。

「いえいえ、そんな事はありませんよ。それで今日はやはりあの『チョコ』の登録ですか？」

「う、うん」

「そう言えば出入りの商人に『便器』の商品化の話は無いかと、聞かれますよ。この領都では多くのトイレで見かけますから、契約したがっている商人は多いですよ」

「まだ、量産化するには安定して窯で焼く技術が追いついてなくてね。まだ、もう少しかかるかな」

「なるほど、〝もう少し〟かかるんですね。良い情報をありがとうございます」

商業ギルドでは情報がお金になる。

昨今のランドマーク家の商売情報は、商人なら喉から手が出る程欲しい。

何しろ飛ぶ鳥を落とす勢いなのだから、それに一枚噛めれば必ずお金になると思うのが商人として当然だろう。

そういう事なので、最近では近隣の大商会などもこの領都に支部を作る計画が上がっているそうだ。

それはもっともで、ヒットを出し続けているこの地に支部を置かないで放っておく方が利口とは言えない。

商業ギルド・ランドマーク支部の職員としても、この地がこれからもどんどん発展していく事は容易に想像が出来たのだった。

無事リューは『チョコ』の特許登録をし終わった。

「じゃあ、また何か考えたら来ますね」

表までギルド職員が見送る待遇でリューは商業ギルドを後にした。

それを見かけた商人達は慌てて商業ギルドに押しかける。

「ランドマーク家の坊ちゃんが来たという事は何か登録したのか⁉」

「情報を売ってくれすぐ！」

「あ、私が一歩早かったから順番を守れ！」

受付はすぐに商人達が情報を得ようと揉み合いになった。

「みなさん、落ち着いてください！　みなさんわかってらっしゃると思いますが、ランドマーク男爵家の情報は高いですよ？」

ギルド職員は指でお金の形をしてみせると、商人達は各々お金の入った革袋を出すと、「「「その情報、買った！」」」と、口を揃えるのだった。


今年もランドマーク領の最大の行事、コヒン豆の収穫がやってきた。

今までは生産量も少ないので同じ商人と契約を交わしていたのだが、生産量も増加したので複数の商人と契約してくれるよう商業ギルドから提案があった。

これまでの取引商人は贔屓にしたが、一部を競売で出して他の商人も入れる事で独占を無くす事にした。

価格は意外にもほとんど下がらなかった。

いくら生産量が増えたと言っても需要に比べるとまだまだなのだ。

その為、毎年収穫後、畑の開拓が行われ年々増産されているのだが、価格は下がらず収入はどんどん増えていた。

もちろん、コヒン豆はランドマーク領で加工され『コーヒー』として商人に卸しているので付加価値も付いているのだからある程度は当然なのだがやはり利益率は高い。

ランドマーク家の紋章が入った黒い粉である『コーヒー』は完全にブランド化したのだった。

国内の紅茶の生産で有名な名家アールグレン侯爵家と並んでランドマーク男爵家の『コーヒー』は評価され始めている。

これは異例で恐れ多い事だが、『コーヒー』の卸し商人は、王室御用達の商人からランドマーク印の『コーヒー』を多く回してもらえるよう色々と打診があるそうだ。

本当なら直接、ランドマーク家まで足を運んで交渉したいのだろうが、王都まで三週間の距離があるので、卸し商人頼みになるのも仕方が無い。

さらには、この新興貴族である〝男爵風情〟の躍進に、近隣の上位貴族からは、その生産や販売について圧力をかけてこようとする者もいたのだが、ランドマーク男爵家は寄り親であったスゴエラ侯爵の派閥にそのまま入っているため守ってもらえていたので安心だった。

「王家からの評判も良いし、ランドマーク家はまだなんとか安泰だな」

ファーザはホッと胸を撫でおろした。

というのも貴族社会では、足の引っ張り合いも珍しくないのだ。

他所の貴族からはうちの派閥に来ないかと誘いがある一方、わざわざ、「男爵風情が調子に乗るなよ！」という内容の手紙を書いて寄越す貴族も実際いたのだ。

当主である父ファーザにしてみたら、調子に乗った覚えが全くない為、どこか違う男爵と勘違いしているに違いないと思って返信を送って火に油を注いだ事があった事は誰も知らない。

逆に言うと、国内において、ランドマーク男爵の名が知れ渡り始めているという事だった。

ファーザとしては同じ有名になるなら、武門の家として有名になりたいという思いが、少しはあったが贅沢は言えない。

今は『コーヒー』でランドマーク家の名と家紋が知れ渡る事に満足するのだった。

「収益増加で今年も右肩上がりだな」

ファーザが執務室でみんなを集めて会議を開いていた。

そこにはリューとリーンも混ざっている。

「では今年も収益の大部分は開発への予算に回しますか？」

執事のセバスチャンが聞く。

「もちろんそうだが、リューとリーンの学費や、もしもの為にある程度貯金しておかないとな」

ランドマーク領の開発は急速におこなわれ、この数年で目覚ましいものとなっていた。

数年ぶりに訪れた商人や旅人はあまりの変貌ぶりに、訪れる場所を間違えたと思う程だった。

確かに、広く城壁が築かれ、道は街道に劣らない石畳で整備され、領都は区画整理されて別の街の様だった。

だが、訪れる者達は、領主の屋敷を見て思うのだ。

「あ、ランドマーク騎士爵領時代から変わらないところがあった」

と。

そう、未だに屋敷は騎士爵時代からのままで、領民もいい加減、建て直してもいいのでは？　と、思っていた。

何しろ屋敷を広く囲む壁は立派で、初めて訪れる者はランドマーク男爵家の近年の勢いを外観から感じていたが、屋敷に近づくと目を疑う程小さく古い作りの屋敷なのだ。

そこで、セバスチャンとスーゴから提案がなされた。

「屋敷を新たに建て直しましょう」

と。

リューもそれを聞いて、失念していたとばかりに驚くと、「そうだよ、お父さん。迎賓館の方が立派で、屋敷がみすぼらしいと流石に領民が恥ずかしい思いをするよ。豪勢な家はいらないけどそれなりの屋敷は必要だと思う」と、リューもこの意見に賛同した。

リーンも同じくだった。

「一時、迎賓館にみんなで移って、その間に屋敷を建て直そうよ」

と、リューが案を出すと、ファーザも頷く。

「では父さんや母さん、セシルにも相談しないとな。それに屋敷の設計図は誰に頼んだものか……」

祖父カミーザ、祖母ケイ、妻セシルはすぐ賛成したので、呆気なく家が建て替えられる事が決定するのであった。

ランドマーク邸の建て替え作業が始まった。

迎賓館への一時的な引っ越し作業はすぐに終わった。

設計は整地と土台に関わるリューと地元の大工によって話し合われた。

この際、ランドマーク領のシンボルになるようなものにして、今後、建て直す必要がない様にしようという事になった。

リューの個人的な意見としては純和風建築にしたかったが、瓦屋根など土魔法では作れないものが多いので断念した。

「組屋敷みたいなのに憧れていたんだけどなぁ……」

完全にリューの個人的な趣味で最初、建築しようとしていたが、流石にそういうわけにはいかず、ファーザの意見を取り入れて小城を作る事にした。

それなら、リューの土魔法ですぐに作る事が出来る。

リーンと協力して広範囲の整地を済ませると、一か月かけて立派な円筒形の塔が四方にあり、それを繋ぐ回廊と建物、その中央、屋上には空中庭園があり、地下二階、地上三階建ての文字通り城を建築してみせた。

「……リュー。……さすがにこれはやり過ぎではないか……？」

ファーザは建築途中から大きくなっていく屋敷に期待と不安を感じてはいたが、完成するとその想定外の規模に呆れてしまった。

「ランドマーク家の象徴で、ランドマーク家の歴代当主が受け継ぎ繋いでいく城として作ってみたよ。これで当分は建て替えの必要がないでしょ？」

「だがな、規模が大きすぎるだろ……！」

「大丈夫だよお父さん。内装以外は土魔法だから、ほとんどお金はかかっていないのでちゃんと予算以内で抑えられているよ」

リューが良い笑顔でグッドサインをしてみせた。

「そうだが、世間体があるだろう……」

「スゴエラ侯爵からは、独立した男爵家なのだから、好きにすればいい。と、言われているじゃない」

「そうなんだがな……」

「お父さんの世間での評価は今、このくらいだと思っていいと思うよ。これまでの屋敷は控えめ過ぎて、与力時代の仲間にも呆れられていたじゃない」

リューはタウロの婚約騒ぎでの話を持ち出した。

確かに主要な道路の立派さに比べて、屋敷のみすぼらしさにお金の使い方が珍妙と揶揄されていた事をファーザは思い出した。

「そうか……、そうだな！　確かにリューの言う通りだ！　よし、これからこの館をランドマーク家の象徴にしよう」

やっとファーザはリューの説得に頷いて納得するのであった。


その数日後、冬休みに入った兄のタウロとジーロ、そして従者のシーマが帰ってくるのだが、見慣れた素朴な屋敷が無くなり、その場所に小城と言わんばかりの館が出来てる事に度肝を抜かれる事になった。

「お帰りなさい！」

リューとリーンが兄達を玄関で迎えたのだが、驚いた顔は想定内だった。

というか建設を急いだのは兄達が帰ってきた時に驚かせるのが目的の一つだったのだ。

「……これは、一体どういう事なの？」

「夏はまだ、……家あったよね？」

「道、間違えたと思ったっす……」

館を前に三人は馬車から降りた状態でポカンとしたまま見上げたままだったが、リューが新たな家に招き入れると三人は入ってすぐに大きな階段が迎え入れる吹き抜けの広間に改めてびっくりした。

「あ、メイドや使用人もまだ、この家に慣れてないから迷子にならないでね」

リューはそう言うと兄達の新しい部屋に案内する。

二人は二階の一室をそれぞれ用意され、館に入ると螺旋階段があり上の階にいけるようになっている。

二人共、以前は一緒の部屋だったので急に広くなった事で、落ち着かない様子だった。

シーマは一階に個室を与えられて喜んでいた。

これまでは他の使用人と同室で狭かったのだ。

なので荷物もぎっしりだったのが、スペースがあり過ぎて落ち着かないほどで一か所に置いていた荷物を広げてスペースを何となく埋めるという無駄な事をしてみるのだった。

リューの部屋だが、タウロとジーロほど広い部屋ではなかった。

三男なのでその辺りはわきまえているつもりでいた。

それにマジック収納があるので、広い必要性が無いのだ。

リーンには広い部屋を用意するつもりでいたのだが、そこは怒られた。

「従者が主より広い部屋に住めるわけがないでしょ！」

ごもっともなので、もう少し、広い部屋にリューは移動してリーンにはその隣の部屋に入ってもらう事にするのだった。


ランドマーク家の新しい館の完成に領民からはお祝いの声が寄せられた。

そして連日、見物客が訪れた。

ファーザはよほど嬉しかったのか、ランドマークの街が眼下に見下ろせる塔の頂上に見物客を案内しては一緒に眺めたりしていた。

「年末の挨拶でもうすぐスゴエラ侯爵の元に行くんだよね？　あんなことしていて大丈夫かな？」

長男タウロが父ファーザの喜びように呆れていたが、「その準備は、もう、しているみたいだよ」と、ジーロがフォローしていた。

「開発した『乗用馬車一号』の、スゴエラ侯爵家の家紋を入れたカスタムモデルをお土産にするって言っていたよ」

リューがジーロに頷いてタウロに教える。

「そっか、ならいいけど。それにしても数年前なら考えられなかった事だね」

タウロは頷くと過去を思い出したのかふと口にした。

「そうだね。以前は手土産を用意するどころか宿屋の宿泊費や交通費の捻出に頭を悩ませていたよね」

ジーロが父達の苦労を思い出したのか少し湿っぽい雰囲気になった。

「あの頃はリューが森に狩りに出かけて食べられる物を獲りに行ってくれていたよね」

タウロが、リューに感謝した。

「今もそれはあんまり変わらないけどね」

リューは照れ隠しに笑うと魔境の森で同じ事しているからと言うのだった。

「ははは！　リューは逞しいから。僕達もまた休みの間、リューと一緒に鍛錬しないといけないね」

タウロがそう言うとジーロとシーマも頷くのだった。

タウロとジーロは魔境の森の境に集落が出来て、さらには魔境のど真ん中にランドマーク家の畑が出来ている事に度肝を抜かれた。

「……何しているの、これ」

タウロがジーロ達を代表して指摘したが言うのはそれが精一杯だった。

リューが経緯や、今後のランドマーク家の収入の柱の一つになる可能性がある事を説明した。

「今年の屋台ではそれを出したのかい？」

「うん！　大好評だったよ。だから、これから栽培を本格的にする為に研究も始まっているよ」

リューはそう言って、マジック収納からチョコバナーナを出すとタウロ達に配り、食べる様に薦めた。

タウロ達はこの不可思議な食べ物に最初、匂いを嗅いだり、触ってみたりしていたが一口食べると驚愕した。

「リゴー飴とは違った苦みがある甘さだけどそれがまた美味しいね！」

ジーロとシーマも感動してすぐに食べきった。

その横で食べた事があるはずのリーンが羨ましそうにしているので、リューは苦笑いするとマジック収納から再度チョコバナーナを取り出して渡すのであった。

「これは、果物のバナーナと一緒にしているけど、チョコ単体で型に入れて一口サイズにカットして数個一緒に包装して販売する予定だよ。材料のカカオン豆がまだ数に限りがあるし、加工するのに手間がかかるから高級品になると思う。学校に戻る時に三人にはお土産で渡すから学校で配るといいよ」

と、言うとリューはタウロに彼女用は、また別に渡すからと、付け加えた。

「うん、リュー、ありがとう。エリス嬢もきっと喜ぶよ」

照れる事なく笑顔でタウロは答えた。

これは、交際がかなり順調な様だ、成人（十六歳）を迎える時には婚約発表もあるかもしれないと期待するリューであった。


リュー達五人はカミーザと合流すると早速、魔物討伐を始めた。

タウロ達学校組は、前回の反省から魔物討伐が効率的になっていた。

学校の間もシミュレーションしていたのかもしれない。

前回討伐できなかったオーガも魔法攻撃を中心に立ち回り、倒せた。

これには、リューとリーンも弱点を言ってなかったので驚いたが、なんでも、学校の図書室でオーガについて調べたそうだ。

カミーザもそれには感心していた。

「強い敵も弱点がわかれば、格上でも倒せる事はあるからな。過去の冒険者の著作物も置いている学校での勉強は為になるじゃろ？　もちろん、知っている事と、経験する事は別じゃ、次からはもっと効率よく倒せるようになるじゃろ」

カミーザの言う通り、タウロ達は休みの間に知識を経験で裏付けする事でより成長して学校に戻っていくのだった。


タウロ達が戻っていく数日前の事。

「そういえば、最近、学校やスゴエラの街で『ケンダマ』が流行っているんだ。あれ、リューが考えたやつだったよね」

え？　今頃？

驚くリューだったが、嬉しい事なので学校に戻る前にタウロ達にケンダマの技をいくつか伝授した。

タウロ達は学校に戻った後、リューに教わった技をみんなの前で披露するのだが、その結果、ランドマーク家のケンダマ名人三人衆と変なあだ名を付けられる事になる。

妹のハンナが最近リューとリーンの行く先々に付いてくるようになった。

まだ八歳だが、武芸の稽古で体力がついてきたので、足手まといになる事はなく、魔境の森以外は二人のやる事に付いてきては興味津々で観察していた。

リューとしては、ハンナに変な事を覚えられない様に気を遣っていたが、リーンはハンナに積極的に何でも教えた。

最初は変な癖がついても嫌なので止めようとしたが、ハンナは何でも呑み込みが早く、変な覚え方をせずに自分の物にして、さらには時間を必要としなかった。

『賢者』スキルには武芸の剣、杖、体術などもあったが、その中に弓は無いはずだった。しかし、リーンが教えるとハンナ独特の形で覚えていくのにはリューも驚いた。

覚える過程が違うがリーンが指し示すゴールにちゃんと到達するのだ。

文字通りの天才っぷりにリーンも教えるのが楽しい様で、自分の得意分野を次々に教えていた。

これはハンナが持つもう一つのスキル『天衣無縫』の力なのかもしれない。

だが、リューの『ゴクドー』同様、謎のスキルらしくスキルに詳しいサイテン先生も知らない様だった。

まさかハンナも転生者じゃないよね？　と心配になるリューだったが、ハンナは頭は良いが、発想には前世の世界に関わりそうなものはなかったので、その可能性はなさそうだった。

兄としてリューはその事に安心した。

転生者は必ずしも幸せとは限らないと思ったからだ。

前世で家族がある場合もあるだろう。

自分は捨て子だからいなかったし、前世は裏稼業だったから未練もなかったので、この家族に恵まれて幸いとさえ思っているが、実際に転生したとして素直に喜べる人はそう多くないだろうと想像したのだ。

明らかに前世は恵まれた世界だ。

それを失ってこちらの世界に来たら困る事の方が遥かに多い。

自分はそれに馴染めたが、文明が一気に落ちるこの世界に慣れるのは便利さを知っている者には難しいだろうと思うリューであった。

リューはハンナに薬草採取と調合、ポーション作りを教えた。

道具も一式用意してハンナにプレゼントした。

ポーション作りは覚えて損はない。

まして『賢者』のスキル持ちなら魔力回復ポーションは必須だろうと思った。

ハンナはやはり頭が良いので呑み込みが早く、リューは味が不味い魔力回復ポーションしか作れないのに、ハンナは後味スッキリなものを完成させてしまった。

「ハンナ凄いな！」

リューは素直に驚くと、ハンナにその作り方を教えてもらうのであった。

「……で、この薬草を抜いて、こっちの薬草を代用すると味が良くなって効果も変わらないよ」

教えてもらいながら、リューはハンナの凄さに改めて感じ入った。

ハンナはゴールを教えてあげると、その過程を最良なものにする為に知識をフル活用して導き出す才能があるのだろう。

ただし、学んでいない事は出来ない様で、リューのこれまでのコーヒー作りや、手押し車、リヤカー、馬車、けん玉、チョコ作りなどこちらには無い知識と発想にはついていけないらしく、「リューお兄ちゃんは凄いのよ！」と、その事でハンナは街の同世代のお友達に自慢しているらしい。

「確かにリューは、発想が私達には無いものがあるから」

ハンナが言う事に誇らしげに頷くリーンがリューにはおかしかったが、それは言わず褒めてくれた事に素直にありがとうと感謝するのだった。

街ではリューとリーンそしてハンナの三人が各所に現れるのが新しい光景になりつつあった。

街の労働者達は昼時に、街の食堂で三人が揃ってうどんを啜っている姿に遭遇したし、学校で校長先生でもあるシキョウと四人で話し込んでいるのを子供達が目撃していた。

コヒン畑では農民達が新たな開拓予定地についてリュー達とみんなで協議していた姿が村の者達に見られていた。

ある時は、製麺所でうどん麺の売れ行きを心配する三人に近所の主婦達が出会っていた。

工房では馬車の製造工程にハンナが食い入る様に見ているのを休憩中の職人達が和んで見ていた。

あらゆるところでこの三人は目撃されるようになり、領民達の当たり前の光景になっていくのであった。

「ハンナ、今日はこの後、魔境の森に僕達は行くから、お家に一旦帰るよ」

「……わかった！」

ハンナは素直に頷くとリューとリーンの手を繋ぎ、スキップして家路に就くのだが、この光景が領民達からは一番尊いと言われていたのだった。


リューは深夜零時に十一歳になった。

それと同時に脳裏に『世界の声』がした。

「『ゴクドー』の能力の発動条件〈ピンゾロの目十一歳〉を確認。［ダイス］を使用する事で能力をランダムで入手できます、ダイスを振りますか？」

え？　質問されている？

誕生日を迎えた深夜、寝ているところに『世界の声』がして、驚いて目が覚めたリューだったが、その『世界の声』に質問されている事に二重に驚いた。

……えっと、能力が得られるという事は、ダイスは振った方がお得だよね？

寝ていてもしっかり頭に響いて聞き逃す事が無い事に驚きつつ、リューは心の中で試しに『世界の声』に聞いてみたが、反応は無い。

……じゃあ、振ります！　ダイス振ります！　……どうだ？

「確認しました。それではダイスを同時に振ってください」

『世界の声』がすると、目の前に小さい煙が出る演出と共に、手の平の上にサイコロが二個出てきた。

当然ながら手の平にサイコロの感触がある。

前世では事務所待機の時に先輩極道とチンチロリン（サイコロの賭け事）をよくやっていた事を思い出した。

「これを、同時に振ればいいのね？　……ふふふ！　僕、ちょっと自信があるよ。――じゃあ、はい！」

リューは床にサイコロを放り投げた。

サイコロは転がり、二つとも転がった先でサイコロ同士ぶつかって止まった。

「おお！　六のゾロ目だ！　これはいいんじゃない⁉」

リューは、前世の違法賭場でも思い出したのか、興奮気味にガッツポーズをした。

「六・六を確認しました。……『ゴクドー』の能力の発動条件〈近道を行く強運の者〉を確認。

［次元回廊］を取得しました」

『世界の声』が言い終わると、小さい煙と共にサイコロは消えてしまった。

……ところで次元回廊ってなんだろう？　違法録画映画を転売していた先輩ヤクザから借りたSF映画で見た記憶が無い事も無いけど、ワープみたいなものかな？

深夜の能力取得に浮かれるリューは、早速試したいところだが今は止める事にした。

リーンが、自分がいない所で試すなんて！　と怒りそうだと思ったからだ。

きっと、「一人で面白そうな事をズルい！」と言いそうだ。

リューは興奮を抑え込み寝るのに必死になるのであった。


朝。

午前中は、母セシルの授業がある。

リューはずっとそわそわしながら、授業を受けていたが、すぐに母セシルはそれに気づくと問いただした。

「ごめんなさい。深夜に寝ていたら、新たな能力を覚えたから早く試してみたくて」

リューは素直に母セシルに謝ると打ち明けた。

「寝ている時に？　何を覚えたのリュー」

母セシルは初めて聞く状況に興味を惹かれ、完全に授業を中断する事にした。

同席しているリーンもハンナも、興味津々だ。

リューはその時の状況を説明し、覚えたものが『次元回廊』と話すと、母セシルは大いに驚いた。

それはセシルが知っている限りでは、勇者スキルを持つ者が覚える能力のはずだからだ。

「え、勇者？」

母セシルの指摘にやはりチート級能力だという事を自覚したリューであった。

授業は中断され、一同は庭に移動していた。

「『次元回廊』は、移動したい場所に一瞬で移動できると言われているけど、もう、ずっと勇者スキルを持って生まれた人は誕生してない上に、最後の勇者スキル持ちの人物は『次元回廊』を覚える事なく亡くなったから最早、伝説級の幻の能力のはずよ」

セシルがみんなに聞かせる様に説明した。

ははは……、サイコロの出目で入手した僕って一体……。

「リューの説明の通りなら、本当に運が付いていたとしか言い様がないわね」

母セシルは息子の強運が嬉しそうだ。

「ねぇ、リュー！　やって見せてよ！」

リーンは、ワクワクが止まらないとばかりに目を輝かせてリューにお願いする。

妹のハンナも右に同じとばかりにリーンに同意して何度も頷く。

「う、うん。わかった。やってみる！」

リューは、やり方がわからないが、とりあえず手を目の前にかざすと、「……次元回廊！」と、唱えてみた。

すると、目の前にマジック収納の時の様な空間が生まれた。

そして、リューは恐る恐るその中に入ってみる。

周囲は三六十度、映画で観た異次元空間を絵にした様な世界が広がっている。

だが、入ってきた入り口以外、出口が見当たらないので入ってきたところから出た。

「？　リューが一瞬で消えたけど、同じところからすぐ現れただけよ？」

リーンが不思議そうに首をかしげる。

リーンのマネをしてハンナも同じ様に首をかしげてみせた。

「あ！　そう言えば、出口をあらかじめ設定しないと駄目だった様な気がするわ」

母セシルが思い出したと言わんばかりにリューにアドバイスした。

「先に言ってよ、お母さん！」

一瞬、欠陥能力ではないかと頭をよぎったリューは安堵するのであった。


リューは気を取り直し、実験を続ける事にした。

母セシルの言う通り、出口が無いと次元回廊に入っても出ようがない。

まずは出口を作ろう。

「次元回廊出入り口作成……！」

リューが唱えると、空間に次元の裂け目が出来た。

ただ、母セシルやリーン、ハンナには全く見えないらしく、「何もおきないわよ？」と、ぼやいた。

リューはそこから少し距離を取ると、「次元回廊……！」と唱えて次元回廊に足を踏みいれた。

すると、そのトンネルの様な内部の少し先に出口が見えた。

「これで出口から出れば……っと」

リューは出口から飛び出すと、母セシル、リーン、ハンナが歓声を上げた。

「本当にリューが一瞬で移動したわ！」

「リュー凄いわ！　成功よ！」

「お兄ちゃん凄い！」

三人には一瞬で移動した様に見えるという事は、次元回廊の中は時間が進んでいないという事だろう。

文字通り、一瞬で移動できる事が証明されたのだ。

そこからは細かい実験に移行した。

まずは、他の人も一緒に移動できるかどうか。

これは、次元回廊の出入り口が三人には見えないので、出入りのしようが無い。

試しに手を繋いでリーンを次元回廊に引っ張り込む事ができるか試してみた。

「下半身が何かに引っ掛かった様な感覚があって先に進めないわ！」

リューから見るとリーンの上半身は次元回廊に入っている様に見えるのだが、その先がリーンが言う様に引っ掛かる感覚があって次元回廊に引っ張り込めない。

「上半身だけしか入らないなぁ……、どういう事だろう？」

リューは考え込んだが、試しに今度はハンナの手を引っ張って次元回廊内に入ってみた。

するとハンナはスムーズに入れた。

出口から二人は手を繋いだ姿のまま、一瞬で出てきたのだ。

「ハンナは入れて、リーンは上半身だけ？」

母セシルが首を傾げた。

「もしかしたら限界重量があるのかも」

リューは思いついたのか、厨房に行くとリゴーの実が入った大きな袋を持って戻ってきた。

そして、その袋を抱きかかえたまま次元回廊に入ると数個のリゴーの実がその場に落ちて、リューは一瞬でもう一つの出口から出てきた。

「……なるほどね。今、リューが手にしているリゴーの実の量が、限界重量という事になるのね」

母セシルは理解した。

ハンナは丁度ギリギリの限界重量内だったので次元回廊内に入ったのだろう。

という事は、ほとんどリュー以外の者は次元回廊内を移動する事は出来ないという事だ。

リューは次に出口を複数作れないか試してみた。

この答えはすぐわかった。

他所に出口を作れば、最初に作った出口は消えてしまったのだ。

つまり、往復できるところは一か所のみ、だから出口を設置する必要があるので行った事がある場所にしかいけない、便利は便利だがリーンやハンナを連れて移動する事が多いリューにとって、あんまり使い勝手が良いものではない。

物の持ち運びはマジック収納に入れて次元回廊に入ればいいから問題ないけど、この次元回廊、チート能力だと思ったけど、今の自分にとっては制限があり過ぎだ。

リューはどうしたものかと考え込んだ。

「うーん……。伝承では勇者一行が故郷から遥か離れた王都まで一瞬で移動した事になっているんだけどおかしいわね……」

母セシルが、疑問を口にした。

「……それが本当なら……、この能力、熟練度がある可能性があるね！」

使い勝手が悪い能力と思ったが、希望が見えるリューだった。


それからは、出来る範囲で次元回廊を積極的に使う様にした。

リューとリーン、ハンナの三人で基本領内を行動する事に変わりはないが、行く先で魔境の森に行く時間になると、一旦ハンナを家まで送り届けないといけないのだが、それを次元回廊で行った。

出入り口を屋敷に設定しているので、まさに一瞬で送る事が出来て、一旦引き返す事なくそのまま魔境の森に行ける様になった。

これだけでも、かなり時間短縮になる。

魔境の森にいるカミーザから屋敷にいるファーザに伝言するのにもあっという間だった。

リューがいる時に限られるが、魔境の森で何かあった時、リューからファーザに緊急連絡がすぐ出来るのだ。

強力な魔物が現れる事も稀にあったので、ファーザに連絡して、ギルドに緊急クエストを依頼し、現場まで来てもらうのも時間はこれまでの半分に短縮できた。

次元回廊は限定的だが徐々に使い方を工夫して活用するリューであった。


カカオンの実の収穫時期が来た。

魔境の森の村の民にとっては、待望の大規模収穫だった。

この為に、村を移転、もしくは移住してきたのだ。

未だ一から育てる為の研究が続けられているが、まだ、数年はかかる状況だ、だが元から生えているカカオンの木から収穫するだけでも結構な量の実が集まっている。

村人達にとってその量の多さがひとまずの安心に繋がった。

このカカオンがあの甘くてほろ苦い『チョコ』になるのだから、やる気も出るというものだった。

ついでにバナーナの実も収穫する。

こちらは収穫した熟したものは領内で販売するのが第一で、領外に出荷するものは、まだ実が青いものを収穫して、運んでいるうちに実が熟すとリュー坊ちゃんが教えてくれた。

これは、加工しなくても甘くて美味しく、村人達も食事やおやつに食べている。

坊ちゃんが言うには、「エイヨウカ」が高いから体に良いそうだ。

「エイヨウカ」の意味は分からないが、体に良いということは、収穫するこちらとしては、売り言葉として最高だった。

　自信を持って売る事が出来る。


　村人達の表情が明るい事がリューにとって何よりだった。

　さらにこのカカオンの実の収穫は年に二回の予定だったが、村人が観察したところによると三回収穫できそうだと言うのだ。

　実が落ちて腐ったものが沢山あったので、そう思ったらしい。

　前世と違って、カカオンの実がそういうものなのか、この魔境の森が特殊なのかはわからないが、どうも周期が違う様だ。

　これは、嬉しい誤算かもしれない。

　年間の収穫量が増える事は大きい。

　思っていたより『チョコ』を多く市場に出せそうだった。

　カカオンの実を加工し、『チョコ』にする工程も、領都内の加工場で研究がされる事になった。

　リューの記憶では、温めた『チョコ』をヘラで捏ねると食感が滑らかになると、前世のＴＶで見た覚えがあったので、それを伝えると『料理』のスキル持ちの責任者は興味を持ち、研究していいですか？　と、聞いてきたからだ。

　おかげで祭りの時に出した『チョコバナーナ』よりも、品質の良いものが加工される事になる。

ランドマーク家の新しい執務室。

そこに、ファーザと、リュー、リーンの他に一人の商人が訪れていた。

「こ、これは……！　昨年の豊穣祭で出されたものより美味しいですね！」

『チョコ』の契約をランドマーク家から取り付けた商人が、リューから出された〝試作品〟を口にすると絶賛した。

「こんな美味しいもの初めてです！　絶対、売れますよ！　値段が高くてもお金を出す貴族はいくらでもいますよ！」

商人は興奮気味に熱く語った。

「それでは、これを商品化しますね。製品版は『チョコ』にランドマーク家の剣が交差する月桂樹の家紋入りの型で型を取る予定です」

リューが、ファーザと商人の二人に確認を取る。

「はい！　お願いします！　いいですね、ランドマークブランドは有名になってきていますから、その名も使って大々的に宣伝させてもらいます！　販売はお任せください！」

「それでは、お願いします」

ファーザが商人と握手を交わすと、リューもそれに加わり握手を交わす。

これが世間を席巻する『チョコ』の第一歩である。

『コーヒー』のランドマークブランドが、それに合う『チョコ』というお菓子を出した事は、流行にうるさい貴族や金持ちの間で情報として、すぐに広まった。

『チョコ』という不思議な名前の響きにランドマークブランドのファンの期待感は増し、いち早く入手して味わった者は羨望の的だった。

食べた者はもちろん、これまで食べた事が無い味わいに酔い、集まる人々の前で詩的な表現で感想を述べる。

それを聞いた人々は、期待に胸を膨らませ、入手経路を聞き出すのに必死になった。

金に糸目はつけないこの人々により『チョコ』の値段は高騰するのだが、売れ行きが落ちる事はなかった。

需要が圧倒的に勝っていたのだ。

さらに拍車をかけたきっかけの一つに、ランドマークブランドのファンの、とある貴族が発した一言があった。

「『チョコ』は『コーヒー』の最高のパートナー」

このキャッチフレーズが魔法の言葉の様に広まり、『コーヒー』ファンの間で知名度を一気に高め、『コーヒー』と共に高値で取引される事になるのだった。

タダでは貸しませんが何か？

コヒン豆栽培や、水飴、手押し車、リヤカーに新型馬車等、そしてチョコと、ランドマーク男爵家の王国南東部での知名度は大きく高まっている。

その割には、当人達はさほどその意識がなかったが、最近になって面識のない他所の貴族から面会希望の手紙や使者が訪れる様になってきた。

内容は様々で、以前からあった派閥への勧誘、借金の申し入れや、なぜか同情を誘う身の上話、懇意にしてほしいというお願い、上級貴族による圧力、特許の売却要求、共同生産の為の誘致など様々だが、ほとんどが自己利益の為にランドマーク家を利用する気満々の内容だった。

「……一気に増えたな」

ファーザがため息をつくと、手紙の山を前にリューを見た。

「今だけだよお父さん。スゴエラ侯爵派閥である事をアピールして上級貴族の無茶は受け流し、借金の申し込みは保証人を用意させて担保をちゃんと取りそれを契約書にすると言えば、ほとんどは怖気づいて借りに来ないよ。同情を誘う人は特徴として『自分の利益を第一にして他人の損失には無頓着』と危険だから基本無視、特許の売却要求は論外だよ」

「そうなのか？　この手紙の伯爵なんか、不幸続きで可哀想なんだが……」

「お父さん、初対面の人物がわざわざ同情を誘う内容の手紙とか、騙す為以外にないから。詐欺の手口に多いから気をつけてね？」

「言われてみれば、私が赤の他人に同情する理由がないな」

相変わらず、お父さん良い人過ぎる……。

リューは心配になりながら、アドバイスをした。

「ほとんどは、無視でいいものだから、一度目を通したら二度目からは読む必要の無いものだと思うよ」

前世で言うところの、詐欺メールや、ダイレクトメールの類だ。

前世の組の下部組織がよくやっていたものだ。

そういうのは相手にしていたら切りがない。

「だが、誘致の件は良い話だと思わないか？」

ファーザが、領内の生産状況を気にかけて言った。

「その事なんだけど、うちと同じく新興貴族で信用できそうな、利益を共有できそうな人がいるんだけど」

「おお！　それはいいじゃないか！　誰だ？」

「ベイブリッジ伯爵だよ。タウロお兄ちゃんとエリス嬢の仲も良いから、今後、付き合いは長くなりそうだし、何より信用できるよね」

「……確かに。伯爵も新興貴族で資金繰りも大変だろうし、今後の事を考えると繋がりを強める事が出来ていいかもしれない……」

「家同士の繋がりが強まれば、二人の仲の進展にも繋がるよね」

「そうだな。タウロの幸せにも繋がるなら、それが一番だ。よし、こちらから手紙を書いてお願いしてみよう」

早速ファーザは、ベイブリッジ伯爵に「共同生産誘致の提案」の手紙を送った。

格が上なので、あくまでもお願いだ。

返事はすぐ返ってきた。

内容は快諾するもので、感謝の言葉まで綴られていた。

後日、ベイブリッジ伯爵に権限を一任された腹心がランドマーク家に訪れると、細かい交渉をする事になった。

コヒン豆の栽培については、先が長い事から一旦保留されたが、今現在、生産が追いついていない新型馬車や、手押し車、リヤカーなどの製造を共同で行う事が締結された。

この両家の結びつきにより、ベイブリッジ伯爵家は領民への仕事の斡旋と利益を、ランドマーク家は弱点であった生産力の強化と、今後の長男タウロの将来についての見通しが明るくなったのであった。

執務室を訪れたリューは、ファーザの元にいつもの如く届く手紙の中に気になる宛名が目についた。

ブナーン子爵……、どこかで聞いた様な……。

「あ、お父さん、ブナーン子爵って、南部の貴族の方ですか？」

「うん？　ああ、そうだな。そういえば、そういう貴族が南部にいるが、私もなぜ知っているのか覚えてないいな……」

ファーザはリューに答えながら、自分がなぜ接点のない貴族を知っているのか思い出せなかった。

リューも同じだったが、記憶を遡っていくとタウロの学友でライバル関係にあるという貴族がブナーン子爵の子息だった気がする事を思い出した。（※八九ページ参照）

「タウロお兄ちゃんと友人だったかも……」

「……うん？　……ああ！　タウロの手紙に、書いてあった気がするな！」

リューの指摘にファーザも思い出した。

「この手紙、読んでみていい？」

リューはファーザの確認を取ると中身を見てみた。

その内容は、息子同士が学校で仲良くしている事などが前置きで書かれていたが、つまるところ、借金の申し込みだった。

どうやら子供の交友関係をだしにお金を借りようと思っている様だ。

兄タウロの話ではブナーン子爵の息子は負けん気が強いが潔く、清々しい気性の持ち主と聞いている。

手紙の内容からするに、息子には内緒の様だったので、親の方は息子の様に立派とは言い難い人物なのかもしれない。

ファーザとリューは顔を見合わせるとどうするか悩むのだった。

ファーザやリューにしたら、他の赤の他人の貴族同様、ブナーン子爵の借金の申し込みは無視しても良かったが、子供がタウロの友人である以上、将来は関わりを深める可能性は大きい。

「いつもの内容で返信すれば、怖気づいて軽はずみな借金は踏み止まるんじゃないかな？」

リューの提案で、ファーザは連帯保証人や担保など契約書にしますよ？　と、気軽に借りられない雰囲気の内容をしたためて返信する事にした。

十日後。

ランドマーク家にはブナーン子爵と、その連れのマミーレ子爵が満面の笑みで訪れていた。

（リュー！　本当に来てしまったぞ！）

ファーザが貴賓室に二人を通しながら、横を歩くリューに耳打ちした。

これにはリューも内心驚いていた。

ブナーン子爵の領地まで往復八日かかる。

つまり返信の手紙を貰って二日でマミーレ子爵という連帯保証人を用意してやってきたのだ。

マミーレ子爵は、ブナーン子爵と領地が隣接する貴族というのはわかっている。

執事のセバスチャンに聞くと、マミーレ子爵は南部の古参の貴族の一つで、子爵にしては広い領地を持っているらしい。

だが、古い割にそれ以外の話は聞かないらしくセバスチャンの情報網でもそれが限界だった。

リューの前世で培った観察眼では、連れのマミーレ子爵は、全くお金があるとは思えなかった。

袖を通した派手な服はよく見るとデザインが古く、タンスの奥から引っ張り出してきたものと思われた。

その服装から古参の貴族らしく昔は栄華を極めた時期があったのだろうが、今は鳴かず飛ばずの印象だった。

これはお金を貸しても回収できない恐れがある。

一方、ブナーン子爵の服装はまだ、新調して間がないものに見えたが、こちらも派手で無駄にフリフリが、襟や袖に付いていて正直ダサい。

足元を見ると靴はそれなりだが、擦れた傷が数か所あって手入れは行き届いていなかった。

これにはリューは前世の経験上、最低評価を下した。

せめて古くても手入れが行き届いていれば、誠実さを見て取っただろうが、この人にはそれはないと見極めたのだ。

リューはお金を貸す相手を見てきた結果、靴に性格が出ると思っていた。

マミーレ子爵に関しては見るまでも無かったが……。

このブナーン子爵には貸しても返済する誠実性はないだろうし、マミーレ子爵には返せる経済力がない。ブナーン子爵は、『一発飛び』（最初から返さず逃げる事）する可能性があるゴロツキだったし、マミーレ子爵はいわゆる『能なし』（借りた金銭を返済する能力がない人のこと）の可能性が大きい。

だが、ブナーン子爵こと、ゴロツキの子息には兄タウロの言う通りなら、貸す価値がある。

将来、立派な人物になる可能性があるからだ。

マミーレ子爵こと、能なしはその名前と、広い領地を担保に出来るなら、貸す見込みがあるかもしれない。

二人は貴賓室に通されると、ランドマーク男爵のここ最近の快進撃を讃え始めた。

褒めて気持ちよくさせて借りる作戦の様だ。

だが、ファーザはそういうのを一番苦手としていたので、不機嫌になっていった。

ブナーン子爵達は、ファーザの横に座ってこっちを見ている子供は一切気にかけていなかったが、ファーザの雲行きが怪しいと気づいたのか、話をリューに振った。

「ご子息ですか？　聡明そうな子だ。今日、君はお手伝いかな？」

冗談のつもりで聞いたのだろうがリューが、「はい、お二人の査定をさせていただいています」と、返してきたので、二人はギョッとして目を見合わせた。

「……査定ですか？」

ファーザに真意を確認する様にチラッと視線を送った。

「……うちの息子に今回の事は一任しています。どうだ、リュー？」

ブナーン子爵とマミーレ子爵はまた目を見合わせると、泡を食った顔をしてリューの返答を待つ。

「お二人とも、お互いが連帯保証人になるつもりでしょうが、不足と見ました。担保も必要と判断しますので、お二人の領内で査定して担保を決める必要があると思います」

「リューがそう言うなら、その様にしよう」

「え？　本当に子供に判断させるのですか、ランドマーク男爵⁉」

ブナーン子爵が慌てて質問した。

「うちの子に不満がおありですか、ブナーン子爵殿」

「い、いや……」

「それでは、うちの者をお二人に同行させますので、担保が決まったら望まれていた額をお貸しします」

「わ、わかりました。担保さえ納めれば貸していただけるのですね？」

ブナーン子爵は念を押すと、ファーザに代わってリューが頷いた。二人は思わぬ展開にただただ、顔をしかめるのであった。


ブナーン子爵達の査定の為に、リューとセバスチャンが派遣される事になった。

リューはまだ、初歩とは言え『鑑定』のスキル持ちだ。

物の鑑定に関しては名前がわかる程度で価値はわからないのだが、贋物はすぐわかる。

リューが名前を伝え、セバスチャンがその膨大な知識から担保に見合う物を判断すればいい。

これなら、騙される事はないはずだ。

もちろん、リューが行くところにはリーンが付いてくる。

本当は連れて行かずに帰りは『次元回廊』ですぐ帰るつもりでいたが、それは出来なさそうだ。

ブナーン子爵達は一日滞在後、帰路に就いた。

リュー達も馬車を出してそれに同行する。

その道すがら、この二人のゴロツキと能なし、ブナーン子爵とマミーレ子爵はランドマーク家の特別製の馬車に強い関心を示していた。

特にブナーン子爵はこの特注の馬車の価格を聞いて、「……実に興味深い！」と、買う気満々の様子で、途中の宿屋でセバスチャンを相手に優先的に買えないか、割引は可能か、デザインは変える事が出来るのかなど交渉してきた。

まだ、子供のリューを責任者と思っていない様だったが、セバスチャンがきっぱりと、「私には裁量権はありません」と断った。

断られたブナーン子爵は一緒に連れているエルフの娘の美しさに目を奪われ、子供のリューには目もくれていなかった。

それにいくら今、勢いがあるランドマーク男爵とはいえ、男爵の三男は普通、ごく潰しも良いところだ。

三男は成人したら、自分の食い扶持を稼ぐ為に家から追い出される未来しかないので、力は全くないのが普通だ。

ましてやまだ子供とあっては、ブナーン子爵でなくても、相手にしないところだろう。

だが、ランドマーク家の執事が、リューというこの子供に裁量権があると言う。

どうやら本当の様だ。

子爵である自分が、男爵のそれも三男のご機嫌を窺って値切ったり、お金を借りる為に、気を遣わなくてはいけないのは屈辱的だったが相手は子供だ。

馬車の値切り交渉も、借金も自分が有利に交渉できそうだ。

ブナーン子爵は完全にリューを甘くみていた。

実際、馬車の値切り交渉も優先的に購入できる契約を結べたので、相手はやはり子供、楽勝だと高を括り始めていた。

リューにしてみると、値下げ自体想定の範囲内で、購入自体も優先的に買えると思わせただけであった。

顧客を満足させられれば良かったリューは、このブナーン子爵こと、ゴロツキをご機嫌にさせただけだったのだが、当人は勘違いしていた。

そんなリューも意識しない前哨戦が行われながら旅程は進んだ。

リューにはスゴエラの街への旅以来の片道五日間の長期の旅行になるのだったが、同行者が借金の申し入れをしてきたブナーン子爵とマミーレ子爵という暑苦しい二人だったので嬉しいものではなかった。

リーンも同様で、宿屋ではリューにブナーン子爵とマミーレ子爵が付き纏っていたので、一緒にいるリーンにも厭らしい視線を向けられウンザリしていたが、幸い一日の大半が移動であり、馬車が別だったのが救いだった。

「あの二人、途中からリューへのゴマすりが酷くなったわね。私への厭らしい視線も遠慮なくなってきたし」

リーンが馬車内で、不満を漏らした。

「あちらもお金を借りるのに必死なんだろうけど、ゴロツキは確かにリーンを見過ぎだよね」

リューもブナーン子爵（ゴロツキ）には呆れて、リーンに同情した。

「あんな奴に本当にお金貸すの？」

「それが、お父さんの決定でもあるし、今後、こういう機会は増えると思うから、しっかり見定めて今後に繋がる結果を残そう！」

「「「おー！」」」

リューにリーン、セバスチャンの三人は馬車内で一致団結するのだった。

リュー一行は、まずはブナーン子爵の領地の手前にあるマミーレ子爵の領地に到着した。

ブナーン子爵は、先に自領に戻って歓迎の準備をするとリューに伝えると先に戻る事になった。

マミーレ子爵はブナーン子爵がいなくなると、一気に不安になったのか屋敷までの案内の間、汗を拭くシーンが多くなった。

元々太っている事もあるが、緊張しているのは見てわかった。

到着すると、屋敷は古いが大きくて立派だった、だが所々修繕が必要そうな部分があるのは見てわかった。

リューは一帯を観察しつつ、まずはマミーレ子爵の執務室に通され、資産について確認したが、予想通り借金まみれだった。これは、本当に『能なし』かもしれない。

領内の商人からはもちろん、他の貴族からも借りていた。

「……とりあえず、担保になりそうなものを見て回りましょう」

リューの提案で、マミーレ子爵は汗を拭きながら屋敷内を案内するのであった。

マミーレ子爵の所有する宝物や骨董品、絵画などはあまりなかった。

あったとしても、リューの『鑑定』スキルで確認すると、偽物、贋作、複製品、模倣品と価値が無い物しか残っていなかった。

マミーレ子爵曰く、価値ある物はほとんど借金のかたに持っていかれた、そうだ。

だが一つ、マミーレ子爵にはマミーレ家秘蔵のお宝が残っていた。

それが、先祖が王家より下賜（かし）されたという宝石で、これだけは担保に入れる事なく守り続けたらしい。

「残念ながらマミーレ子爵。今の段階では担保になりそうなものは王家から下賜されたというこの宝石のみです」

「……そ、それは……。……それ以外でどうにかなりませんか？」

マミーレ子爵は泣きそうな顔で噴き出す汗を拭きながらリューに懇願した。

「残念ながら……。でも、あくまで担保ですので、借りたお金をちゃんと返済できれば子爵の元に戻ってきますよ」

「……情けない話ですが、今、借金しているものも返済が滞っています……。これを失うと我がマミーレ家は私の代で終わりになってしまいます！」

マミーレ子爵はがっくりと膝をつくと、リューにすがりついた。

「落ち着いてください。うちは担保を取ってお金を貸すだけのつもりはありません」

「え？　どういう事ですか？」

「子爵の領地は財政の健全化を図れば、まだ支払い能力はあると思っています。だからまずはうちに借金は一本化して諸経費を削減、領地の改革で無駄を減らします。ここには数日滞在して骨子作りはしますので、それを参考にして改革を行っていってください」

「そんな事までしてくれるのですか⁉」

「うちは別に子爵から宝石を取り上げたいわけではありません。お金を貸すからには、ちゃんと返済プランを作って回収する、それが第一です。お互いがプラスになる貸し借りが一番なんです」

「よ、よろしくお願いします！」

マミーレ子爵は地面に額を押し付けると、救世主となるリューにすがるのであった。

「それでは、まず、他所から借りている借金の整理を始めましょう」

リューは、契約書を一通り見て、計算をし直し、すでに払い終わっていて逆に多く支払い過ぎている過払い金は取り戻したり、残金を肩代わりしたりと、借金のランドマーク家への一本化を進めた。

この調査の段階で、不正を行っていた経理、メイド長、それに加担していた商人がいた事が発覚してマミーレ子爵によって、処罰される事になった。

マミーレ家の執事がそれに気づかなかった事を恥じて退職を願い出たが、それは止めた。

その実直さは今のマミーレ家には必要なものだ。

その執事はセバスチャンの指導の下、数日間勉強し直す事になる。

数日かけて借金の一本化を図る間、マミーレ領が旧態依然とした二度手間三度手間の複雑怪奇な仕組みが出来上がっていたので、それをスリム化、手の空いた者は他の仕事に回すなどした。

税収自体は豊かな土地なので十分のはずだが、長い間の慣習や仕組みの複雑化、そして、不正などでそれは無駄になっていた。

数日の間でリューが気づくのだから、もっと徹底して調べれば幾らでも出てくるだろう。

あとは、セバスチャンがこちらの執事に教え込んでいるので、任せる事になる。

幸い、マミーレ子爵自身は贅沢三昧をしていたわけでもなく、ご先祖さまから続く借金や、仕組みなどが不正の温床になり、気づかない内に搾取される側になっていただけだ。

執事も実直な人物なようだし、ある程度建て直して、道を示せば大丈夫だろう。

「それでは、宝石は担保としてお預かりします」

マミーレ子爵は、汗をぐっしょり掻きながら宝石の入ったケースをリューに渡す。

「これは、すぐ、ランドマーク家の宝物庫に保管しますのでご安心ください。くれぐれも返済を怠らず、過度な贅沢は慎んでくださいね」

リューは宝石を受け取ると、念を押した。

「この度はありがとうございました。我が領、我がマミーレ家は救われました。ありがとうございます。お借りしたお金は返済を怠らず、完済してみせます」

マミーレ子爵と執事は、そう誓うと、深々と頭を下げた。

「感謝には及びません。お互いの利益になる事ですから」

リューは答えると馬車に乗り込み、次のブナーン子爵領に向かうのであった。

ブナーン子爵の領地に向かう道すがら、森の側に馬車を止めさせるとリューはランドマーク領に『次元回廊』を使って一度戻った。

ファーザへの報告と、マミーレ子爵からの担保として預かった宝石をランドマークの地下宝物庫に保管する為だ。

自分のマジック収納に置いていてもいいのだが、この辺りはちゃんと約束したので責任を果たしておくべきと思ったのである。

『次元回廊』から自室に一瞬で戻ったリューは、そのまま地下に向かったのだが、階段でたままメイドに出くわした。

「リュー坊ちゃんお帰りなさいま……、え⁉ リュー坊ちゃん⁉」

メイドはここにいないはずのリューを二度見すると、あまりの驚きによろめきそうになった。

リューは手を差し伸べて、体を支えると、「あ、お仕事ご苦労様。お父さんは執務室？」と、普段通りに聞いた。

「あ、すみません、坊ちゃん！　領主様は執務室でお仕事中です！」

メイドは姿勢を正すと答え、お辞儀をした。

「わかった、ありがとう！」

お礼を言うとリューはそのまま地下まで駆けおりて、宝物庫の前まで行くと扉を開け、宝石を奥の台座に丁寧に置くと、扉を閉じてしっかり鍵をかけた。

「やっと、作った宝物庫を使う日が来たけど、まさか第一号が担保で預かった宝石とは……」

リューは一人、苦笑いするとすぐさま、ファーザのいる執務室まで行った。

コンコン。

リューが扉をノックすると、「……入れ」と、中からファーザの声が返ってきた。

ファーザは、メイドだと思ったのかこちらを見ずに、「あとで、軽い食事を用意してくれ、頼む」と言いながら書類を書き続けていた。

「あ、お父さん。マミーレ子爵との金銭消費貸借契約書を持ってきました。後で目を通しておいてください」

「ああ、リューかご苦労……、リュー⁉」

ファーザは一週間前に出かけたリューが部屋にいる事に心の底から驚いた。

「ちょっと、お父さん慣れてよ」

「あ、ああ、『次元回廊』だったな……。一週間いないところに急に現れると流石に驚くな。そうか、マミーレ子爵とは無事契約したか」

「はい、担保となる王家から下賜されたという宝石を宝物庫に安置しておいたので、後で確認しておいてください」

「わかった、ブナーン子爵の方も頼むぞ」

リューから書類を受け取るとこの頼もしい息子を送り出した。

「うん、じゃあ、行ってきます！」

リューは自室に駆けて行くと、設置した『次元回廊』の出入り口から、リーン達が待つ馬車の傍の出口まで、一瞬で戻るのであった。


リュー一行は半日後にはブナーン領入りした。

ブナーン子爵が屋敷の前でリュー達の訪問を待っていた。

「マミーレ子爵のところで何日も足止めされて大変でしたな。マミーレ子爵はやはり、あの宝石を担保に入れるのを渋りましたか」

ブナーン子爵は、お金を貸してくれる予定のリュー達が予定よりも遅れていたので、気になって仕方がなかった様子だった。

「……それなら、マミーレ子爵は快く担保として差し出してくれましたよ。なので、お金もちゃんとお貸ししました」

「……ほほう。あのマミーレ子爵が？　私には見せる事すら憚り大切にしまっていたのですが、どんな魔法をお使いになったのですか？」

「それは、我が家の独自秘密とだけ言っておきます」

「これはこれは……、ランドマーク家の三男殿は秘密主義でおられますか、……これ以上は聞かない事にしましょう。ははは」

ブナーン子爵は余程知りたそうだったが、我慢したようだ。

「……ちなみに、あの宝石を拝見する事はできますかな？」

「それは、ご勘弁ください。あくまでもマミーレ子爵とうちの契約の品ですので、おいそれと他の方に見せびらかしては信用問題になりますので」

「少しだけでも駄目ですか？」

「……申し訳ありません」

ブナーン子爵は余程、マミーレ子爵の所有する宝石に興味がある様だ。

今に、売ってくれと言ってきそうだ。

「……ならば仕方がありませんな。……おっと、屋敷の中に案内もせずに失礼しました。ささ、どうぞお入りください」

ブナーン子爵の屋敷はマミーレ子爵の屋敷に負けない大きさと規模を誇っていた。

外観は立派で、お金がかかっているのはわかったが、室内に入り貴賓室ではなく、執務室に案内をお願いするとブナーン子爵は当初渋ったが、リューが、自分達はお客ではないので、と伝えると折れて案内してくれた。

屋敷の奥に執務室はあり、その動線上は手入れがあまり行き届いているとは言い難く、お金は外の者から見える範囲のみに使われているのがわかった。

どうやら思った通り、見栄を張る事にお金を使う人物らしい。

リューは執務室に到着するまでに、ブナーン子爵の性格を多少把握するのであった。


子爵の執務室は屋敷の奥にあり、その奥に行くにつれて急に手入れが行き届いてない壁や床が現れたのだが、どうも、お客が行き交う場所以外はお金をケチっている。

貴族の典型と言えば典型だ。

見栄を張るのが貴族だ。

お金が無くても、借金をして見栄を張って家名に傷が付かない様にしようとする。

古い家柄であればある程その傾向は強い。

マミーレ子爵は、その限度を超えて生活で手一杯まで追い詰められていたから見栄さえ張れなくなっていたが、ブナーン子爵はそういう意味ではまだ余裕がある様だ。

執務室は、扉から急に豪奢になっていた。

室内も美術品が飾られお金をかけているのがわかる。

本人曰く、「仕事をするには気分を高めないとはかどりませんから！　ははは！」らしい。

なるほど、渋ったのはこの美術品を見られたくなかったのか。

リューは『鑑定』スキルで美術品を見たが、本物もいくつか混じっている。

贋作は多分、騙されて買わされたのかもしれない、贋作なのは黙っておこう。

リュー達は椅子に座ると領地経営についていくつか質問をして書類なども出してもらった。

これにも、ブナーン子爵は渋ったが、お金を借りる為ならばと、提出した。

コンコン。

メイド達がノックすると部屋に入ってきた。

手には美術品や、貴金属類を手にしており、リューの前に置かれていく。

「今回、担保に入れてもらう為に用意したものです」

ブナーン子爵は、貴賓室にこれらを運び込んでいたのが、リュー達に執務室に案内させられたのでこちらに持って来させたのだった。

リューは『鑑定』で、運び込まれた物を見たが、どれもこれも、贋作、偽物、模倣品と、価値のありそうなものは「零」だった。

どうやら、リュー達を甘く見て、一見すると派手で価値がありそうなガラクタばかり用意していた様だ。

それに比べ、執務室にあるものは本物が多い。

価値はわからないが、セバスチャンに聞けば、大体はわかるはずだ。

「これらは我が家の秘蔵の品ばかりでして、普段は表に出す事も憚って宝物庫に眠らせておりました。この絵画などは聖芸術家と名高いボレルワット作の――」

「贋作ですよね」

リューがブナーン子爵の説明を遮る様に指摘した。

「……え？」

「僕の前に積み上げられた物は全て、贋作、偽物、模倣品、模造品、一切価値が無い物ばかりですよね」

「……いやいや。この書物などは神筆と名高いメンタワイル作の……」

ブナーン子爵は焦りながら説明を続けようとしたが、「それも真っ赤な偽物ですよね」と、遮った。

「な、何をおっしゃるのですか！　これらは私が人脈を駆使して収集した貴重な一品ばかりですぞ！」

「驚くくらい、全て価値が無い物ばかりですよ、ブナーン子爵。言い忘れましたが僕を騙そうとしない方がいいですよ？　お金を借りようとする相手にそんなに不誠実では、信用は得られません。それは得策ではないです」

リューは笑顔で応じたが、言った内容でブナーン子爵を青ざめさせた。

「お金を貸してもらう気が無いのであれば、僕達は帰らせてもらいますね。セバスチャン、帰る準備を」

「御意」

「ま、待ってください！」

リューが立ち上がり、その背後に立っていたリーンとセバスチャンが、執務室の扉を開けて待機したので、ブナーン子爵が呼び止めた。

「全て偽物だとは思ってなかったのです！　本物もあるとばかり！」

「それは、偽物がある事はわかっていたという事ですね」

「あ……」

ブナーン子爵は自分が失言した事に絶句した。

「ブナーン子爵、僕は『鑑定』スキルを持っているのでこれ以上、嘘を重ねない事をお勧めします」

リューのその言葉にやっとブナーン子爵は自分の思惑が全てバレていた事を悟るのであった。


自分の企みが完全にバレたブナーン子爵は借金を止めるかと思われたが、それは別な様で、執務室にある物以外で宝物庫に隠してあった物を出して担保にしようとした。

それをリューが淡々と本物かどうかを鑑定し、セバスチャンが価値を付けたのだが、ブナーン子爵の求める額には届かず、結局、執務室にある美術品も担保に入れる事で貸す事にした。

「借りる額に対して美術品の総額が高すぎませんか？」

ブナーン子爵は不服そうに漏らした。

「そうじゃないと、担保の意味がありませんよね？　こちらは慈善事業でお貸しするわけではありませんからご承知おきください」

リューはそう言うと、契約書にサインを求めた。

ブナーン子爵家には領地経営に対して口を挟まない事にした。

誠実さが相手に無いので、担保で補うのを前提にしたのだ。

ブナーン子爵側も、領地経営の内情について話したがらず、口を出されるのは以ての外という反応を示していた。

多分、このゴロツキは利息もまめに払う気がない気がする。

リューは肌でそれを感じたので親身になる必要性を感じなかった。

長男タウロの友人の親だが、ドライな関係性で波風を立たせない方がいいだろうとリューは判断するのだった。


ブナーン子爵は不服そうな表情の反面、躊躇することなくサインした。

もう少し、ゴネるかと思ったリューだったが、やはり、なにより現金が欲しいという事だろうか。

リューはセバスチャンから渡された鞄からお金の入った革袋を出す演出をして、ブナーン子爵に渡した。

本当はマジック収納から出したのだが、直接出すとあと現金がどのくらい用意があるか詮索されると思ったのだ。

ブナーン子爵はお金を受け取りながらお金が入っていると思われる鞄をチラチラみていたが、渡された革袋の重さを確かめるとすぐにその額を確認し始めた。

その間、リュー達は待たされるのだが、取引上これは仕方が無い。

お互い信用が無いので、ちゃんと目の前で確認してもらった方が後々言いがかりをつけられるよりはいい。

「あ、今月分の利息は契約書の通り、差し引かせてもらっています」

この辺りはリューは前世の手法をマネしておいた。

こちらでは金融に関する細かい法律がザルなので、両者間で納得した上で契約を交わされるとそれが一番の証拠になる。

もちろん王国が定める法に反する場合があると別だが、正当な手続きで結ばれていればサインした時点で両者間の問題だ。

最初の月の利息分を差し引く事は契約書にも書いてあるので、この場合こっちの世界ではセーフだ。

それを聞いたブナーン子爵は、驚くと契約書を見直したが、書いてあるので渋々納得するのであった。


リューとブナーン子爵は握手を交わす事なく契約が成立すると、リュー一行は用意された宿屋に泊まる事にした。

今回も契約成立の報告と担保の品をランドマーク家の宝物庫に納める為に、部屋に入ると『次元回廊』を使って一度戻った。

「お？　今回は早かったなリュー」

執務室に入ってきたリューに今回は驚かずにファーザが報告を聞いた。

「……そんな人物だったか。あまり関わりたくないが、息子はよく出来た人物の様だから、今回は大目にみよう」

「うん。僕もそう思うよ」

「じゃあ、今日はそっちで一泊して帰ってくるだけか」

「そうなんだけど、明日、パーティーを開くからもう一日いてほしいと言われて困っているんだよ、どうしようかお父さん」

「パーティー？　今日じゃなく明日か？　まあ、断る理由も無いから一日楽しんできなさい」

「わかりました、じゃあ、明後日以降に帰路に就くよ」

リューはそう言うと出入り口を設置している自室に戻ると『次元回廊』で宿屋まで戻るのだった。

「あ、戻ったのねリュー」

部屋にはリーンがやって来ていた。

「どうしたの？」

「さっきブナーン子爵の使者が来て、明日のパーティーは中止になったそうよ」

「え？　そうなの？」

「意味がわからないわよね。思い付きでパーティーを開くと言ったと思ったら、今度は中止って」

「そうだね……。まあ、あちらはお金を借りられた以上、引き留める理由は元々無いはずだから、パーティーをしようと帰り際に言った時は驚いたけど、意味が無い事に気づいたのかもね」

最後までブナーン子爵に振り回されたリュー一行だったが、翌日帰る事になったのだった。


ブナーン子爵との契約翌日。

リュー達一行はブナーン子爵に見送られる事なく、帰路に就いた。

「最後までよくわからない人だったわね」

リーンが馬車内で不満を漏らした。

「パーティーするって歓迎ムードかと思ったら取りやめるし、帰りは見送り一つしない冷たい態度だし……。あ、パーティーを期待したとかじゃないわよ？　コロコロ変わる態度が不快なだけ。エルフの私にはあのブナーン子爵の考えは理解出来ないわ」

「同じ人間の僕にも理解できないから安心して。リーンが言う様にブナーン子爵の態度は不可解だったね」

リューは自分達を引き留めようとした理由が思いつかなかった。


ブナーン子爵領からマミーレ子爵領の領境の森の道に達した頃だった。

「……リュー、この先に不自然に固まっている一団がいるわ。待ち伏せしている可能性があるかも」

リーンがいち早く気づいてリューに警告した。

リューは急いで御者に馬車を止めさせる。

「数はどのくらい？」

リーンに確認をする。

「……三十人、いえ、三二人いるわ」

リュー一行は馬車二台に護衛の領兵が六人、セバスチャンにリーンにリュー、御者二人と計十一人だ。

うちの領兵は祖父カミーザに時折訓練を受けていて結構な実力があるので盗賊相手に後れは取らないと思っている。

それに、待ち伏せを先に気づいた事も大きい。

前世でもそうだったが、喧嘩は先手必勝、先に準備をした相手であっても、それを上回る準備をすればいいだけだ。リューは極道時代を思い出しつつ、領兵にこの先で襲撃される可能性を伝えると、一同は停車させていた馬車を進めた。


待ち伏せしているポイントに来ると、丸太を倒して道を塞ぎ、男達が立ち塞がっていた。

「命が惜しけりゃ、積み荷と女を置いていきな」

リーダーらしき男が、要求してきた。

その言葉にリューは少し引っ掛かりを覚えた。

なぜ、女がいる事を知っているのかと。

偶然かもしれないが違和感があった。

「おい！　答えろ！」

盗賊団のリーダーが怒鳴った時だった。

地鳴りが起き、盗賊団の足元が揺れた。

「カタギに手を出す外道は許さないよ！　土魔法『地面陥没』！」

リューの声がどこかからかすると、前方の道を塞いでいた盗賊団のリーダー達がいた場所の地面は砕けて穴が開き十人以上いた盗賊団達を飲み込んでいく。

リーダーは咄嗟に飛びのいて辛くも穴に落ちるのを逃れた。

「クソがー！　こんなバケモノみたいな魔法が使えるなんて聞いてないぞ!?　野郎共！　後ろの馬

車の積み荷さえ手に入ればいい、後は皆殺しだ！」

盗賊達は馬車に群がった。

領兵達は一塊になると馬車の後方に下がって陣形を取る。

馬車が無防備の状態になった。

息巻いた盗賊の一人が馬車のドアを開けると中には誰もいない。

ましてや積み荷などあろうはずもない。

「ボス！　誰も乗ってませんぜ⁉」

「こっちも積み荷が一つもありません！」

手下達の報告にボスと呼ばれた男は色めき立った。

「あの野郎、俺を騙しやがったな！」

「それが最期の言葉でいいですか？」

ボスの男の背後から声がした。

振り返ると目の前には剣の刃先が向けられ、その握られた剣の先には子供がいた。

「……おいおい。何で俺の後ろに居やがる……」

「それは、わざわざ迂回してきたので。あ、動かない方がいいですよ。これでも、このリーンと僕は場数を踏んできているのでこの距離ならあなたを仕留める自信がありますす」

子供の背後に立つエルフがこちらに向けて弓を振り絞り、いつでも放つ準備が出来ていた。

この距離で躱す自信はこちらにもない。

「わ、わかった。降参する……！」

ボスと呼ばれている男は握っていた剣を手放した。

馬車の周囲にいた手下は領兵とセバスチャンと対峙していたが、ボスが降参したので動揺した。

「あ、仕込みナイフに触れようとしないでください、バレてますよ」

リューは『鑑定』スキルで仕込み武器の位置を把握していた。

「……くっ！」

手下のひとりがいよいよ状況がまずいと思ったのか手にしていた槍を投げ捨て、茂みに飛び込んで逃走した。

それを見た他の二十人弱の手下達もあっという間に蜘蛛の子を散らした様に森の中に逃げ込んでいくのだった。

セバスチャンは追おうとする領兵を止めると、ボスの男を縛り上げる様に命令した。

「くそっ！　こんな事で俺も終わりかよ！」

縛り上げられたボスの男は、吐き捨てる様に自分の最期を悟った。

「本当なら、領主に引き渡してあなたの処分を見届けるところですが、ここはブナーン子爵とマミーレ子爵の領境。どちらに引き渡した方がいいと思いますか？」

リューは捕らえた盗賊のボスに質問した。

「……頼む。俺を雇ったのはブナーン子爵だ。おたくの積み荷とそこのエルフを欲しがっていたのは奴だ。証言するから助けてくれ！」

リューが想像していた答えが返ってきたのでどうするかと考えたところ、セバスチャンが提案した。

「リュー坊ちゃん。ここはファーザ様に判断を仰がれた方がよろしいかと思います」

確かにセバスチャンの言う事が一理ある。

問題はブナーン子爵の進退に及ぶものだからだ。

子供の自分の判断だけで決めていいものではない。

極道時代でも、ホウ（報告）レン（連絡）ソウ（相談）は大事で、他所の組とのシマの境界線ではそれをしない事で問題が大きくなる事もあったのだ。

「そうだね。ちょっとお父さんに会ってくる」

リューはそう答えると、次の瞬間にはその場から消えていなくなった。

捕らえられた盗賊のボスはその光景を目の当たりにして、ただ驚くしかないのだった。


リューは、『次元回廊』でランドマーク領の自室に戻ると、すぐ、ファーザがいるであろう執務室に直行した。

父ファーザは、案の定、熱心に書類に目を通してサインしていたのだが、リューがやってきたので手を止めると休憩する事にした。

「どうした？　この時間だとパーティーの最中だろう？」

ファーザが当然の疑問をぶつけたのだが、リューの話を聞いて見る見るうちに顔が険しくなっていった。

「……そうか、みんな無事なんだな？　……ブナーン子爵は南部地域の派閥に属する貴族だ。南東部の別の派閥である格下のうちが子爵の進退に関わるのはまずい。セバスチャンに、その盗賊の首領は斬り捨てる様に伝えよ。ブナーン子爵には私から今回の件については釘を刺す手紙を書いて送っておく」

「それは、ブナーン子爵の罪を追及しないという事ですか？」

実直な父が見せた意外な反応にリューは驚いた。

「貴族社会で地位が上の者を相手に、盗賊の証言のみで批判する事は無謀なのだ。かと言って、盗賊を野放しにする事は貴族として許されない。盗賊には死をもって罪を償ってもらう。その首は、ブナーン子爵に届けさせよ。だが私も自分の子供の命が狙われて見過ごすつもりもない。ここは任せなさい」

リューは父の真剣な表情に圧を感じ思わず頷くと、父の判断に同意するのだった。

リューが戻ってセバスチャンに父ファーザの意思を伝えると、「わかりました」と、セバスチャンはそう短く答えて、盗賊のボスの男を茂みに引きずっていく。

命乞いをする声が遠ざかっていった……。

リュー一行は、今回の金貸しツアーは後味が悪い気持ちのまま帰郷する事になるのだった。

ファーザはリュー達が帰ってくる間に、派閥の長であるスゴエラ侯爵に会いに行っていた。

そこで今回の件を相談した。

スゴエラ侯爵は、ファーザから話を聞くとすぐにブナーン子爵が所属する派閥の長である侯爵に使者を立て、今回の件でブナーン子爵の行為を非難すると同時に、ブナーン子爵の息子は優秀なので、〝穏便〟に済ませる様に提案した。

派閥の長である侯爵はこの使者の話に驚くと同時に、ブナーン子爵の愚かな行為に怒りを覚えた。

それも相手は、今、勢いのある事で有名なランドマーク男爵だという。

スゴエラ侯爵はこちらの顔を立てて穏便にと提案してくれている。

これは助かる申し出だった。

確かに、スゴエラ侯爵側の言う通り、ブナーン子爵の跡取り息子は優秀だと聞いていた。

派閥の長としては頼もしい部下は欲しい。

スゴエラ侯爵には借りができるが、提案通り、〝穏便〟に済ませる事にしよう。

「ブナーン子爵に、すぐこちらに来る様に要請しろ」

ブナーン子爵はこの後、侯爵の雷の様な叱責を受け、ある約束をさせられる事になった。

この一年後、ブナーン子爵は、学校を卒業して帰郷し成人を迎えた息子に子爵位を譲って隠遁を強いられる事になる。

リューは久しぶりの故郷でやっと安堵した。

金貸しツアーの最後の締めが良くなかっただけに帰りの数日間はどんよりしていたのだ。

「やっぱりランドマーク領は良いいね」

リューは屋敷に到着すると背伸びする。

「本当ね。リューが開発した馬車は乗り心地いいけど、やっぱり長く乗るのは疲れるもの」

屋敷の玄関で二人が話していると妹のハンナが迎えに出てきた。

父ファーザと母セシルも一緒だ。

「リューお兄ちゃん、リーンお帰りなさい！」

抱き付いてくるハンナにリューは一気に癒されるのだった。

「リュー、ご苦労様。リーンにセバスチャン、領兵のみんなもご苦労様、大変だったわね」

母セシルが一行を労った。

「リュー、リーン、あの件はもう、手を打っておいたから安心しなさい、危険な目に遭わせてすまない」

父ファーザはリューとリーンを労うと抱きしめた。

「ううん、大丈夫だよ、お父さん。魔境の森の方がもっと危険だもの。まあ、帰りは雰囲気が最悪だったけど……」

場数を踏んでいるリューとリーンは、目を合わせると頷いて笑った。

「それを喜んでいいのかわからないが、まあ、無事で何よりだ」

ファーザも笑うと一同もつられて笑いに包まれるのだった。

今年も一年の集大成である収穫の時期が近づいていた。

この時期はランドマーク領の発展が感じられるのでリューも楽しみだった。

そして、収穫後の領民の最大の楽しみが豊穣祭であり、リューが用意する甘味の出店だ。

贅沢な砂糖菓子が安く食べられる機会だから、領民もウキウキしていた。

「去年食べた、『チョコバナーナ』は美味しかったから、また、あれを食べたいなぁ」

「俺は『リゴーパイ』も好きだけどな。あ、お前は移り住んできたばかりだから、リゴーパイは食べてないか？」

「なんだそれ？　美味しいのか？」

「サクサクのパイ生地と、砂糖で味付けされた甘いリゴーの実が本来の酸味と相まって絶妙なんだよ。まあ、チョコバナーナも美味しかったけどな」

元からいた領民は移民したての領民に、ここ数年味わってきた砂糖菓子を自慢するのだった。

そういう事で領民達の期待は大きい。

リューは今回、何にするか悩んだが出店と言えば、何だろうかと考えるとやはり答えは限られてくる。

前世でも人気があり、こちらの技術で作れるもの。

「……よし、今年はクレープだ！」

リューは早速、ランドマーク家の料理長に相談すると、連日、試行錯誤する事になった。

前世での知識を頼りにリューは生クリームを作る事にした。

生クリームは、原材料のクリームが作れれば簡単にできる。

それは、精製していないモーモー（牛）の乳を加熱殺菌した後、放置、冷却してクリームを上層に分離させる事で出来た。

あとは、そのクリームを器に入れそこに砂糖を入れる。

それを冷やしながら（氷魔法）ひたすら混ぜる（風魔法）。

八分ほど混ぜたら出来上がりだ。

これを大量に作った。

料理長もリューのアドバイスを受けて、一緒に作ったのだが、こちらは自力でかき混ぜていたので翌日、腱鞘炎になり料理作りに大きく支障が出たのだった。

意外に苦心したのが、生地だった。

前世でテキヤ担当の先輩極道が、器用にT字の木の棒を使って円形に生地を伸ばし焼いていたものだが、同じものを作ってマネしてみたらムラが出来てこれが結構難しかった。

リーンは横で見ていたのだが、「リューがやりたい事がやっとわかったわ」というと、簡単にこれをやってのけた。

意外なところで意外な才能の開花であった。

「おお！　リーンは器用だよね。クレープ屋さんに向いているかもしれない！」

と褒めると、まんざらでもなかったのか、「ふふん。私、エルフよ？　器用に決まっているじゃない。クレープ屋さん？　には、ならないけど」と、鼻高々であった。

これはイケると思ったリューはリーンを褒めると沢山生地を焼いてもらう事に成功するのだった。

リーン、チョロいぞ。

と、思うリューであったが、もちろん本人には言わないのであった。

あとは具である。

リューは、バナーナとチョコと生クリームの組み合わせだけで最強の気はしたが、幸い魔境の森の奥地に入ると珍しい果物も手に入りやすい。

新たな発見もあるかもしれないし、祖父のカミーザにも協力してもらって、集める事にした。

「おーいリュー！　こっちのこの紫色の小さい実、甘酸っぱくて美味しいぞ？」

「キャー、リュー！　この赤い実も、甘くて酸味があって美味しいわよ⁉」

多くの人々が恐れ、冒険者と言えど、そう軽々と踏み込めない魔物達が跋扈（ばっこ）する魔境の森で、それに似つかわしくない声が上がっていた。

カミーザが発見したのは前世で言うところのブルーベリーで、こちらではブルンの実と言うらしい。

リーンが見つけたのは、前世で言うところの苺だった。

こちらではイイチゴと言う。

リューも毛モジャの実（キウイ）を発見した。

この三種類だけでも十分みんな喜んでくれると確信したリューは集められるだけ集めてマジック収納に次々と入れていくのだった。

屋敷に戻ると、祖母のケイからメイド、使用人も集めて試食会を行う事にした。

リューとリーン、料理長で、みんなの前でクレープを作っていく。

「今回は簡単で良いのう」

カミーザは前回カカオン豆からのチョコ作りを見ていたので簡単に出来上がっていくクレープに感心していた。

「これが、『クレープ』か？　白いのはなんだ？」

ファーザが、リューが布を搾ってクレープ生地に出していた白い物体を覗き込んで聞いてきた。

「これは、生クリームだよ。美味しいよ」

そこに仕上げとばかりにランドマーク家自慢のチョコを溶かしたものを全体にかけて折りたたんでいくと完成だ。

みんな勧められるがまま、見た事がない果物が入った、生地に包まれたクレープを一口頬張った。

「「「「「美味い！」」」」」

一同は、その美味しさに感動するのだった。

「この生クリーム？　の甘さとチョコの甘さと苦み、果物の甘さ、そして、酸味。複雑な味がこの生地に包まれて一体になっている！」

「この生地自体には味が付いてないけど、他の味を引き立てて、食感にもアクセントを付けているから良いね！」

「こんな美味しいもの、チョコバナーナ以来です……！」

次々に高評価が点けられた。

これで今年も領民に喜んでもらえるぞ！

リューは確かな手応えを感じるのだった。

ランドマーク領の領都であるランドマークの街の中央通り。

リューによる豊穣祭での出店は今年で最後との噂が流れ始めていた。

来年にはリューとリーンは学校に行く予定だからだ。

それと入れ替わりに嫡男であるタウロが学校を卒業して帰ってくるのだが、豊穣祭の出店のメニューはリューが考えている事を領民は知っているのだ。

なので、年に一度の贅沢な甘味を味わえるのは今年で最後かもしれないと街中の小料理屋で憶測をつぶやいた者がいた。

そのつぶやきを耳にした者は冗談と捉えず、他の者に「聞いたか、あの話？」と、事実であるかの様に話した為、瞬く間に広がっていったのだった。

そしてその噂には微妙に尾ひれが付き、「リュー坊ちゃんが考えた過去最高の甘味が豊穣祭で出されて、出店は今年で最後になるそうだ。これは食べないと後悔するぞ！」と、地味にハードルが上がるという状況になっていた。

リューもこの噂を耳にして、胃が痛くなっていた。

「過去最高かどうかなんて食べた人の味覚次第だからね⁉」

リューはメニューを再考するべきかと、プレッシャーに押し潰されそうになっていたが、「あのクレープは美味しいんだから自信持ちなさいよ！」と、リーンが太鼓判を押してくれて正気に戻るのだった。

領民は毎年、このランドマーク家の出し物を楽しみにしていたが、最後と聞き、領都から離れている村々の者が、「噂のリュー坊ちゃんの甘いお菓子を今年こそは食べねば！」と前日から領都入りして街は混雑し、異様な雰囲気になっていた。

中には宿を取らず、ランドマーク家の出店が出されると推測される広場で野宿しようとする者まで現れ、領兵が注意して回る事態になっていた。

一応、出店の場所は毎年、くじ引きで決められていてランドマーク家もそれに従っている。

領主なのだから一番良いところに、とはしないのが父ファーザの良いところだ。

広場の雰囲気を眺めながらリューとリーン、妹のハンナが歩いていると、「下見に来られているぞ。やはり今年もここか！」と、勝手に確信する者もいた。

多分、それがまた噂としてすぐ広まって野宿組が増える事になるだろう。

実は今回、妹ハンナに出店の場所決めのくじを引いてもらったのだが、広場がある大通りから一本入った通りの角が当たっていた。

そう、ハズレである。

通行人が行き交うので角はあまり良くないのだ。

広場が一番良いのだがハンナが自分の運の無さにショックを受けていたので、「どこで出しても同じだよ」と、リーンと二人で慰めたのだった。

なので……。

広場で野宿しようとしているそこの君、領兵と揉めるだけ無駄だよ。

と、広場で領兵と揉める若者を見て、内心ツッコミを入れるリューであった。

豊穣祭当日の朝早くの広場。

各々（おのおの）、割り振られた場所に出店の設置をする商売人達で賑わっていた。

リュー達はリューのマジック収納で一瞬で設置できるので昼ギリギリまで姿を現さない。

その為、広場の一角に設置してないスペースが数か所あると、そこがランドマーク家のスペースに違いないと、山を張ってその数か所のスペースの前に早くも列ができ始めた。

そこは、ただ単に、混雑を予想して休憩出来る様に空けてあるだけなのだが、行列はそうは思っていないのだった。

「きっと、この行列が当たりだよ！」

「いや、こっちだね！　昨年の対角線上になるここが正解だよ！」

「違うね。俺はくじを引いた商売人から聞いた話だと、意外な場所と言っていた。ならば、広場の隅のここだよ！」

「その情報、マジか⁉」

という具合に、行列同士で口喧嘩の応酬が始まった頃。

離れの村から来た一団が、おろおろしてどこに並んでいいのかわからず、広場から離れた角で固まって相談していた。

「最後と聞いてやってきたけど、これはどうしたもんかな」

「どこに並べばいいのか全然わからんなぁ」

村人達がそう漏らしていると、子供達が集団でやってきた。

「ここ、出店設置するので横に移動してもらっていいですか？」

子供の一人が村人達にお願いする。

「ああ、ゴメンよ！」

村人達はおろおろしながら、スペースを空けると次の瞬間、目の前に出店が現れた。

「「「なんじゃこりゃ⁉」」」

村人達が驚く中、子供達に混じっていたエルフが口を開いた。

「喜びなさい。あなた達が、ランドマーク家の出店の行列の一番目よ！」

離れの村から来た一団は、運良くリュー達のお客の第一号になったのであった。


ランドマーク家の出店が大通りから一つ入った角に設置された事は、広場で山を張って出来た行列の後ろの方に並んでいた者達が、いち早く気づく事になった。

もう、そちら側がざわざわし始めているのが見えたからだ。

気づいた者は、誰にも言わず、そっと列を離れてそちらに走って向かう。

その前に並んでいた者も、その気配に気づくとまた、列から離れてそちらに走る。

それが、徐々に流れとなり誰かが、「あれ？　もしかして坊ちゃん達の出店、あっちか？」と、口走った事により、広場に出来ていた何本もの行列の人々は、それを聞いて一気に雪崩を打ってリュー達の出店の場所に向かうのだった。

「押さないでちゃんと並んでください！　順番を守らない人は、僕達が覚えてリュー坊ちゃんにお知らせします！」

リューの子分、もとい、リューの妹ハンナを守る会の子供達が行列の整理を行っていく。

列の先頭には、離れの村からやってきた村人達がドキドキしながら待機していた。

その後ろに並ぶ男が言う。

「あんたら、よそ者だろ？　よく気づいたな！　俺は去年食えなかったから今年こそはと、仕事をサボり、館からリュー坊ちゃん達を張っていたのに先を越されちまったぜ」

「うちらは偶然だったんですけどね……」

「なんだい、運だったのかよ？　そりゃ、あんたら来年も幸運に恵まれそうなくらい、ついているな！　がははは！」

行列は待っている間、話に花を咲かせて今年のリューの用意する甘味に期待に胸を膨らませるのだった。

昼になり、豊穣祭の開始の魔法が広場の上空に打ち上げられて大きい音と共に知らされた。

「それではランドマーク家の出店を始めます！」

リューが行列に大声で知らせると、

おお！

と、歓声が湧き起こる。

早速、先頭の一団がお金を支払うと、フルーツがいっぱい乗った生クリームとチョコでデコレーションされたクレープを、手渡される。

受け取った一団は見た目だけで感動すると、その場に固まってしまったが、子供達に広場に誘導されゆっくり食べる事にした。

「こんな美味しいもの、初めてだ……！」

「オラもだ！　こんなに甘くて果物の酸味があって美味しいもの食べた事ねぇ！」

「今日は、来て良かったな！」

「これが噂で聞いて憧れたリュー坊ちゃんのお菓子なのね！　素敵！」

「『クレープ』って凄く美味しいよ父ちゃん！」

広場には過去最高の味に感動の渦が出来ていた。

リュー達は切れない行列に忙しくその反応を直接見る事はできなかったが、子供達が大評判だと知らせてくれた。

「ね？　言った通りでしょ！　このクレープは最高なんだから！　それを作ったリューは凄いのよ！」

リーンが子供達の報告を聞いてリューを褒め、自分の事の様に喜び、その傍らでハンナも大きく頷いた。

リューも最高の評価が領民達からされて、笑顔満面でクレープを売りさばくのだった。

用意した千二百食分は夕方には完売した。

前回の倍もの数を用意したのだが、領都民だけでなく離れの村々からも噂で駆けつけた者は多く、ランドマーク領にこんなに人がいたのかと思う程ごった返したのでその売れ方は凄まじく、あれよあれよという間に売り切れてしまった。

今回も沢山の領民が満足してくれて良かったとリュー達は喜んだ。

そして、手伝ってくれた子供達に残しておいたクレープとお駄賃を配るとランドマーク家の出店はこの年も大盛況のうちに、今年が最後かもしれないという残念さに惜しまれながら、お店を閉じるのだった。

リューが、マジック収納で、出店をあっという間に収納すると、「来年はどうするの？」リーンが聞いてきた。

「うーん……。タウロお兄ちゃんにお願いする予定だけど、場合によっては『次元回廊』で戻ってきてやる方法もあるけど……」

チラッっとリーンを見る。

「それなら私も参加したいんだけど？」

「そうなるよね……」

残念ながらリューの『次元回廊』は、本人と小さいハンナくらいの重さしか通れない。

物ならリューの『マジック収納』に入れればいいのだが、人ではそうはいかない。

リーンの事を考えると今は保留して『次元回廊』の熟練度を上げるしかないと考え直すリューで

あった。

王都に乗り込みますが何か？

豊穣祭が無事大盛況で終わると、リューは時折、『次元回廊』の出入り口を設置しておいたマミーレ子爵領に行き来していた。

それはマミーレ子爵領の経済立て直しの為であったが、順調にいっていて、一番の収入源であるこの収穫時期も比較的に豊作で例年にない税収が見込めそうだという。

それは急に収穫率が上がったというわけではなく、田畑の正確な検地による税収の適正化により、誤魔化しが出来なくなった事、着服などによる不正が調査により発覚し処分された事、不要な部署の撤廃による経費削減などで入ってくるものが正常化したのだ。

昨年の帳簿と比べると歴然で、この結果には指導したセバスチャンも喜んでいた。

問題は、ブナーン子爵だが、そちらには足を運んでいない。

何しろ自分達を殺害、担保の品を強奪しようとした主犯だ。

父ファーザがスゴエラ侯爵からブナーン子爵が所属する派閥の長に話を通して圧力をかけた事は聞いていた。

表面上は何も起きていない事になっているが、危険な狼の巣に直接利息を回収しに行くほどお人好しではない。

なのでマミーレ子爵から人を出してもらい、この収穫期に予定していた支払い分を回収しに行ってもらった。

二日後、マミーレ子爵の屋敷を訪れると、マミーレ子爵からリューにすぐブナーン子爵から無事回収されたと報告がされた。

ブナーン子爵は意外にも素直に利息の支払いに応じたという。

よほど、派閥の長から厳しく叱責された様で、本当に大人しくしている様だ。

父ファーザにも報告すると、「下手をすると罪を問われてブナーン家の存続にも影響が出るから当然だろうな」と、何か知っている風ではあったが、リューには詳しく話してくれなかった。

一年後、ブナーン子爵が成人したての息子に爵位を譲って隠居した時、リューはファーザの含みのある言葉を思い出すのだった。


毎年恒例のコヒン豆の収穫が始まる頃には、リューはリーンと共に受験に向けて本格的に勉強に取り組んでいた。

カカオン豆の収穫も始まってランドマーク領内は仕入れの商人も訪れ繁忙期だったが、今はもう、一日中勉強している状況だ。

「魔法の実践練習もした方がいいんじゃない？」

一日中勉強させられているから体を動かしたくなったのだろう、リーンが勉強を見てくれている母セシルに探る様に提案した。

「魔法技術はリーンちゃんの歳なら私の時よりも十分優秀だから安心して。ほら、ここの問題、答え間違っているわよ。はい、やり直し」

提案が裏目に出てセシルから問題用紙を追加され、リーンはがっくりと肩を落とした。

リューもリーンの提案に期待したのだが、リーンが裏目に出たので何も言わずに問題とにらめっこし直す事になった。

「リューも何か言いなさいよ！」

小声でリーンがリューにこの状況の打破を提案した。

「言ったら逆に問題用紙増えるからやだよ！」

リューは小声で断固拒否したが、「女の子にだけ言わせて、男の子が言わないのも情けないわよ？」と、母セシルは指摘すると、罰とばかりに問題用紙をリューの机の上に追加した。

「それは、理不尽だよお母さん！」

頭を抱えるリューであったが、これ以上文句を言っても問題用紙が増えるだけなのは容易に想像できた。

なので、グッと堪えると追加された問題用紙を受け入れるのだった。

「二人とも、勉強がきついのはわかるけど、目指すのは国内最高位に位置する王立学園なんだから合格できるかもわからないのよ？　勉強して、し過ぎるという事はないはず。年が明けると受験の為に王都まで行かないといけないんだから今が勝負時よ」

確かにそうなのだ。

王都の学校は全国から当然ながら優秀な人材が集まってくる。

無事入学して卒業できれば将来が約束される様なものだから当然だ。

そんな学校であるから、リューとリーンも受験して二人とも落ちる可能性もある。

一応、一方だけ合格した場合は、入学を断ってスゴエラ侯爵領の領都の学校を受験する事にしている。

リーンがリューと一緒じゃないなら拒否すると言ったからだ。

ただし、リューが合格したら、リーンは従者として残ると言ったのだが、王都の学校は寮がある。

従者は基本、連れて行けないので、これはリューが拒否した。

「二人とも仲良いわね。うふふ。じゃあ、領都の方の受験手続きもしておくけど、基本は王立学園合格を目指してね」

「「うん!」」

二人は元気よく答えると俄然やる気が戻った。

母セシルはその二人のやる気に頷くと、容赦なく問題用紙を追加するのだった。

「お、お母さん!」

「セシルちゃん!」

二人は改めて母セシルの容赦なさに悲鳴を上げるのだった。

ランドマーク家の最大の収入源である、コヒン豆、カカオン豆の収穫は無事終わり、『コーヒー』と、『チョコ』の加工所が忙しくなってきた。

そして、年中、『乗用馬車一号』や『リヤカー』、『手押し車』などの生産も忙しく続いている。

あと、領内で生産して、主食になっていたパスタやうどんやお好み焼きもどきだが、じわじわと他の領地にも噂が広がり、近いところではスゴエラ侯爵の領都に大規模な製麺所を作ってその人気に火が付いた。

数年かかったが、ランドマーク領で食べられている味、という売り言葉を使うようになってから注目を集めて展開したら驚くほど簡単に売れ始めたのだ。

それほど、ランドマークの名が南東部で浸透し、信用を得て、流行になりつつあるのだと改めてリューは手応えを感じた。

こうなるとリューは次の手を考え始めていた。

それは全国展開である。

ランドマーク領は国内では南東部の端にあり、文字通り辺境からの発信の為、遠く王都から商人が仕入れにやって来るという不便さがある。

これまで、生産拠点はこのランドマーク領とスゴエラ侯爵領、ベイブリッジ伯爵領に集中している。

なので、受験の為に王都に行くのはチャンスだ。

もし、受験に落ちても王都に拠点を作れれば、本望だ！　と、もし、転んでもただでは起きないつもりでいるリューであった。

そうなるとファーザに相談しないといけない。

リューは早速、執務室に行くと、書類に目を通していた父ファーザに提案した。

「王都に拠点を置く？」

ファーザはリューの提案に驚いて書類から目を上げた。

「はい！　物理的に遠すぎるから、これまで商人を通してのみの取引だけど、今後の事を考えると『乗用馬車一号』や、『リヤカー』などの製造拠点や、製麺所の拠点は、あちらにも置く事で全国展開が容易になると思うんだよ」

「そうだが……、管理が難しいぞ？」

「そこは、僕の『次元回廊』があるから大丈夫だよ！　それに王都から来る商人にもここは遠すぎると愚痴こぼされていたじゃない」

「それはな……」

ファーザは思い出すと苦笑した。

「王都にも少しずつだけど『コーヒー』や『チョコ』でランドマークの名は広がりつつあるらしいし、ここは勝負どころだよ、お父さん」

ファーザは悩んでいたが、「よし、今年の予算の話し合いでの議題はそれにするか。みんなと話し合って答えを出そう」と、慎重に答えを避けた。

「――という事で、王都にも拠点を置くというリューの提案なんだが……」

ファーザは祖父カミーザ、執事のセバスチャン、隊長のスーゴ、休みで帰ってきたタウロとジーロにシーマ、リーンにリューの提案をどう思うか答えを促した。

「いいんじゃないか？　この領地も豊かになり余裕も出てきた。　嬉しい事に他所にも名が知れてうちの商品が評価されとる。　ここは勝負してもいいじゃろ」

祖父カミーザは賛成だった。

「私もリュー坊ちゃんの提案に賛成です」

と、セバスチャン。

「いいんじゃねぇかな？　実際、王都方面からの注文も少しずつ増えているって話だし。納品に最低でも三週間かかる事考えたら、拠点を作ってすぐに提供できるのは悪い事じゃないと思いますよ？」

隊長のスーゴが何気に良い指摘をした。

「僕も賛成だよお父さん。幸いリューは『次元回廊』を持っているから、あちらに出入り口を設置すればすぐに行き来できるんでしょ？　話し合いもリューを通して密に出来るから問題はさほどないと思うよ？」

長男のタウロも賛成した。

「僕も賛成。王都で勝負する事は生半可な事じゃないと思うけど、今のランドマーク家の知名度なら勝負してもいいと思うよ」

ジーロもスゴエラ侯爵領でランドマーク家の名が知られていて、それを肌で感じていたから、自信に繋がっている様だった。

「自分も賛成っす！　ランドマーク家の名と紋章が王都で有名になるならやるべきだと思うっす！」

シーマもジーロ同様、ランドマーク家の名に誇りを感じていたのだった。

「みんな、賛成じゃない！　なら勝負すべきよ！　あっちでのリューのお守りは私に任せて頂戴！」

リーンがみんなを代表したつもりになって挙手したが、その言葉に一同は不安になった。

「……王都に行く時はもう一人、誰かつけるか？」

ファーザが提案した。

「なら、俺が行っても良いですよ？　領兵も大分育ってきているし、カミーザさんに任せても良いでしょ。どちらにせよ、片道三週間の長旅だし、帰りは誰かが護衛の領兵を率いて帰らないといけないでしょ」

隊長スーゴが、名乗りを上げた。

「そうか、スーゴなら安心だな。では、リュー達が行く時は頼む」

豪快過ぎて不安が生まれそうな人選だが、ファーザの信頼は意外に厚かった。

「おう！　任せといてください！」

スーゴは胸を叩くと豪快に笑うのだった。

「……最後に、王都で展開するにはひとつ大事な条件がある」

父ファーザが真剣な表情で前置きした。

「「「条件？」」」

みなが、注目する。

「リューとリーンの合格がなければ、意味がないだろう」

「「「あ」」」

ランドマーク家にとって一番大事な事をみな忘れていたのであった。


長男タウロ、次男ジーロ、三男リュー、長女で末っ子のハンナ、そしてリーン。

五人はランドマークの街を散策していた。

シーマは、祖父のセバスチャンから仕事を学ぶ為に朝から走り回っていていない。

セバスチャンは相変わらず、身内には厳しい。

普段はリュー達には優しいセバスチャンだが、孫のシーマには休みに帰ってくると厳しく指導して執事見習いとして勉強させている。

シーマ本人もランドマーク家の為と励んでいるから、自分達も身が引き締まる思いだ。

「職人通りは随分人が増えたね」

兄タウロが、通りを眺めながら一人頷く。

「今うちは、職人は好待遇だから、他所からも移り住んでくる人が絶えないよね」

ジーロが兄に相槌を打つ。

「あ、タウロお兄ちゃん。それはそうと、もうすぐ学校卒業でしょ、今後は（エリス嬢とは）どうするの？」

リューがタウロにあの事を含ませて質問した。

「それはもちろんここに帰ってくるよ?」

タウロはリューの意図がわからなかったのかキョトンとした。

「そうじゃなくて、タウロお兄ちゃんが交際しているエリス嬢の事だよ!」

「「「ああ!」」」

タウロのみならず、ジーロ、リーンも、わかっていなかったのかエリス嬢の名前を聞いてやっと納得した。

あ、ハンナ、君は察したのね。それはそれでお兄ちゃん、複雑だよ?

リューは察していたらしく頷いていたハンナに違う意味でおませぶりを心配するのだった。

「卒業したら会えなくなるから手紙のやり取りになってしまうでしょ? それだと疎遠になる事もあり得るんだから、今後の事も考えないと」

「そうか、そうだね! ちゃんと考えなくちゃいけないね」

タウロは目から鱗とばかりに納得すると、歩きながら考え込んだ。

「やっぱり、ベイブリッジ家に伺って、伯爵にエリスとの婚約の申し出をしないと駄目だよね?」

タウロは、考えた末にその答えに辿り着いた。

「その前に、そのエリスって子本人に婚約の申し出をしないと駄目でしょ!」

リーンが、二人の会話に割って入った。

ハンナもリーンの言葉に強く頷いている。

「あ、そうか。エリスが先か!」

タウロお兄ちゃん、大丈夫か……！

リューは心配になるのだが、それだけエリス嬢との仲がうまくいっていて失念していたのかもしれないと思えなくもなかった。

「じゃあ、学校に戻ったら、エリスに婚約の申し出をするよ」

タウロが簡単にそう答えた。

雰囲気作りはちゃんとできるのだろうか？

リューは心配になった。

もちろん二人の事だ、二人の間があるだろう。

だがしかし、一生に一度かもしれない出来事だ、雰囲気作りは大事だと思う。

もちろん、自分は前世では未婚だったから想像でしか言えないけど！

どう言おうか迷っていると、「タウロ。エリスって子には特別な瞬間なんだから雰囲気作りはちゃんとしなさいよ？　綺麗な景色の見える場所とか、おしゃれなお店とか一生思い出に残る様な」と、リーンがそれっぽい事を言ってくれた。

リーンからそんな言葉が出てくる事にリューは驚きだったが、確かに前世のＴＶでそんな事言っていた気がすると、リューも頷いた。

「となると、当日はジーロお兄ちゃん、シーマが空気を読まず邪魔しない様に注意しないとだよ」

「そっか、言われてみれば、タウロお兄ちゃんとエリス嬢がいるところにはシーマが必ずいる気がする」

ジーロが、思い出しながら言った。

「必ずなの!?」

リューは驚いてタウロに確認する様に視線を向ける。

「そうだね、授業以外ではいつも僕に付いている感じかな」

タウロがこれまでの学校生活を思い出しながら言った。

「執事見習いの鑑だけど……。当日はシーマには席を外す様に注意しておかないと……。ジーロお兄ちゃん頼んだよ」

リューがジーロに念を押した。

「……わかった。重大任務だね」

「シーマに直接言えばいいじゃない？」

リーンが、当たり前の事を言ったが、「言っておいても、そういう事には融通が利かなそうなのがシーマなんだよ」とリューがリーンに教えてあげた。

タウロとジーロは自分の事は棚に上げ、「「確かにそうかもしれない」」と、納得するのであった。

年明け、タウロは学校に戻ると卒業式前日にエリス嬢に婚約の申し出をしてOKを貰い、卒業後にベイブリッジ伯爵家に直接伺うと承諾を得て、晴れて婚約者になるのだが、それは少し先のお話である。


年が明け、リューとリーンの受験が近づいてきた。

王都までの距離は馬車で三週間もかかる距離なので余裕をもって出発しなければならない。

なので、出発を前にリーンの荷物はすでにリューのマジック収納にいれてある。

もし何か必要なものが出ても、リューに『次元回廊』で取りに戻ってもらえばいいので気楽なものだ。

問題は、受験そのものだ。

王都は国内最高クラスの優秀者が全国から集まってくるという。

リーンも沢山勉強してきたが、合格できるかどうかは受けてみないとわからない、というのが勉強を見てくれた母セシルの弁だ。

ランドマーク領で王立学園のレベルを知っているのは唯一、リューのスキル鑑定をしてくれたサイテン先生だけだが、その先生は今、王都に戻っていて聞き様がなかった。

実にタイミングが悪い。

リーンは、性格上、やることをやってそれで結果が出なかったらそれまでで、仕方が無いと切り替えるタイプだったが、今回は緊張していた。

もし、リューだけ合格して自分だけ落ちたらどうしようかと、心配していたのだ。

そうなると、リューは王立学園は諦めて、スゴエラの街の学校に行く事になっている。

さらには、王都進出の話も無かった事になるのだ。

責任重大だ。

「リーン、顔色悪いけど大丈夫？」

リューがリーンの顔色を気にして声をかけた。

「大丈夫よ。ちょっと不安になっただけ」

「ああ。受験はなるようにしかならないよ？　これまで頑張ってきたんだし、合格はしたいけどね。お互い落ちてもそれはそれでいいんじゃない？　一緒に、スゴエラ領都の学校に行けばいいよ。あ、その時は、二人とも成績で一位二位を取ってランドマーク家は凄いんだとアピールしよう」

リューはリーンが珍しく緊張しているので緊張を解そうと声をかけた。

「……そうよね。落ちてもそういう道があるものね」

「うん。緊張して本領を発揮できずに終わるより、後悔しない様に全力を出しきって落ちてこようよ。ははは！」

リューが笑うと、リーンは緊張が解れてつられて笑った。

「全力出して落ちるんじゃ意味ないじゃない！　ふふふ」

二人は笑うと翌日、みんなに見送られてランドマーク家を後に王都に旅立つのであった。


「……なんて笑っていた時期がありました」

リューとリーンは馬車に揺られながらため息をついた。

馬車に一日中揺られる日が、すでに一週間経っていた。

「やっぱり、片道三週間は気が遠くなるわね」

リーンが、座る位置をずらしながら言った。

「本当だね。もう少し行ったら、街道沿いに村があるらしいからそこで休憩しようか」

リューも座る位置をずらすと答える。

「ファーザ君やジーロが、このリューが設計した馬車じゃない旧いタイプで往復したなんて信じられないわね」

父ファーザとジーロが、ランドマーク家が刺客によって襲撃されたことを知って、旧い型の馬車で強行して帰ってきた時の事は笑い話になっていた。

リーンもそれを聞いて笑ったものだが、自分が当人なら笑えないと思うのだった。

「あの時はお父さんもジーロお兄ちゃんも馬車にはうんざりしていたからね」

リューは苦笑いしていると、外からスーゴの声がしてきた。

「坊ちゃん、前方で馬車が二台ほど止まっています。大丈夫だと思いますが、一応警戒しといてください」

スーゴの遠くを見通す『鷹の目』の能力で確認したのだろう、馬車から身を乗り出してもリューにはまだ見えない。

リーンも身を乗り出すと、「あ、本当だ。馬車の後輪の車軸が折れているみたいよ」と、確認した。

リーンの『追跡者』スキルにも同じ様な能力があるのだ、上級能力らしいがリーンは使えている。

しばらく進んでいると馬車が道の脇に止まっていて、御者と護衛の兵士が馬車の周りで右往左往していた。

その傍で、折り畳みの椅子とテーブルを出し、そこで優雅にお茶を飲んでいる、貴族らしい金髪の長いサラサラヘアーに青い瞳のリューと同じくらいの男の子がいた。

その脇に従者と思われる女性がお茶のお代わりをその男の子に聞いている。

「どうします坊ちゃん？　素通りしますか？」

スーゴが、リューに確認する。

「車軸が折れたなら、僕が代えの車軸持っているから渡してあげよう。このままだと村まで行かないと入手できないだろうし」

「わかりました」

リュー達は一旦通り過ぎて馬車を止めてもらい、降りて困っている一団に歩み寄ると挨拶をした。

「こんにちは。車軸が折れたのでしたら、こちらに代えの車軸があるのでお譲りしましょうか？」

この馬車の主であると思われる貴族の男の子は、聞こえないのかこちらを見ようともしない。

「本当ですか⁉　車軸の代えなんて用意してなかったので助かります！」

御者の男性が、リューの申し出に喜ぶとお礼を言った。

「いえいえ、困った時はお互い様ですよ」

リューは感じの良い御者に、マジック収納からスペアの車軸を出すと、渡して立ち去るのだった。

リュー達一行は、近くの村の小料理屋で休憩する事にした。

「さっきの貴族、感じ悪いガキでしたね」

スーゴがお店の席に着くなりオブラートに包む事なくはっきり言った。

「私もそう思ったわ。リューが話しかけているのにあからさまに無視していたわよ」

リーンもスーゴに賛同する。

「彼はきっと僕が男爵家の子供だとわかっていたのかもね。馬車に家紋が入っているし。となると、あっちは格上の多分、この街道沿いで通り過ぎたトーリッター伯爵領の子息かもしれないよ」

「なるほど。リュー坊ちゃん冴えていますね。確かに伯爵家なら男爵如きは相手にしないかもしれないですね」

「ちょっと、スーゴ。如きって何よ、如きって！　ランドマーク家を馬鹿にしているの⁉」

リーンがスーゴに噛みついた。

「いやいや！　あっちがそう思っているって話だよ！　俺はそうは思ってないって！」

スーゴは慌てて弁解した。

「二人共落ち着いて。こういう事は今後いくらでもありえる事だから。王都に行けばそういう人は幾らでもいるよきっと」

無視された本人が気にしていない様なので、二人は黙るしかなかった。

「王都は沢山貴族がいるのだから、上下関係は気にした方がいいかもね。失礼があってトラブルになったら謝るのは男爵家のうちだから」

二人に念を押した。

特にリーンはその辺りにはこだわりがあんまりあるとは思えない。

ランドマーク家を誇ってくれているのはわかっているが、格上の貴族の対応について万全とは言えないだろう。

「……わかったわ。ランドマーク家の恥にならない様に気をつける」

意外と素直にリューに頷いた。

「俺は元から、貴族様には気を遣っていますよ坊ちゃん。まあ、会う機会はないんですが。わはは！」

スーゴは経験豊富なのでその辺はうまく立ち回れるかもしれない。

そんなやり取りをして休憩時間を過ごし終えるとまた、出発する事にした。

御者と領兵もすでに待機している。

馬車に乗り込もうとすると声をかけられた。

「ちょっとお待ちを！　先程はありがとうございました」

トーリッター伯爵と思われる貴族のところの感じの良い御者だった。

リューがチラッと御者の背後を見ると、丁度馬車から貴族の男の子が降りてくるところだった。

「あ、直りましたか？」

視線が合うと睨まれた。

これは、逸らしておいた方が良さそうだ。

「はい、お陰様で。あ、私、トーリッター伯爵のところで御者を務めている者です。それでそちら様は？」

「僕はランドマーク男爵ファーザの三男で、リューと言います」

「そうでしたか！　失礼ばかりですみません！　……お陰で坊ちゃんの機嫌が悪くなる前に直せま

した、本当にありがとうございます」

こそっと御者はリューに言うと、再度お礼を言い立ち去って行った。

視線が合った時、睨まれたけどあれで機嫌は悪くない方なのか……。

あの御者さん大変そうだ……。

と、リューは思いながらリーンと一緒に馬車に乗り込むのだった。


その日の夕方。

とある村に辿り着くと早速宿屋を取った。

一応、リューも男爵という貴族の子息なので宿屋側は一番良い部屋を空けてくれた。

リュー的には、普通の部屋でも十分だったのだが、こういう時、貴族として多少のお金をバラ撒いて村を潤わせるのも貴族の務めだろうと思い直した。

食事では御者や領兵にも大盤振る舞いして多少お金を村に落とした後、部屋に引っ込んだのだが、しばらくすると宿屋の主人が部屋の扉をノックしてきた。

「すみません、お客様。実は折り入って相談が……」

深刻そうなトーンに扉を開けると、申し訳なさそうに青ざめて汗を拭く宿屋の主人が立っていた。

そして、急に土下座する。

「実は、今、下に新たなお客様がおいでになっているんですが、一番良い部屋を空けろと言われまして……」

貴族である自分に言うという事はそれ以上の貴族、つまり、子爵以上。

もしかして……。

「それは、トーリッター伯爵の名前が出ているんですね？」

「そ、そうです！　……なぜおわかりに……？」

「日中、遭遇しましたので、何となく。……わかりました。部屋を移動します」

「あ、ありがとうございます！　本当に申し訳ありません！」

宿屋の主人は、板挟みにあった気持ちで生きた心地がしなかっただろう。

リューが素直に応じてくれたので、青ざめていた顔に血の気が戻っていった。

最初、他の一般のお客の良い部屋を主人が空けようとしたのでそれを断った。

自分まで同じ事はしたくない。

スーゴやリーンの部屋の方が良さそうではあったが、寝るだけなのでリューはこだわらなかった。

そこでスーゴの部屋に転がり込もうかとも思ったのだが、酔っていてすでに寝ていたので諦めた。

隊長としてそこはどうなの？

リューはノックしても起きてこないスーゴに内心呆れた。

結局、リューは主人の案内で空いている部屋に移動したのだった。


朝になると、スーゴとリーン、御者に領兵二人は憤っていた。

それは、リューが部屋から追い出され、空き部屋に移動させられた事についてだった。

「リュー、どういう事よ！　朝起こしに部屋に行ったら、あの感じ悪い子になっているじゃない！」

「そうですぜ、坊ちゃん！　何で昨日の時点で声をかけてくれなかったんですか！」

いや、スーゴ、……君、寝ていて起きなかったよね？

リューは白い目でスーゴを見た。

「なんですか坊ちゃん、視線が冷たいですが？」

スーゴもそれは感じたらしい。

「昨日遅くにあっちがここの村に到着して宿屋の主人が部屋を空けないとまずい状況だったから僕が譲ったんだよ」

リューは少し端折ってオブラートに説明した。

「譲ったって、それ、追い出されたんでしょ？」

リーンが核心を突いてきた。

「あちらは伯爵、狭い村ではこういう事はあるよ。それに宿屋の主人の事を考えると可哀想でしょ？　だからこれ以上は言っちゃ駄目だよ」

リューが全員に念を押した。

「……わかりました。坊ちゃん、道中、今後も被りそうなので食事が終わったら、とっとと出発して距離を広げましょう」

スーゴが、提案してきた。

その提案、採用！

リューもこの街道上を進んでいたら、きっとまた同じ事が起きると思っていたので勘のいいスーゴの提案は賛成だった。

御者や、領兵もその案に頷くと急いで食堂に向かう。

早く食べてしまおうという事だった。

そういう感じで、妙な事で一致団結する一行であった。

元々、馬車にはリューとリーンだけで荷物は全てリューのマジック収納に入っている為、軽くて済んでいる。

スーゴと領兵も騎馬で進んでいるので問題ない。

それからは王都までの二週間近くは、何かに追われる様に食事と睡眠、休憩は取りつつも、早く進み続けた。


そんなこんなで王都には予定より三日も早く到着する事になった。

王立学園の受験日がさらにその三日後だから合計一週間近く余裕が出来た事になる。

「スゴエラ侯爵の領都も凄いと思っていたけど、王都は聞きしに勝る大きさだね！」

リューが感心して王都の城門を馬車から身を乗り出し下から眺めた。

リーンも同じ様にして眺めると、「大きさでは負けるけど、ランドマーク領都の城門も十分立派よ」と、負けん気を見せた。

「いや、そこは勝負挑まなくていいから……！」

リューは苦笑いしながらツッコんだ。

リーンとしては、リューと自分で作った経緯がある為、思い入れも大きいのだ。

それはそれで嬉しい事だった。

王都内はやはり規模が違った。

何より人が多い。

ランドマーク領の豊穣祭と比べてもこちらの方が祭りでもしているのかと言うくらい人がごった返している。

そして、人種のるつぼだ。

ランドマーク領では見かけない人種も沢山いる。

エルフは珍しい人種だと思っていたが、王都ではそこら中に普通に歩いている。

リーンが目立つという事はなさそうだ。

「獣人族にも沢山人種がいるのね」

リーンが馬車の窓越しに外を眺めながら言った。

「そうだね。こっちではリーンでも目立たないね」

リューが笑いながら答えた。

ランドマーク領ではエルフはリーン一人だったので目立っていたからだ。

それに美少女とあっては、人気は絶大だったが、本人の性格上、その辺りはさほど気にはなっていなかった。

領主の三男であるリューといつもいるので注目されるのは当たり前と思っていた様だ。

「そうね。それはどうでもいいのだけど、これからどうするの？」

リーンは、やはりそんな事には興味はなかった。

「ドライだね。ははは。取り敢えず、お父さんが以前泊まったらしい宿屋に部屋を取ろうか」

父ファーザが以前泊まったところは、昇爵の話を断る為に王都まで来た際、手配した宿屋なので比較的に質素だった。

もちろん、貴族としてという意味で、普通に良い宿屋だ。

ランドマークの名を名乗ると、宿屋の女将は父ファーザと同行したスーゴを覚えていてすぐ、大歓迎ムードになった。

「女将、ランドマーク男爵の三男のリュー坊ちゃんだ。今回は王立学園の受験で来たから、その間よろしく頼むよ」

スーゴが言うと、「あらあら、そうなのかい⁉　それは凄いじゃない！　受験の間、うちでしっかり準備して合格してくださいな！」と、女将は答えると、従業員に一番良い部屋を案内させるのだった。

一番良い部屋に、拒否感が出てしまうリューだったが、そこは好意に甘えるのだった。

部屋が決まるとリューは早速、『次元回廊』でランドマーク領の自室に戻る事にした。

父ファーザに無事到着した事を報告する為だ。

これまでマミーレ子爵のところに設置していた出入り口をこの宿屋に設置し直す。

「これでよしっと」

リューはそうすると『次元回廊』に入って移動した。

すると、脳裏に『世界の声』がした。

「『次元回廊』が限界に達しました。ゴクドーの能力『限界突破』により、限界を突破します。……限界を超えました。移動距離、移動重量の限界値が上昇しました」

久しぶりの『世界の声』にリューは自室に到着と同時に驚いた。

「え⁉　という事は……。あ、その前にお父さんに報告しないと！」

慌てて執務室に向かうと父ファーザに無事到着した事を伝えた。

「おお！　もう到着したのか、予定より早いな」

リューの報告を聞いて、ファーザは苦笑いした。

「……そうかそれは大変だったな。トーリッター伯爵はうちにも手紙が来てる。男爵風情が調子に乗るなとな」

「ああ、あの手紙の！」

リューも思い出した。

そういう手紙の類はスルーしていたので送り主まで覚えていなかったのだが、父ファーザは覚えていたのだ。

ちなみに父ファーザは調子に乗った覚えが皆無だったので、「どなたか違う男爵と間違えていませんか？」という返信をしてしまったので、あちらが大いにブチ切れた事は知らない。

リューは返信の手紙を出した事は聞いていたので、それで合点した。

「あ、お父さんが煽った相手だね……」

「私が煽った？　そんなわけないだろう」

父ファーザはリューの指摘に心当たりがないという顔をした。

「ははは……。ともかく、到着した事は知らせたよ。また後で報告したい事があるから確認後また来るね。あ、お父さん、受験まで一週間近くあるから、その間、王都への進出計画進めていい？」

「馬鹿者。まずは、受験勉強だろう。リーンもいるんだ、勉強を優先しなさい」

リューは父ファーザに怒られると、素直に従う事にした。

確かに今は優先順位を間違えてはいけない。

「はーい。じゃあ、戻るね」

そう言うとリューは自室から王都に戻るのだった。


「あ、戻ったのね。報告してきたの？」

王都の宿屋に戻ると、リーンがやって来ていた。

鍵を閉めていたのに室内に入れているのは、盗賊の上位、追跡者スキルの賜物だろう。

って、勝手に鍵開けないで！

リューはリーンに呆れたが、本人曰く、

声をかけても返事が無いから何か起きたと思った、らしい。

「あ、そうだ。リーン、実験に付き合って」

「実験？　何するの⁉」

リーンは何をするのかわからないが、好奇心は旺盛だったので、すぐに乗り気だった。

「じゃあ、僕と手を繋いで『次元回廊』に入るよ」

「え？　『次元回廊』って、ハンナちゃんまでしか通れないじゃない。……もしかして、何か覚えたの？」

「さっき『世界の声』がして、『限界突破』したらしいから試してみたくて」

「本当に⁉　やったー！　成功したら、ここからランドマーク領まで行けるのね！」

リーンは素直に喜んだ。

移動で馬車に揺られる時間が無くなるかもしれないのだ、喜ばずにはいられないだろう。

「あ、スーゴも呼んで来よう」

リューはそう言うとスーゴの部屋に呼びに行った。

すぐにスーゴを連れて戻ってくると早速実験開始だ。

「じゃあ、まずは、リーンと一緒にランドマーク領に戻れるかやってみるね」

リューがそう言うと、スーゴはそこでやっと自分が連れてこられた理由が何となくわかったという顔をした。

リューとリーンは手を繋ぐとその場から消えた。

「おお！　やっぱり坊ちゃん凄いな！」

スーゴが一人感心していると、手を繋いだリューとリーンが戻ってきた。

「よし、成功！」

リューは喜ぶと、

「じゃあ、今度はスーゴ」

「わかりました！」

そう答えてリューと手を繋ぐと、今いた宿屋の一室から見覚えのある部屋に移動していた。

「……ここはリュー坊ちゃんの部屋ですね⁉」

スーゴは初めての『次元回廊』での移動体験に驚いた。

人がやるのと自分が体験するのとではまるで違う。

「じゃあ、戻るね」

「これは便利ですね！」

「でしょ？　流石に魔力をそれなりに持っていかれるのがわかるけどかなり便利だよ」

リューはそう答えるとスーゴと手を繋いだまま王都の宿屋に戻った。

「体の大きいスーゴでも成功したから、帰りは御者や領兵のみんなも直接送るね！」

リューは実験の成功に大喜びだった。

「数人で試さなくていいの？　まだ私とスーゴの一人ずつだけよ？」

「いや、スーゴの様な大きい人で確認できればいいんだ。要は一人ずつ確実に移動出来ればいいいから、一度に沢山で移動する必要はないんだよ」

確かに、言われてみればそうだ。

リーンとスーゴは納得するのであった。


『次元回廊』で自分以外の人を通せる様になった事を父ファーザに知らせると、当初の予定は大幅に変更される事になった。

それは、リューとリーンの合否に関係なく王都進出する事だ。

そうなると、執事のセバスチャン、父ファーザ、そしてなぜか母セシルとハンナを王都に移動させる事になった。

ぞろぞろと宿屋の一室からランドマーク家一行が出てきた事に宿屋の女将は驚いたが、ランドマーク男爵当人を確認すると、喜んで歓迎してくれた。

「これはまず、どこか適当に家を借りてそこから出入りしないと、宿屋に迷惑をかけるな」

と、父ファーザが言ったので執事のセバスチャンが急遽家を探す事にした。

どちらにせよ、拠点を用意する必要があったのでこれは丁度良かった。

母セシルと妹のハンナは宿屋を出ると二人でお買い物に出かけた。

なるほど、それが目的だったのね……。

苦笑いするリューであったが、王都に来るなんて滅多にない事だから、仕方がないかと納得すると領兵の護衛と共に馬車で送り出すのだった。

「お父さんはどうするの？」

残った父ファーザにリューが聞いた。

「私は、王都にいる知人達に挨拶してくるとしよう。リューとリーンは……」

「セバスチャンが見つけてくる家を拠点化する事だね！」

「いや、待機して勉強だ。王都進出が前倒しになっても、一番大事なのは二人の受験だからな。残り時間、自分を追い込んで勉強しなさい」

ガーン。

リューは父の正論に反論できず、リーン共々机に向かう事になるのだった。


夕方になると、出かけていたセバスチャン、母セシルと妹ハンナが帰ってきた。

ぞろぞろとリューの部屋に入って行ったので、宿屋の女将さんも流石に声をかけるべきかと思い、部屋をノックして室内に入らせてもらうとそこにはリューとリーンしかいなかった。

「あら？　さっき来たみなさんはどこへ行ったんです？」

女将が疑問に思うのも仕方がなかったが、正直にリューは答えた。

「あ、それならもう、家に帰りました。お騒がせしてすみません」

リューは女将に頭を下げて謝った。

「あら、そうなのね？　それなら良いのよ。ランドマーク男爵はまた来るのかしら？」

狐につままれた様子の女将であったが、「父は挨拶回りでまだ帰って来てないので、戻ってきたらあとでまた挨拶させますね」と、息子のリューに言われたので恐縮した。

「あ、良いのよ、そこまで気を遣ってもらっちゃ、宿屋の女将として失格だわ。受験まで自分の家だと思ってゆっくりしていてくださいな」

そういうと退室する女将であった。

父ファーザは遅くに戻ってきた。

丁度勉強を終えてリューが寝ようとしていたところだったので少しお酒が入っている父ファーザをあっちに送り返すと早々にリューも寝るのであった。


翌日もセバスチャンは朝一番から王都にリューに連れてきてもらうと、出かけていった。

父ファーザは昼にまた迎えに行く事にして、リーンと一緒に勉強する事にした。

「セバスチャンは大変そうね」

リーンが執事のセバスチャンの心配をした。

「確かに言われてみれば……。こっちは土地勘が無いから流石のセバスチャンも家探しは苦労しているのかもね」

リーンに言われてリューも自分で答えながら、セバスチャンが一番大変なのかもしれないと思い始めた。

「今日戻ってきてまだだったら、気晴らしも兼ねて手伝ってあげた方がいいかもね」

リーンが勉強をさぼる為なのか、セバスチャンを本当に気遣ってか提案した。

「そうだね。手伝おう！」

リューは勢いよく賛成した。

もちろん、リューの場合はもう、勉強が嫌だったからである。

お昼をリーンと一緒にランドマーク家の自宅に食べに戻り、また、戻るついでにファーザを王都に連れてきた。

父ファーザは知人達に王都の情報を貰っている様だが、その為にお酒を奢るので自分も飲まざるを得ないらしい。

という言い訳をして父ファーザはまた、出かけていくのだった。

忙しいセバスチャンにはこの事は黙っておこう、と思うリューであった。


翌日の昼過ぎ。

セバスチャンが、好立地の物件を見つけてきたのだが、これが問題だった。

築五十年の石造りの頑丈な建物。

改装、建て直し自由、敷地面積も広く、価格も王都にしてはお手頃価格。

「さっき売りに出す事になったので今のタイミングを逃すと次のお客さんが九九％買うと思いますよ」

という売り文句にセバスチャンは、その建物の外装を確認後悩んでいた。

するとその場に次のお客が来て、買わないならうちが買うと言い出した。

聞けば聞くほど、これは仕込みだろう。

セバスチャンは決断の時とこれに慌てて契約したのだが、これが実は築百五十年で、「一」の部分が前の字に重なって見づらくなっていた。

さらに、外装こそ綺麗に見えたが内装はボロボロ、建て直すにも周囲にも建物がある為、撤去に莫大な費用がかかる。

さらには、いわくつき物件で、その土地自体に強い呪いがかかっている事がリューとリーンが確認の為に同行した時に、判明した。

完全に悪徳業者の手口だ。

内装は百歩譲っていいにしても築百五十年では建物自体の耐久性が怪しいし、何より呪いが大問題だ。敷地内での作業自体が出来ないし、ずっといれば、呪いがかかる可能性もある。

となると、放置するか売るしかない。

だが、いわくつき物件なので早々に売れるわけでもない。

所有している間、維持費だけがかかり、損しかないのでどうにかして安くでも売るしかないのだが、そこをまた、悪徳業者が買い叩いて二束三文でせしめ、また、同じ事を繰り返すというのがこれまでの手口だろうと思えた。

残念ながら契約書にも怪しいが不備という不備は無く、業者にいまさら文句を言っても、逆に衛兵を呼ばれるだけだろう。

「すみません、リュー坊ちゃん……完全に私のミスです……」

セバスチャンが責任を感じて明らかに落ち込んでいて、そんな姿を見るのはリューは初めてだった。

「いや、セバスチャン。良い買い物をしたよ。こんな主要な通りから近い好立地の場所、普通この価格では手に入らないよ」

リューは建物を一目見て、頷いた。

「ですが、それは呪いのせいですから……」

「ふふふ……！　セバスチャン、うちには凄い妹がいるのを忘れてないかい？」

「ハンナお嬢様ですか？　……あ！」

「気づいたね？　あ、その前に、この土地の上物（うわもの）はいらないね」

リューはそう言うと大きな石造りの三階建ての建物をマジック収納に収納してみせた。

その道路沿いを歩いていた通行人達が視界から突如消えた建物を二度見して、その場所にあったはずの物を確認したが、完全に消えている事に「!?」となり、目をこすったりして確認していたが、リューはお構いなしであった。

「これで後はハンナを呼んでくるだけだね」

そう言うとリューは宿屋に戻り、早速、『次元回廊』でランドマーク領に移動すると、ハンナの授業をしていた母セシルに今回の件を説明した。

「それなら、私でも呪いは解けるかもしれないけど……、今回はハンナの方が確実かもしれないわね」

というと、ハンナの授業を中断して王都に向かう事にした。

セバスチャンが買った土地にリューの案内で母セシルと妹のハンナが訪れた。

「確かに、これは強い呪いがかかっているわね……。私でも解呪するのは大変そうだけど……、ハンナちょっといい？」

母セシルがリーンとしゃべっていたハンナを呼ぶ。

「なーに、お母さん？」

「以前教えてあげた解呪する為の魔法覚えている？」

「うん、もちろん！　このもやもやしたのを消せばいいのね？」

どうやら、ハンナには呪いが見えているようだ。

「ええ、そうよ」

「わかった！　じゃあ、やるね。『大浄化』！」

ハンナが何の予備動作も無く、賢者や聖女職が特別に覚えると言われる大魔法を唱えた。

天からまばゆい光が呪われた土地に降り注ぎ、黒い靄が地の底から根こそぎ天に引き摺られる様に昇っていく。

呪いの元と思われる黒い影が悲鳴を上げて天に召されていくのが、治癒士の母セシル、森の神官のリーン、賢者のハンナ、そして器用貧乏で簡単な治癒持ちのリューには見えたのだった。

セバスチャンは長年の勘で、不浄の土地が浄化された事に何となく気づいた様で、「これで、もう、安心ですね？」と、母セシルに確認した。

「ええ、セバスチャンご苦労様。後はリューとリーンに建物は作らせるから、戻ったら職人を集めてこっちに連れて来る手配をして頂戴。扉や窓、屋根は職人じゃないと無理だから」

「了解しました」

セバスチャンは頷くとリューと一緒に宿屋に戻って行った。

「じゃあ、ハンナ。この後は王都でお買い物しようか？」

母セシルは娘に言うと、「わーい！　私、また、お洋服見たい！」とハンナは喜び、母セシルと手を繋ぐと馬車に乗り込んで裁縫通りに出かけて行くのであった。


その日の内に、新しい建物が作られた。

リューが鉄筋を内部に仕込んでの丈夫な作りの五階建てだ。

この近辺では一番高い、前世で言うところのビルの様な建物になった。

一階の天井は高くして、敷地内に続く出入り口が脇にある。

馬車でも通過できる広さと高さだ。

その一階は敷地の奥に馬車を止められる様に駐馬車場を作り、それ以外は広いスペースを確保した貸店舗にし、二階も数店舗お店が出来る様に広く区切った。

三～五階はランドマーク家のプライベート空間という事にした。

あとで、また、変更するかもしれないが……。

あとは、職人達を入れて、細かいところを作ってもらう事になる。

セバスチャンに大まかな事を説明すると、「わかりました」と、一言頷いてリューの『次元回廊』で館に帰って行った。

もう、遅いので、セバスチャンと職人達を運ぶのは明日以降にする事にした。

日が落ち、外は街灯が灯りだした。

リューとリーンも宿屋に戻って食事にしようと帰ると、母セシルと妹のハンナ、そして、お酒の入った父ファーザが戻っていた。父ファーザが少々酔っていた為、母セシルに軽く説教されていた。

ただ、娘のハンナがいる前なので、やんわりと、だった。なので館に送った後、どうなるかはリューでも何となく想像できたが、ここは触れずにおく。だって巻き込まれたくない！

父ファーザがリューに助けを求めるような視線を送ってきたが、リューは気づかないふりをして『次元回廊』を閉じるのであった。

「ファーザ君が、リューにずっと何かアイコンタクトしてきていたわよ？」

リーンが、不思議そうに指摘した。

「リーン。あれは夫婦の問題だから、気づかなくていいんだよ？」

夫婦喧嘩は犬も食わない。

リーンがその場で指摘しなくて良かったと思うリューであった。

あと数日で、受験だが、翌日も朝から『次元回廊』で、ランドマーク領の自室に戻ると、扉の向こうにはセバスチャンと職人様ご一行が待機していた。

「リュー坊ちゃんの部屋の改装じゃないんだよな？」

「王都に行くのにリュー坊ちゃんの部屋に行くのがいまいちわからねぇな」

「ともかく俺達は任された仕事やるだけだべ！」

職人達が扉の向こうでわいわい騒いでいるので、扉を開けて迎え入れると職人達の持ち込んだ材料や作業道具を全てマジック収納に入れて、一人一人『次元回廊』で王都まで連れて行った。

運んだ宿屋側は、リュー達の泊まる部屋から、次々に人が出てくるので軽く混乱する事態になった。

上の階から知らない男達が次から次に降りてくるのだ、他のお客たちも驚いていた。

「これが、リュー坊ちゃんの力か！　スゲーな！」

「本当に一瞬だな！」

「こりゃたまげたべ！」

職人達は口々に感想を漏らすと宿屋の表に出ていく。

「一体、あの部屋で何が起きているのやら……」

女将はここ数日、宿屋で一番良い部屋が一番謎だらけの部屋に変わっていたのだから、軽く混乱するのであった。

セバスチャンがもちろん迷惑料という事でお金の入った革袋を女将に渡すのだが中身を見て女将は謎について一切触れない事にするのだった。

リューはこの日も、ランドマークビル（仮）に、セバスチャンの先導で職人達を案内した。

職人たちは現場に到着すると、すぐリューに荷物を出してもらい、作業に移る。

先程まで、王都の光景に驚いて観光気分でキョロキョロしていたのが嘘の様だ。

流石職人というところだろう。

木材を切る音、トンカチで釘を打つ音、材木を持ち上げる掛け声と、活気に溢れだした。

通行人もこれには興味を持った。

何しろ、昨日まであった建物が無くなり、すぐ、違う建物が建っているのだ。

まして、地元住民にしたら訳あり物件として有名だった土地に長い事聞く事が無かった活気ある作業音が鳴り響いている。覗かずにはいられなかった。この事は、売りつけた悪徳業者の耳にも入ったらしく、半信半疑で様子を見に来た。

すぐに、セバスチャンがこの悪徳業者に気づくと対応する。

「何の御用ですか？」

「そんな馬鹿な！　……いや、これは一体どういうことだ⁉」

「どうとは？　仰っている事の意味が理解出来ないのですが？」

「どうやってわずかな時間で建物を⁉　それに強力な呪いで人が入るのも大変なはずなのにどうしてだ！」

「それをわかって売ったのを認めるわけですね」

「あ、いや……」

「どちらにせよ、もう、契約してうちのものなので、とやかく言われる覚えはありません。地方貴族とはいえ、貴族を相手に悪質な商売をしようとした事は許されない行為ですが、我が主は大目にみるそうです。良かったですね」

セバスチャンは悪徳業者を静かにギロッと睨みつけた。

歴戦の強者であるセバスチャンの睨みである。

悪徳業者は「ひいっ！　ごめんなさい！」と、悲鳴を上げると逃げていくのであった。

連日リューは受験までの間、勉強と職人達の送り迎えをしていた。

流石に宿屋に設置してあった『次元回廊』の出入り口は、ランドマークビル（仮）の五階の一室に設置し直した。これ以上はお金を支払っているとはいえ、宿屋側にも迷惑はかけられないからだ。

リューとリーンも宿屋からランドマークビル（仮）に移りたいが、まだ、内装工事が終わっていないので移るのは受験後になりそうだ。

リューの部屋で受験勉強をしていたリューとリーンは、勉強を見る為にやってきていた母セシルの下、最後の追い込みをかけていた。

「やっと明日ね」

リーンがリューに話を振る。

「そうだね。明日は筆記だから、今日で勉強も終わりだね」

リューはやっとこのテスト地獄から解放されると、その事に喜んだ。

「二人ともこれまでよく頑張ったわ。後は明日にぶつけるだけよ。結果は私もわからないけど、合格するにしても落ちるにしても悔いが残らないようにね」

「「うん！」」

二人は元気良く頷くと明日に備えるのだった。

筆記試験当日。

二人は王立学園の校門をくぐり、敷地内に入った。

「やっぱり人が多いね。こんなに同年代が沢山いるの初めてだよ。あ、僕達の試験会場はあっちみたいだ」

リューがリーンに声をかける。

「本当ね。私もこんなに多いの初めて。みんな頭が良さそうに見えてきたわ……」

普段緊張しないリーンも緊張してきた様だ。

リューももちろん緊張していたが、学校の敷地内の施設を見ながらランドマーク領で真似できる物はないかと観察する事に気を取られてリーン程は緊張していなかった。

「はっ。田舎者だとすぐわかる奴がちらほらいるな！」

数人の取り巻きを引き連れて、いかにも上級貴族と思われる少年が、歩いてきた。

周囲はその存在に気づくと、道を空けていく。

「何あれ？　偉そうな子が来たわね」

リーンがリューに呟いた。

「あれは、エラインダー公爵様のところの長男だよ。今年の試験でトップ合格を目指しているらしい。他にも王家の三番目の王女殿下も受験するから、この二人の争いだろうな。関わらない方が無難だぜ」

リューとリーンの近くにたまたまいた、リューより身長が高い茶色の短髪に青い瞳の少年が教えてくれた。

「へー。そんなに優秀なんだ？　教えてくれてありがとう」

「あ、俺は、ボジーン男爵家の長男でランス十四歳だ。今年で三度目の受験だからわからない事があったら聞いてくれて良いぜ？」

「僕はリュー、ランドマーク男爵家の三男で十二歳。こちらが従者で一緒に試験を受けるリーンだよ」

「ランドマーク男爵？　この辺りでは聞かない名だな。地方出身かい？」

「そんなところだよ。スゴエラ侯爵の元与力だから、知らなくて当然だよ」

「ああ、スゴエラ新侯爵か！　先の大戦で活躍して勇名を馳せて、王国南東部で最大勢力を誇るところだよな。それにしても君の家は凄そうだな」

「え？」

「正直な話、従者にも受験させるレベルの男爵家なんてそういないって。ましてや、誇り高きエルフが、男爵の三男の従者って聞いた事ないぜ？　俺なんか長男だから三年連続受験させてもらっているけど、いい加減、合格できないと家がヤバいんだよ。このままだと食後のデザートが無くなりそうだ」

「そうなんだね。うちも数年前まではヤバかったからその気持ち、わかるな……」

リューはこのランスという少年に同感した。

「そうなのか？」

「うん。おかずを一品増やす為に四歳の頃から森で獣を狩ったり、食べられそうな草を摘んだりしていたよ」

「なんだよその、俺以上の貧乏エピソード！」

ランスは、リューに親近感がわいた。

リューも同じで、二人は合格前から意気投合するのだった。

「どうでもいいけど、そろそろ試験会場に行かない？」

リーンが蚊帳の外になっていたので、盛り上がる二人に水を差した。

「そうだった！　試験に合格しないと全て水の泡だからね。じゃあ、行こう！」

リューはリーンに答えるとランスを含めて慌てて試験会場に向かうのであった。

王立学園初日の筆記試験が行われ、リューとリーンも日頃の勉強の成果を発揮して無事終える事が出来た。

「リーンどうだった？　僕はちゃんと解けたと思うんだけど……、何か不安で……」

夕方まで及んだ筆記試験終了後、待ち合わせていた場所にリーンを見つけると、開口一番、リューは手応えを聞いた。

「私も出来たと思う。でも、ちょっと不安よね……」

リーンも上手く行き過ぎて逆に不安な気持ちになり、リューと同じ気持ちだった様だ。

「答え合わせもしたいけど……、まだ、実技が明日残っているし、気持ちを切り替えて明日も頑張ろう！」

リューは自分に言い聞かせる様にリーンを励ました。

リーンもその言葉に頷くと、「そうね。明日もあるんだもの。全ては明日の実技が終わってからよね！」そういうと本当に切り替えられるのがリーンの凄いところだ。

リューは、自分で言っておいて、まだ、筆記の結果が気になっているのであった。

実技試験は、受験者の得意分野での魔法の実技、得意分野による武芸の実技、それ以外でのスキルによる実技があり、一つだけ受ける者もいれば、多才さをアピールする為に全て受ける者もいる。

それは、個々のスキル次第で、沢山受ければ良いというものでもなく、いかに得意分野の能力でアピールできるかが重要なようだ。リューは魔法と武芸、その他のスキル三つとも受ける予定で、リーンも同じく、三つとも受ける。まずは魔法の実技試験だ。

二人は会場に早速入ると、他の受験者の魔法を見学する事にした。

「……あれ？　威力より、魔力操作や、的へ当てる正確性が大切なのかな？」

と、リュー。

「……でも、的に当ててない受験者もいるわよ？　違うんじゃない？」

とリーン。

「だよね？　……あ、もしかしたら会場を壊さない範囲でする配慮が必要なのかもしれないよ？」

「そうか……！　だからみんな、加減しているのね？」

二人が不思議に思うのも仕方がなかった。

受験者のほとんどが、二人にとって凄いと思える魔法を使用していなかったのだ。

リューに関しては不得意な魔法がほとんどなく、その中で突出した土魔法を使う事にしていたのだが、他の受験者と比べると、会場の地形を変えてしまう大規模魔法だったので、疑問に思ったのだった。

「一応、試験官に前もって聞いておいた方がいいかな？」

「そうね。リューの魔法は地形を変えちゃうからやり過ぎると減点されちゃうかもしれないわ。私も、加減しないと的を全て吹き飛ばしちゃうから使用する魔法変更しようかな？」

二人は真剣に悩んだ結果、申告の際に試験官に聞く事にした。

「じゃあ、次、受験番号1111番！　使用する魔法の申告後、攻撃魔法なら的に。回復魔法、補助系魔法なら、この試験用魔法人形に使用してください」

「あの……！　地形を変える土魔法を使用するのですが、会場が壊れる可能性があるので、加減した方がいいですか？」

「……ほほう。自信満々だな。この会場は特殊な結界魔法で覆われていて、安全性は確保されている。地形変化（土ボコ程度）も試験官がすぐ直すので気にしなくていい。思いっきりやらないと後々、後悔するぞ」

「ほっ……。そうなんですね！　じゃあ、会場範囲に収まる程度で本気でいきます！」

「大ぼらもそこまで行くと清々し――」

試験官が何か言おうとした次の瞬間だった。

ゴゴゴゴゴ……。

地響きが会場全体に伝わり、誰もが地震だと思った。

そして、
ドゴ――ン！

大轟音と同時に、会場全体が隆起し剣山の様に大規模な無数の岩の槍が天を突いた。

その天に向かって伸びる大きい岩の槍の先には地面に設置してあったいくつもの的が全て突き刺さっている。

「……よし、全ての的にも刺さっているし、これなら――」

リューは、試験官の反応を見ようと振り返ると、試験官は腰を抜かしていた。

「……あれ？」

リューはどうやら自分が何かやってしまった事に気づくのだった。


会場は一時、騒然となった。

当初、学園に対するテロが起きたと勘違いした学園側が厳戒態勢で乗り出したくらいだ。

受験生はみな避難を呼びかけられ、リューも一番現場近くにいたので、警備兵がリューを助けようと歩み寄ってきた。

「あ、いや、違いますよ？」

リューもなんと説明していいかわからなかった為、警備兵に事件に巻き込まれ動揺していると思われてしまった。

「もう、大丈夫だ、安心して。さあ、君も避難するんだ！」

「こっちの試験官が腰を抜かしているぞ、誰か担架を持って来てくれ！」

「負傷者がいないか確認するぞ！」

こうして中断されたのだが、試験官が、受験生がやったことだ、とすぐ証言した事で、違う意味でまた騒然となった。最初誰も信じなかったが、リューが地形を元に戻す為に再度土魔法を使用した為、誰もが愕然とした。

その後、試験は再開されたのだが、次の受験番号1112番のリーンが、今度は風魔法で会場に大きな風の渦を作り、全ての的を切り刻みながら空に巻き上げる大規模魔法を使った為、また、試験会場が騒然となるのだった。


午後の途中からは一部、武芸の実技試験が行われる予定だったが、時間が大幅に押した為、王族や上級貴族のみ実技試験が行われあとは翌日に回される事になった。

その為、他の受験者は翌日行われる予定であった、その他のスキルの実技試験が別会場で行われる事になった。

リューは1111番なのでリーンと一緒に待機していたが、意外に早く順番が回ってきた。

他の受験者を見てみると、鑑定スキルや、植物の栽培スキル、鍛冶師スキル、裁縫スキルなど、実技というより、試験官の『鑑定』スキルによる熟練度の確認などが主なようだ。

「では、次、1111番！」

「はい！　『次元回廊』と、『マジック収納』を使用します」

「では、『鑑定』！　……何々、『ゴクドー』？　スキルに、『器用貧乏』、……駄目だなこれは、お、『鑑定』か……。……って、今、君なんて言った？」

試験官は『鑑定』スキルでリューのスキルチェックに気を取られ、リューの申告した能力が頭に入ってこなかった。

「『次元回廊』と『マジック収納』です」

「な！　……君、落ち着きたまえ。『次元回廊』は、勇者職などでしか確認されていない幻の能力だぞ？　その勇者でさえも必ずしも覚えるとは限らないもの。それを君は出来ると言うのかね⁉」

試験官は、念を押して聞くと、また、リューの人物『鑑定』を行う。

そこで、やはり、確認できるのは、『ゴクドー』？　と『器用貧乏』、『鑑定』の三つだ。『器用貧乏』は論外として、『ゴクドー』？　これが、凄いのか？　聞いた事が無い……。それに『器用貧乏』のマジック収納は、収納率が小さい。それをアピールしてくるレベルだ、『次元回廊』と言っているが、名前だけで別の能力かもしれない、この私は騙せないぞ！

試験官は、気を取り直すと、「それではやってみたまえ」と、冷ややかに応対した。

「はい！　まずはマジック収納からやります」

リューは元気よく返事すると、先日、回収した築百五十年の三階建ての家を会場に出して見せた。

突如現れた建物に会場に居合わせた試験官や受験者達はどよめく。

「うわ⁉」

試験官は不意に目の前に巨大な建物が現れたので、度肝を抜かれ後ろに倒れた。

「続きまして――」

リューは、試験官のリアクションを確認せず、ネタを行う芸人の様に『次元回廊』を使おうとした。

「ま、ま、待ちたまえ！　まず、この建物を収納しなさい！」

試験官は倒れたまま、慌ててリューを止めた。

「あ、すみません！」

そう言うとリューは、すぐさま、建物をマジック収納に仕舞った。

試験官は倒れ込んだまま、唖然としていたが、リューが次に行っていいのかチラチラとこちらを見ているのにやっと気が付いた。

試験官はすぐ立ち上がって倒れた椅子を元に戻して座る。

「で、では、『次元回廊』とやらをやってみたまえ」

試験官は威厳を取り戻そうと、厳しい声色で言う。

「では、うちの領地に戻って、誰か連れてきます」

リューはそう言うと、その場から一瞬で消えた。

試験官はギョッとして周囲を捜す。

「ど、ど、どこに行った⁉」

次の瞬間だった。

リューがメイドの恰好をした女性と、消えた空間から現れた。

「丁度僕の部屋を掃除していたメイドがいたので連れてきました」

メイドは周囲をキョロキョロしながら、「リュー坊ちゃんここは一体？」と、困惑していたが、試験官を見て、偉そうな人と判断したのかお辞儀をした。

「それでは、彼女は仕事中なので元に戻ってもらいますね」

と、リューは言うと、メイドの手を握り、また、パッとその場から消えた。

この光景に、試験官はただただ愕然とすると思考停止し、その場に固まった。

リューが次の瞬間戻って来て試験官に何度か声をかけると、試験官はやっと正気に戻るのだった。

次のリーンは、実技アピールをする事はなかった。

リーンの『精霊使い』『森の神官』『追跡者』はただでさえ珍しくその上、そのスキルの熟練度が異常に高いのだ。

前の受験者のインパクトが強すぎて普通に見えそうだったが、このエルフの受験者は歴代の受験者の中でもかなり優秀な部類に入る、と試験官は判断し、アピールの必要性が無いと判断したのだった。

試験後、リューはリーンが戻ってくるのを待って、手応えがあったか確認した。

「どうだったリーン？」

「よくわからないけど、試験官に絶賛されたわ。私のスキルが優秀だって」

「そうなの!? 僕は、何も言われなかったんだけど……」

「あ、それ、見ていたわよ。あの建物出したのが印象悪かったのかしら？」

「そうかもしれない……。すぐ収納しろって怒られたし……」

「でも、印象には残ったと思うわよ？ あとは明日の、武芸の実技で頑張れば大丈夫よ！」

「……そうだね！ 一番、頑張ってきた事だし、そこでアピールしよう！」

そう言うと、二人は、気合いを入れ直すのだった。


試験三日目。

前半は武芸の実技試験で、後半は面接の予定だ。

リューは、前日の失敗？ を取り戻すべく、気合いが入っていた。

そんな中、実技を終えた受験者達の声が聞こえてきた。

「剣の実技の試験官、強すぎるよ！ お陰で何もさせてもらえなかった。あれじゃ、剣で実技受ける奴、みんな落とされるぞ」

受験資格はそれこそ、十二歳からあるのだが、受験者の中には二十歳前後の者もいる。

その為、剣の実技には差が出るので、試験官はそれに対応する為一流の者である事が多い。

今回の試験官はそれに加えて、時間を気にしているのか、早め早めに終わらせようとしている節があった。

「……最悪だ。昨日の失敗を挽回しないといけないのに……」

リューは頭を抱えた。

「落ち着きなさいよ、リュー。相手が早く終わらせ様としているなら、先手、先手で攻撃して粘ればいいのよ！」

「攻撃こそ最大の防御だね⁉　確かに、リーンの言う通りだよ！　攻めまくって時間を稼いで印象に残って見せるよ！」

リューはリーンに感謝すると、気合いを入れ直した。

「次、受験番号１１１１番。得手は？」

「剣です！」

「では、そちらの試験官の前に」

「はい！」

リューは元気よく返事をすると、問題の試験官の前に歩み出た。

試験官から、模擬戦用の刃の無い剣を投げて渡される。

「……年齢は？」

試験官は相手がまだ小さい少年なので、確認してきた。

「十二歳です」

「……来年また受け直せ」

剣の試験官がそう言うと、「では、実技試験始め！」と、号令がかかった。

その瞬間、リューは一気に踏み込むと、距離を詰めて試験官に剣を突き付けた。

剣の試験官はピクリとも動けず、目の前に寸前のところで止められた剣先に冷や汗をかきながら、

「参った……」と、一言、答えるのだった。

えー⁉　終わるのが早すぎるよ！　……あ！　わざと負けて終わらせるパターンもあるのか！

リューは一瞬で実技試験が終わったので、自分の受験もこれで終わった事を悟った。

隣では、リーンが弓矢で、動く的を次々に射て歓声が上がっている。

あちらは絶好調の様だ。

それを横目に、リューはショックにうな垂れながら、次の受験者に代わるのだった。


「リュー、どうだったの？」

リーンがリューの元にやって来た。

「一瞬で終っちゃった……」

リューはがっくりしながら、リーンに答えた。

「……えっと。……そうよ！　まだ、面接があるからそんなに暗い顔しないの！　最後まで諦めちゃ駄目。私も最後まで頑張るから一緒に合格しましょう！」

リーンに気を遣わせる程、凹んでいたリューであったが、確かに最後まで諦めたら駄目だ。

ランドマーク家の名を汚さない様に最後まで堂々としていよう！

そう、自分に言い聞かせるリューであった。

「受験番号1111番の君は、ランドマーク男爵？　の三男……？」

面接官が、書類を見ながら、確認してきた。

「はい！　そうです！」

「ははは。長男ならともかく、よく三男で受験させてもらえたね？」

完全に小馬鹿にした物言いだった。

集団面接方式なので、受験生が他に四人並んで座っていたが、他の受験生もそれに賛同する様にクスクスと笑っている。

「いくら、この王立学園が平等な校風で上も下も無いと言っても、万が一、万が一合格できても厳しいかもしれないなー」

この面接官はどうやら、リューにターゲットを絞って、いびりにかかってきた様だった。

日頃のストレス発散が目的か、それとも、面接に飽きたのか、ちゃんと面接をする気が無い様だった。

この、試験官……！

リューは微動だにせず、面接官の言う事を受け流しながら、内心、かなりお怒りモードに入っていた。

あとで、住所調べて家の庭に、築百五十年の家を置いてきてやる！

と、誓うリューであった。

「おい、そこの助手の君。ここの受験者達の簡単な試験結果がまだ届いてないよ？」

面接官はどうやら、試験結果を見ながらリューをいじめるつもりの様だ。

「すみません、こっちの書類に挟まっていました！　どうぞ」

助手の男性が面接官に慌てて試験結果の書類を渡す。

「本当なら、教えては駄目なんだが、早めに不合格は知っておきたいだろう。来年の受験の為に悪いところだけ指摘してやるよ」

ニヤニヤしながら、面接官は書類に目を通す。

そして、固まる。

受験生達は面接官の様子に不審がった。

面接官は、はっと正気に戻ると、リューの成績の書類とは別の履歴書に目を通し直す。

すると、その後ろに一枚のメモが添えられていた。

「王家からの推薦状有り!?」

面接官は思わず、口に出してそう言った。

リューは一瞬何の事やらと思ったのだが、そう言えば、本当なら兄ジーロが以前、王家の推薦で受験する予定だった事を思い出した。

どうやら、ジーロを推薦できなかった代わりに自分を推薦してくれたらしい。

受験生達も面接官の言葉にざわついた。

「……と、まあ、こういう嫌がらせをする面接官もいるから気をつける様に」

と、面接官は言い訳をすると、今度は丁寧に面接を始めるのだった。

リューの面接は無事？　終わった。

別の面接官に振り分けられたリーンも無事終えた様だ。

終わってみると、王家の推薦状があった事を確認できた最後の面接だけが手応えを唯一感じる事になった受験であった。

リーンは全体的に感触が良さそうなので、合格もありそうだが、自分は難しいかもしれない。

あるとすれば、王家の推薦状の威力次第だが、王家に気に入られて本命だった次男ジーロではないので、どこまで効果があるのか未知数だ。

……くっ、推薦状頑張れ！

完全に他力本願のリューであった。


受験が無事？　終わった事を、ランドマーク領の屋敷で父ファーザは直接本人から報告を受けた。

母セシルも一緒に聞いている。

「……そうか難しかったか、まあ、王立学園がそんなに甘くないという事だろう。仕方ないさ。どうだ？　来年も受けてみるか？」

「え？」

「リーンは手応えがあったのなら、来年、二人で合格という可能性もあるだろう。リーンだけ合格しても行くつもりはないだろうし、二人でまた、来年受けてもいいぞ。それとも、シーマ、ジーロと同じスゴエラの街の学校に行くか？」

父ファーザは、リューとリーンのこれまでの努力を知っているので、後悔はしてほしくなかった。

それに、リューはランドマーク家一の神童だと家族みんなが思っている。

その可能性を思う存分発揮させてやりたかった。

「……わかったよ。今年落ちていたら、来年また受けるよ！　そして、今度こそ合格する！」

「そうよ、その意気よリュー！」

リーンもリューを励ますのだった。


「という事で、来年の受験の間までは王都とランドマーク領を行き来して、王都進出の為の作業に従事します」

リューはもう、不合格を前提に行動する事にした。

合格発表は一週間後なので遠方からの受験生はその間、王都に滞在する。

だが、一旦、御者と領兵と隊長のスーゴは『次元回廊』でランドマーク領に帰ってもらった。

馬車もリューのマジック収納で回収した。

なので、宿屋も引き払った。

そして、ランドマークビル（仮）を拠点にリュー達は、王都進出の為の作業を始めた。

毎日、『次元回廊』を使って、職人達はランドマーク領から、王都のビルに通っている。

「作業が終わったら、王都観光していいかいリュー坊ちゃん？」

「あ、俺も、観光したい！」

「俺は王都の木工通りで仕事道具見てみたいな」

「まずは観光だろ？　折角王都まで来て仕事道具の物色すんなよ！」

内装工事をしている職人達から、笑い声が漏れた。

「わかりました。内装工事が終わったら、一日、自由時間を設けますので、好きに観光していいですよ。終わったらここに集合すればいいですし」

「「やったー！」」

職人達は喜びに沸いた。

「家族に王都のオシャレなお土産買って帰るべ」

「だな。子供に王都のかわいい服をお土産に買っていくか」

「おいおい、お前のセンスで子供喜ぶんか？」

「ちげぇねぇ！　それを忘れていたわ！」

「「ははは！」」

現場は笑いに包まれつつ、作業ははかどるのであった。


合格発表までの一週間は充実したものだった。

ランドマークビル（仮）の一、二階はランドマーク領の商品を扱う商人に対しての貸店舗の予定だったが、父ファーザが王都で会っていた知人から直営店を出してはどうかと提案されていた。

天井が高い一階の店舗は『乗用馬車一号』や、『リヤカー』、『手押し車』等の販売店にし、二階のいくつもの店舗スペースはランドマーク領で主食になっている麺類や、甘味を扱う飲食店、もちろん、『コーヒー』も飲める。

その『コーヒー』を卸す店舗や、『チョコ』の持ち帰りできる販売店舗も出店する。

父ファーザの知人は現在商人を細々とやっているらしく、王都進出するならわざわざこっちの商人と契約して、間の手数料を取られるより、直営店にして王都価格で販売すれば品質も、知名度も上級貴族の間では有名になっているので、失敗はしないだろうと言ってくれた。

そこで、一枚噛ませろと言わないので、商人としては二流なのかもしれないが、信用は出来そうだ。

リューは父ファーザに、こっちのランドマークビル（仮）の全体的な管理をその人に任せてはどうかと提案した。

父ファーザも同じ事を考えていたらしく、頷くと知人である商人に責任者になってくれる様に依頼した。

最初その知人は断っていたが、強くお願いすると祖父カミーザに恩があるからと渋々承諾してくれた。

合格発表前日の夕方。

ランドマークビル（仮）は内装工事が完成し、（仮）が取れて、晴れてランドマークビルと命名される事になったのだった。

ランドマーク領の城館、合格発表の前日の夜。

発表を前に、リューは違う事に喜んでいた。

それは、王都にランドマークビルを構えた事だが、「ついに、王都にランドマーク家組事務所が持てるって嬉しいよね！」と、リューはリーンに喜びを伝えた。

「クミジムショ？　ああ、いつものゴクドー用語ってやつね？」

リーンは慣れたもので、リューのこの辺りの意味不明な言葉にも柔軟だった。

「そんな感じ。あとは、表に組の大看板をドーンと出して、ランドマーク家をアピールしたいね！」

「それはいいわね。何の建物かわからないから、看板は大事だわ。職人さんにお願いした方がいいかも」

「もう、予約している！」

リューはとびっきりの笑顔でリーンにグッドサインを送る。

「一応聞くけど、ファーザ君にはちゃんと話したの？」

「後で話そうかと……」

「……変なの作ったら怒られるわよ？」

「それは大丈夫だよ。純和風な行書体で組の雰囲気を前面に出してもらう様にしているから！」

リューは、完全に《あちら側》に寄せようとしていた。

それを聞いたリーンはリューが暴走していると判断、ファーザに知らせてくると告げると、リューの部屋を出ていった。

三十分後、職人が城館に呼ばれ、看板製作の一時中断が決定した。

そして、その五分後、リューは執務室でファーザから説教される事になったのだった。

「明日は、合格発表だから、もう寝なさい」

ひとしきり説教すると、もう、寝かせる事にした。

ファーザはリューのこの行動力には頭が下がる思いだったが、たまにゴクドースキルに影響されているのかよくわからない言動がある。

親としてまだまだ、子供の成長を見守る必要がある様だ。

もうすぐ、長男タウロも学校を卒業して家に戻ってくるし、楽しみは尽きないな、と思うファーザであった。


合格発表当日。

リューとリーンは早起きすると、朝一番でランドマークビルに『次元回廊』で移動。

合否の発表会場である王立学園にすぐに向かった。

合否が気になったというより、ランドマークビルでやる事が多いので早く確認してしまおうという考えだった。

リューはすでに、合格を諦めていた。

リーンが合格していたら、それはそれで来年に期待が持てる。

自分は今年の失敗を教訓に頑張ればいい。

会場に到着すると、そこには沢山の受験生がすでに押し寄せていた。

「朝早いのに、みんな凄いな……」

自分達が早く来すぎたかもという心配は無用だった様だ。

受験生達にとっては、将来がかかっている一大イベントであるのだから当然だった。

学校関係者が掲示板の前に立っている。

掲示板は布で覆われていて、発表はまだのようだ。

受験者達は息を飲んでその前で待機している。

ざわざわと受験者と同行者が話していると、校舎内から別の学校関係者が現れ、掲示板の前に立つ学校関係者に合図を送った。

すると、頷いた学校関係者が一斉に掲示板を覆っていた布を外し始めた。

ざわついていた一同は息を飲んで静かになり、布が外された瞬間だった。

掲示板の最前列で待っていた受験生が、「あったー!」と、歓喜したのを皮切りに、方々で歓喜の声が上がった。

それとは対照的に、まだ、見つけられない受験生は何度も何度も掲示板を見ている。

リューとリーンも前の方に移動して、掲示板を見た。

リューは１１１１番、リーンは１１１２番だ。

ドクンドクン。

いざ掲示板を前にすると不合格を覚悟しているリューの心臓も拍動を速めた。

1100番、1107番、1118番……

「僕だけでなく、リーンも⁉」

リューは、自分はともかくリーンの番号が無い事に驚いた。

リーンは思ったより冷静で、「二人とも不合格みたいね。来年また頑張りましょう」と、リューに気を遣う様に声をかけてきた。

「……いや、ちょっと待ってリーン。これ、ジーロお兄ちゃんのパターンもあるよ？」

「ジーロの？」

そう、次男ジーロがリューに教えてくれたのは、成績優秀者は、別の掲示板に表示されているというものだ。

自分はともかく、リーンは高評価を受けていたのは確かだ。

落ちている方がおかしい。

すぐにリーンの手を掴むと成績優秀者が張り出されていると思われる掲示板まで引っ張っていった。

そこに張り出されていたのは、
一位エリザベス・クレストリア王女殿下
二位イバル・エラインダー公爵子息
三位リュー・ランドマーク男爵子息
四位リーン　リンド森の村、村長の娘

五位ライバ・トーリッター伯爵子息
……。

「「え？」」

リューとリーンは二人とも無いと思っていた自分の名前が上位にある事に驚き固まった。

そこに、受験会場で意気投合したランス・ボジーンがリューとリーンを見つけて話しかけてきた。

「リュー・ランドマーク、元気だったか？　ははは！　上位合格者が気になったのか？　上は気にするなよ。パッと見、王女殿下とエラインダーは王族と上級貴族枠だ。出来レースだよ。だから、順位は三位からが、本当の一位みたいなもので……。え？」

三位にリュー・ランドマークの名があるのに気づいてランスも固まるのだった。

説明してくれたランス・ボジーンの言う通りなら、自分は実質一位らしい。

ゆっくりと振り向きリーンと視線が合った瞬間、二人はハイタッチすると喜んだ。

基準がわからず、合格さえ危ういと思っていたのだからこの結果はあまりに意外だった。

どうやら、怒られはしたが、別段間違った事はしていなかったみたいだ。

そして、ランドマーク家のタウロ、シーマ、ジーロと続いた連続一位記録に泥を塗らずに済んだ様であった。

それも、リーンもリューに続く順位だからランドマーク家が優秀な事を示せたと言っていいだろう。

そこで、教えてくれたランスにお礼を言うと、ランスもそこで正気に戻った。

「……あ、俺も合格か確認しないと！」

ランスはリューのお礼も聞き流し、自分の番号を探しに行った。

「あれ？　リュー、今気づいたのだけど……。五位のライバ・トーリッターって王都に来る途中、馬車が故障した時の、トーリッター伯爵家の子息の事じゃない？」

「え？　そう言えば……。やっぱり、あの子も受験生だったのか。五位って事は優秀なんだね。あ、今の自分が言うと嫌味になるか……」

リューがそう答えていると、リーンは自分達に向けられる悪意ある視線に気づいて振り返った。

リューも続いてそれに気づく。

そこには、まさに今、話題にしていたライバ・トーリッターが、リューとリーンを睨みつけていたのだった。

なまじ金髪ロングヘアーの青い瞳の美少年なので、睨みつけるその顔は鬼気迫るものがある。

あの時は、完全無視を決め込む淡泊な少年かと思っていたが、そうでもない様だ。

きっと一番になる自信があったのに、選りにも選って、ぽっと出のランドマーク男爵風情のそれも三男とその従者に負けたから屈辱だ！　と、言うところだろうか？

リーンが、そのライバ・トーリッターを睨み返そうとしたので、リューは慌てて止めた。

「駄目だよ、リーン。相手は伯爵子息。それに、学校に入学する前から波風立てるのは良くないよ」

リーンをリューが宥めていると、ランス・ボジーンが、ジャンプしながら走って戻ってきた。

「リュー・ランドマーク！　俺も多分合格みたいだぜ！」

「多分？　ってどういう事？」

「補欠合格というやつらしいぜ！」

え？　それは欠員が出ないと駄目なやつでは……。

と、思ったリューであったが、本人が喜んでいるので黙っておいた。

複雑な気分で合格を分かち合う二人に、「私もいるんだからね？」と蚊帳の外のリーンが二人の間に入ると、三人は笑い合うのだった。

リューとリーンは、ひとしきり会場で合格の喜びを満喫するとランドマークビルに戻った。

そして、すぐに『次元回廊』で館に戻ってみんなに合格を報告した。

「二人ともよくやった！！！」

と、大音量で祝福する父ファーザ。

「二人とも頑張ったものね、おめでとう！」

と、涙を拭いながら祝ってくれる母セシル。

「やったね！　リューお兄ちゃんとリーン、おめでとう！」

と、手放しで喜ぶハンナ。

「おめでとうございます、リュー坊ちゃん、リーン！」

と、いつも冷静なセバスチャンのちょっと興奮気味な祝意。

「リュー坊ちゃんとリーンなら、合格すると思っていましたよ！　がはは！」

と、いつもテンションが同じの領兵隊長スーゴ。

そこに、祖父カミーザと祖母ケイがやってきた。

「どうやら、合格したみたいじゃの。おめでとう二人とも」

と、祖父カミーザがいつもの落ち着いた感じで祝福してくれた。

「あらあら。今日はお祝いね。準備しないと」

と、祖母ケイが同じく落ち着いて、料理人達に声を掛け始めた。

「それにしても王立学園に三位と四位で合格とは、誇らしいな。一位の王女殿下と二位の公爵の子息は、やはり上に立つ者の貫禄だな」

父ファーザは上位の二人の事情を知らないので、素直に感心していた。

リューも敢えてその辺りは説明しない事にした。

リーンもそう思ったらしくリューに視線を向けると頷く。

それに本当に優秀なのかもしれない。

その辺りは実際に目にしてないのだから、ここで言う事ではないだろう。

今は祝福してくれる家族と一緒に合格を喜ぼうと思うリューであった。

終章

合格の翌日。

リュー達は入学手続きを早々に済ませ、ランドマーク組事務所、もとい、ランドマークビルの直営店化の為に、許可を申請したり、働く人をどうするかなど、やらなければいけない事を父ファーザ、執事のセバスチャンをランドマーク領から連日『次元回廊』で運んでは作業、検討していた。

その話し合いには、新たにランドマーク家に仲間入りした、父ファーザの知人であり、祖父カミーザに恩がある茶髪の茶色い目に高身長の商人レンドも混じっている。

レンドがビルの管理人で実質、王都におけるランドマーク家の執事みたいなものだった。

本人は、自分を過小評価しているが、冒険者時代はBランク帯冒険者だったらしいので、一流だったのは確かだ。

商人としては未知数だが、信用が出来る者として、レンドという人材は貴重だ。

「働き手は、職人も含めてランドマーク領から希望者を連れてくる方が早いと思うのですが。それと、現在、三階、四階は空き部屋状態ですから、細かく仕切って従業員家族の住まいにしてはどうでしょう？　五階はランドマーク家で使うにしても十分広いと思います」

と、レンドが提案した。

なるほど、従業員価格で家賃を安くしても収入として回収できるし、空き部屋の活用になる。

正直三階以上を店舗にするにはお客が上ってくるのに大変だから自ずと客足が遠のきそうなのでこれはとてもいい案だった。

そういう事も考えて、レンドの提案が全面的に採用される事になった。

一階に出される予定の『乗用馬車一号』を含めたリヤカー、手押し車などの販売店の従業員や職人はすぐにランドマーク領で募集した。

給与面の条件は良かったし、リューが『次元回廊』で、あっという間に王都まで連れて行ってくれるので、問題は王都に馴染めるかどうかだけだった。

職人は場所が変わってもやる事は同じというスタンスで、その家族も、夫が、父が行くならと前向きだった。

従業員も、都会に憧れる若者はいたのでこの機会は逃したくないと、すぐに定員に達したのだった。

それに、ランドマーク領の領民は学校で読み書きと計算を学んでいるので、正直優秀だった。

王都で従業員を募集したら、こうはいかないだろう。

二階に入る予定の飲食店「ランドマーク」に、『コーヒー』販売店、『チョコ』販売店、ランドマーク領の特産品を扱うお店のオープン準備を始めた。

手続き申請は商業ギルドで行われるので、情報収集に余念がない商人の中には、王都で最近『乗用馬車一号』に王家の方々が乗り始め、『コーヒー』がこちらの上級貴族のマニアの間でも有名になりつつあったランドマークの名前が耳に入ったので、極一部の目ざとい商人はすぐに《あの》ランドマークが王都に進出してきたと気づき、商業ギルドで出来うる限りの情報を買おうと静かに動き始めていた。

高値で情報を買った王家御用達商人などは、わずか一週間で、オープン前のランドマークビルに直接交渉にやって来て、王家に納入する為の『コーヒー』と、『チョコ』の定期的な購入契約を求めてきた。

「うちの見立てでは、すぐに『コーヒー』と、『チョコ』はこの王都で人気になると思っています。そうなると品不足も考えられるので、王家には、毎月納められる数を確保して、うちも信用を失わない様にしないといけないんですよ。おたくの『乗用馬車一号』も王家の為に仕入れたのはうちです。実際あれは、王家に納めた事でランドマーク家の良い宣伝になったと思うのですよ。今回も持ちつ持たれつでお願いできませんか？」

こちらは貴族とはいえ、地方のぽっと出の男爵風情だ。

王家御用達商人というから態度が大きいかと思っていたが、下手に出てこられた。

なのでこれにはファーザもリューも意外だったので目を見合わせた。

「わかりました。そちらの顔を立てて、定期的に一定量卸しましょう」

この腰の低さと誠実な態度にファーザは頷くと、契約を交わす事にした。

リューはこの商人の腰の低さや誠実さが、成功の基なのかもしれないと感心した。

驕ったところが無く、王家との信用を大事にしているからだ。

それに買い叩くわけでもなく、この取引に関して利益より、王家への定期的な量を納める事を優先している。

こちらとしても、王家御用達商人と繋がりが持てて、利益も約束され、王家御用達の商品になれば万々歳であった。

こうしてランドマーク家の王都での門出は、早速良いものになるのだった。

書き下ろし特別篇

初めてできた人間の友達

この物語は、リンドの森の村、リンデス村長の娘リーンが、四五年過ごした村を飛び出し、リューと出会うまでのお話である。

エルフは人間の約三倍の寿命を持つ種族であり、とても長命である。

だが、成長も緩やかで、四五歳になったリーンは人間の歳でいうと、十五歳程度の思春期であった。

これに対してハーフエルフは成長が人間と同じくらいの早さだが、寿命はさらに長い為、長命で森の民としての誇りあるエルフからは汚らわしい半耳と差別されたし、人間からも偉そうな耳長族の血筋と敬遠される存在であるが、リーンはれっきとした純粋なエルフの血筋を持つ家系である。

リーンの血筋と言えば、父親であるリンデスは隣国の大侵攻があった前回の大戦において、森のエルフを率いてクレストリア王国側で戦う当時のスゴエラ辺境伯率いる南東部貴族連合軍に組して活躍をした救国の英雄の一人である。そんな父と、その父を支えた母をリーンは誇りに思っていたが、その二人を動かした人間の友人達も誇りに思っていた。

今から二一年前の事、リンドの森はエルフ達によって幾重にも結界が張られ、外部からの訪問者を拒絶していた。

特に人間はエルフを差別していたし、エルフ側も人間を野蛮な種族として忌み嫌い拒絶していたから、リンドの森周辺は人間が好んで近寄ろうとは思わないし、エルフも森の外の世界に出かける事はほとんどなかった。

だが、中には森の外に出て人間の文化を持ち帰る奇天烈なエルフもいた。

当時のリーン（二四歳＝人間の歳で八歳）は、そんな奇天烈なエルフが持ち込んだ人間の文化に密かに興味を持つ子供に育っていた。

「パパ、人間ってなんで木を切り倒して森を破壊するのかしら？」

リーンが、父親であるリンデスに自宅の一室で質問した。

「馬鹿だなリーン。父上にそんなどうでもいい質問をするなよ。答えは簡単、人間が野蛮な生き物だからさ」

兄である長男リグが当然だと言わんばかりに答えた。

「意味もなく木を切り倒すの？」

「あいつらを理解しようとする方が、無駄さ。それよりもリーン。また、変人の家に遊びにいっていただろう？　村長である父上の顔に泥を塗るな。そんな奴はドワーフの住処の穴倉に置いて帰るぞ」

人間の歳で十六歳である長男リグは、犬猿の仲であるドワーフの名を口にして妹リーンを怯えさせようとした。

「ドワーフって、頑固だけど悪い種族ではないって聞いたよ？」

リーンは怯えるどころか、ドワーフにも好奇心旺盛な面を見せた。

「父上！　リーンの奴、変人に毒されています！」

長男リグは、全く怯えず悪びれないリーンを父リンデスに言いつけた。

「……興味を持つ事自体は悪い事ではない。だが、人間は危険な生き物だ。あいつらは争いを持ち込んでくるから、気を付けなさい」

「「はーい」」

リンデスが人間を警戒するのも仕方がない事だった。

実際、隣国からこの村に、こちらに組する様にと、再三使者が訪れていた。最初は、お願いから始まり、最近では恫喝に近い内容の時もある。そんな礼儀もわからない様な野蛮な者は相手にしないに限る。まぁ、使者が訪れたと言ってもダミーで用意している森の外れにある小さい集落までで、ここの事は知られていないから恫喝されてもどうという事はない。結界がちゃんと働いている限り、この村へは入る事ができないのだ。


そんな中の、ある日。

人間がダミーの集落ではなくリンドの森の村に直接現れた。

「ファーザとセシルちゃん、ほれ、やはりあっただろう！　ここが噂に名高いリンドの森の村だと思うぞ。本当に大きな木々に家が建っているぞ。凄いな、なあ、母さん」

若かりし頃の冒険者カミーザ（二六歳）が、息子のファーザ（十歳）とセシル（十歳）、そして、妻であるケイ（二六歳）に自慢げに言う。

「あなた、エルフのみなさんが驚いているから挨拶だけでもしないと」

妻のケイは、村のエルフ達の反応にいち早く気づいて、夫カミーザに指摘した。

エルフ達は突然の来訪、それも人間の侵入者に驚き固まった。

これまで、結界を一部解いて客を迎える事はよくあったが、招かれざる客、それも人間が結界を破って入って来る事などほとんどなかったのだ。

「そこの人間達動くな！　それ以上動くと命はないぞ！　——皆の者、武器を取れ！　周囲を警戒せよ。一部の者はその者らを包囲せよ！」

村長であるリンデスは、侵入者であるカミーザ達に警告するとエルフ達に厳戒態勢を敷かせるのだった。

「私と同じ歳くらいの子が二人もいるよ、パパ。危険な人達には見えないけど？」

リーンが、木の上にある家からカミーザ達のいる場所を見下ろして、父リンデスにそう告げる。

「下がっていなさい、リーン。ここまで侵入して来た人間だ。危険である可能性は高い！」

リンデスは、リーンを家の中に下がらせた。

「ここの長はあんたかー!?　ちょっと話をしたい！　下に降りて来てもらっていいかい!?」

カミーザがリンデスの姿を捉えて何か感じたのか大きな声で話し掛けた。

そう言っている合間に、エルフ達がカミーザ親子の周囲を囲み、拘束しようと近づいて来る。

「お主ら、うちの子達はまだ十歳だぞ？　そんな子に剣や弓矢を向けるとは正気か？」

カミーザが、厳戒態勢のエルフ達に呆れ返った。

「あなたが力任せに結界の一部を開いて通ったから、術士も気づかなかったのね。きっと、急に現れたと思っているのよ」

妻のケイが状況を何となく把握して夫カミーザに知らせる。

「結界の一部を強引に開いた、だと⁉　そんな無茶苦茶な話、聞いた事がない！」

リンデスは、下にいるケイの発言に驚愕した。

「うちの父さんが規格外ですみません……」

ファーザが、十歳ながら、しっかりした口調で謝罪する。

「カミーザおじさん、超凄いから」

セシルはおかしそうにクスクスと笑う。

緊張感のないこの人間の一団にリンデスは呆気にとられると、毒気を抜かれた。

そして、いつの間にかまた、傍に来ていたリーンが、

「悪者だったら、あんなに色々と教えてくれないと思うよ、パパ」

と、無邪気に言う。

「……そうだな。──人間達、ここは、我々の許可なく訪れる事は出来ない場所だ。悪いが武器は一時預からせてもらおうか。それで良ければ、私が話を聞こう」

「リンデス村長⁉」

「相手は人間、何を企んでいるかわかりませんよ！」

「そうです。子供が二人もいるとはいえ、罠の可能性も……」

リンデスの判断に異議を申し立てるエルフもいたが、カミーザ達が素直に従って武器を近くのエルフ達に渡すので、その声も収まるのであった。

「――冒険者？」

村長宅に招かれたカミーザ一行は、ここに来た理由を説明する事になった。

「そうだ。こちらは妻のケイ、息子のファーザと、そして、友人の娘で、うちで預かっているセシルちゃん。その四人で冒険者をやっとるんだが、雇い主の依頼で、この森に『千年樹の木片』を探しに来たんだ。だが、リンドの森と言えばお主らエルフの土地だからなぁ。挨拶と許可をもらえればと思って立ち寄ったのだ」

カミーザは軽いノリで結界を破って通ってきたようだ。

「……我れらがリンドの森の村の結界はそんなに容易く通れるものではないはずだが……」

「村長さん、気にしないでください。うちの人、これでも冒険者としては規格外な事で名が通っているの。だから、こんな事はこの人以外ではそうそう起きないと思うわ」

妻のケイがエルフの自尊心を傷つけたと感じたのだろう、リンデスをフォローするのであった。

「そ、そうか……」

リンデスは、ケイの言葉に納得せざるを得なかった。

実際、結界を破った本人達が言っているのだ、そうなのかと信じるしかないだろう。

「あなた達、人間でしょ？　外の世界って楽しい？」

扉の隙間から様子を窺っていたリーンが、ちょっと隙間を広げてカミーザ達に質問した。

「これはまた、可愛らしいお嬢ちゃんだな。外の世界は楽しいぞ。――お宅の娘さんかい？　うちの息子達と同じ歳くらいか？」

「エルフは長命な種族だ。この子の歳は二四。人間に換算すると八歳くらいだ」

「ほう！　長命とは聞いていたが、あんなに小さいのに、二四年も生きておるのか。八歳ならうちの子供達と遊んでやってくれるかお嬢ちゃん」

カミーザは可愛らしいリーンに和むと、息子達の相手をお願いした。

「うん、いいわよ！」

リーンが、胸を張って答えると、その可愛らしさにファーザとセシルも笑顔になり三人で手を繋ぐと外に出て行くのであった。


「……やっぱりエルフは人間が嫌いなんだね」

リーンと三人で遊ぶファーザは周囲のエルフの視線が刺さる様な鋭さに気づいた。

「私にはそれがわからないの」

リーンは頬を膨らませると不満そうな表情を浮かべた。

「リーンちゃんは、どうして疑問に思うの？」

セシルは目の前の同年代の女の子の考えが気になった。

「エルフの中にも悪い人はいるし、それは人間も同じじゃないかなと思うの」

リーンはエルフの価値観とは違うところで、生きている様だ。

「僕もそう思うよ。人間にも良い人、悪い人がいるからね。僕やセシルは誠実であろうと努力はしているよ」

「ファーザは超良い人過ぎるけどね」

セシルがファーザに茶々を入れる。

「二人とも仲良いね。私はこの村で歳が近い子がほとんどいないから羨ましい……」

エルフはその寿命の長さから欲求に対して希薄な種族の為か子供もできづらい。リーンは、同世代に遊び相手が少なくて寂しいのだった。

「僕達が友達になるよ！　セシルもいいよね？」

ファーザが笑顔で答えるとセシルにも同意を求めた。

「もちろんよ、リーンちゃん。私達とお友達になろう！」

セシルは承諾するとリーンに抱き着く。

リーンも満面の笑顔でセシルに抱き着き返すと、初めてできた人間の友達に喜ぶのであった。


父リンデスは交渉の末、カミーザ達が探しているという『千年樹の木片』の捜索に協力する事になったようだ。

この決定に他のエルフ達は不満な者も多かったが、村長であるリンデスが自分の家に泊める事、万が一何か起きた時には責任は負う事を約束したのでみんな我慢する事になったのであった。

「カミーザおじさん達はやっぱり外の世界では強い方なの？」

リーンは友達になったファーザやセシルが、親であるカミーザやケイが凄い人なのだと自慢するので本人に直接確認する事にした。

「そうだなぁ……。儂やケイは冒険者の中では強い方かもしれんが世界はとてつもなく広い。強い連中は沢山いるだろうな。――なんだ、強い人間に興味があるんか？」

カミーザは、リーンの好奇心旺盛な目の輝きを微笑ましく感じながら聞き返した。

「ファーザ君や、セシルちゃんが、『強くないと世界は回れない』って、言うから。私も将来、外の世界を見てみたいの」

「あらあら。リーンちゃんは、エルフにしては珍しい子供みたいね。ふふふっ」

ケイが保守的で外の世界に興味がない者が多いエルフの中にあって、リーンがとても珍しいタイプである事を指摘するのであった。

「そうか。それなら自分の身は自分で守れるくらいには強くなった方がいいかもしれん。人間の中には珍しいエルフを攫って見世物にしようとする者もいる。王国法ではそんな事は許されておらんが、無法者はまだまだ多いからなぁ」

カミーザはリーンが盲目的に村から飛び出す事が無いように、外の世界の残酷さも伝えるのであった。

「……私、強くなる！」

八歳の少女の決意表明は、カミーザ達にとっては微笑ましいものであった。

「リーンが強くなるなんて無理に決まっているじゃん！　僕よりも弱いのに」

リーンの兄であるリグが、人間であるカミーザ達と距離を取りながら、一見無謀な事を言う妹に注意する様に指摘した。リグは他のエルフ同様、カミーザ達を警戒していたから、妹が毒される事を好ましく思っていない様だった。

「お兄ちゃんの歳までには強くなっているもん！」

リーンは負けず嫌いな面もみせて言い返す。

成人を迎えたばかりの兄リグと、まだ、小さい妹リーンの兄妹喧嘩は微笑ましいものであったから、部外者であるカミーザ達は優しく見守るのであった。

リーンはカミーザ達が村に滞在する間、常にファーザとセシルと行動を共にした。

村長の娘であるリーンが一緒だと、他のエルフ達もあまり文句を言えなかったのだ。

そのお陰で村のいろんなところにリーンが案内する事で、エルフ達の目に触れる事が多くなり、エルフ達も意外に早く慣れる事になった。

カミーザやケイは気さくにエルフ達に話しかけていたし、森でのエルフ達の狩りにも積極的に参加、手伝いもよく行ってエルフとの関係を良くしようとする姿勢が、人間嫌いである他のエルフ達に徐々に浸透して、カミーザ達は話せる人間であるというレベルまでには滞在中に認められるのであった。

その結果、『千年樹の木片』を探して森にあるダンジョン「千年樹」に、入る事も村長リンデス以下、長老達にも認められて許可を得る事ができた。そこで『千年樹の木片』を無事入手する事が出来たのであった。

ダンジョンからの帰り道。

カミーザはすっかり仲良くなったエルフ達と話しながら森の村への帰路についていた。

「……ケイ？」

カミーザが何かに気づいたのか、妻であるケイに確認する。

「……私達以外のよそ者が集団で村に向かっているわ。数にして五百くらいかしら」

ケイは、スキル『野伏』の能力のひとつで広範囲の気配を察知する事ができる。

「何⁉」

エルフ達がその言葉に、驚く。

「村に早く戻った方が良さそうだ、皆の衆」

カミーザは一緒にいるエルフ達に警告すると、走り出すのであった。


リンドの森の村に急いでカミーザ達が戻っている頃。

リーンはファーザとセシルの三人で、村の外れの泉で遊んでいた。

「きゃっきゃっ！」

リーンがセシルと一緒に水面に足だけつけてバシャバシャと水を跳ねさせていた。

「二人とも、あまりやり過ぎると濡れてしまって風邪引くよ？」

ファーザは二人を案じて注意する。

その時であった。リーンが何かに反応した。

「どうしたの、リーンちゃん？」

セシルがリーンの反応にいち早く気づいた。

「……急に村の傍でいっぱいの人間の反応を感じるの。凄く嫌な気配……」

「嫌な気配？」

ファーザがリーンの言葉に聞き返した時だった。

村の方向から煙が立ち上った。

「「！」」

その煙にリーンとファーザ、セシルは顔を見合わせる。

「リーンちゃん近道は⁉」

「こっち！」

リーンは急いで二人を先導すると村に戻るのであった。


三人が村の傍まで急ぐと村からは火の手が上がっていた。

悲鳴や怒声、「殺せ！」という物騒な言葉も行き交っている。

「誰かの襲撃だ！」

ファーザはこれで、ようやく状況を把握する。

そして、逃げ惑うエルフを追いかけて襲う黒ずくめの人間達がそこにはいた。

「みんなが大変！」

リーンは、手に持っていた弓を構えると非力ながらも正確な技術で矢を放ち、襲う人間を射る。

ぎゃっ！　黒ずくめの襲撃犯の一人が首を射抜かれて絶命した。

「やるな、リーンちゃん！　僕達も行くよセシル！」

「超任せて！」

ファーザは剣を、セシルは杖を構えると、襲撃犯に攻撃を仕掛けた。

ファーザは十歳とは思えない剣捌きで襲撃犯の一人を簡単に切り捨てると、同じく十歳のセシルは風魔法を繰り出して襲撃犯の体を切り刻み、三人は逃げてきたエルフの追手、三人の全てを片付けるのであった。

「リーンちゃん無事だったか！　──急に村の傍に黒ずくめの人間達が現れ、突然村を襲撃して来たんだ。今、戦える者がリンデス様の指示のもと抵抗しているが、奴ら相当腕が立つ。家や森も躊躇なく焼きやがる……！」

逃げてきたエルフ三人は村長の娘であるリーンの無事を確認してほっとしたが、村の悲惨な状況を助けてくれた子供達に語った。

三人は、それを聞いて村に戻ろうとした。

逃げてきたエルフ達は子供だけ行かせるわけにはいかないからと、引き返そうとしたが、それはファーザが止めた。

「他に逃げてくるみなさんの保護をお願いします。リーンちゃん、君もみんなと一緒にいて」

ファーザは、リーンを押し留めた。

「私も行く。私はリンドの森の村、リンデス村長の娘、リーン。その誇りにかけてみんなを護るの！」

「それならば、ここに逃げてくるみんなを超護ってあげて！」

今度はセシルがそう言ってリーンを説得した。そして、承諾させるとリーンを置いて二人で、村に戻るのであった。

その直後、村に天気雨とも言うべき、大雨が降り始めた。

いや、これは水魔法による消火活動だったのだ。

何者かによる大雨に、驚く襲撃者達。

「ば、馬鹿な！　こんな大魔法を使える者はそうそういないぞ!?」

驚く中、足元が突然揺るぎだした。

ゴゴゴゴゴ……！

「こ、今度は何だ!?」

地鳴りと共に、襲撃者達の足元が崩壊した。

「『地面大陥没』！」

今度は土の大魔法であった。

ギャー！　襲撃者達は地中に呑まれて行く。

「どうやら、敵にも俺レベルの魔法使いがいるらしい」

黒ずくめの襲撃者のフードを目深に被った人物が、そうつぶやくと、術者を探した。

「そこか！　出て来い、術者。この俺が相手では怖くて出てこれないか？」

襲撃者の安い挑発であったが、カミーザとケイは堂々と木の陰から姿を現した。

「どっちが、これらの魔法を行使した術者だ？　まさか、二人共ではないだろう？」

「なんだ、貴様は確か隣国の自称・大魔法使いとかで有名なヤルダバートとかいう魔法使いだったか？」

カミーザが相手の言う事を無視して、襲撃者の確認をした。

「ほう……。この俺を知っているのか」

「嫌でも知るわ。貴様の趣味の悪い肖像画が、国境付近で出回っているからな。ちと目立ち過ぎだな」

カミーザは呆れた顔をした。

「……俺をコケにして生きて帰れると思わない事だ」

「そうなのか？　儂は儂でこの村を襲撃した貴様らをタダで帰す気はないんだがな」

カミーザは目を細めると、殺気漂う鋭い眼光をヤルダバートに向けた。

ゾクッ！　自称・大魔法使いのヤルダバートは、その殺気に敵の術者がこの男であると確信した。

「魔法使い同士、魔法で決着をつけようではないか！」

ヤルダバートは、そう言うと間を置かず詠唱を始めた。

カミーザに先制しようという卑怯さであった。だが、カミーザにはそんなつもりは一切ない。

雨を降らせたのは、妻のケイであり、地面を陥没させたのは自分だが、術士対決をするほど、ぬるま湯に浸かった戦いをするつもりはなかった。

カミーザは次の瞬間剣を抜くと、ヤルダバートに距離を詰める。

「え？」

詠唱中のヤルダバートはこのカミーザの不意を突く行動に反応できなかった。

そして次の瞬間、その首が宙を舞っていた。

「……お父さん、容赦ないです……」

駆け付けた息子のファーザが、ツッコミを入れる。

「……よし。掃討戦じゃ。リンデス殿、やるぞ？」

そこへ仲間を引き連れて駆け付けたリンデスに声を掛けると、カミーザ達は怯む襲撃犯達を掃討する為、敵に斬りかかるのであった。


何者かの襲撃を撃退してから、一か月後。

「カミーザ殿、感謝の言葉もない……。そなたらは我々の命の恩人だ」

村長リンデスは、エルフを代表して感謝の言葉を口にした。

「なんの、お互い様さ。『千年樹の木片』の入手に協力してもらったし、息子達には可愛い友人もできた。儂も、お主らと仲良くなれたからな。わははっ！」

カミーザは笑うと、感謝するリンデスの見えない重荷を取り除いてやった。

「……そうか、そう言ってくれるか、カミーザ殿。もし、何かあった時、我々はそなたにいくらでも力を貸そう。その時は言ってくれ」

「そうか？　それなら、また、立ち寄った時はよろしく頼む！」

カミーザはそう言うと、リンデスとがっちりと握手を交わすのであった。

「二人共、行っちゃうのね……」

リーンはせっかくできた友人達との別れに涙を浮かべていた。

「父さんの言う通り、また、きっと会いに来るよ」

と、ファーザ。

「そうよ、リーンちゃん。私達、超仲良しじゃん。友情というのはいつまでも続くものよ！」

とセシル。

「……うん！　また、遊びに来てね！」

リーンはあふれる涙を拭いながら、カミーザ一行を見送るのであった。


それから、数年後、カミーザ一行は、スゴエラ辺境伯の使者として再び村に訪れ、隣国の大侵攻に対して手を取り合い一緒に戦う事になる。

そして、その活躍でリンドの森の村は、王国内におけるエルフの立場を確固たるものにし、その村の村長であるリンデスの名は王国を救った英雄の一人として歴史に名を刻むことになる。


あの人間との初めての出会いから、二一年後。

「だ・か・ら！　働かないと食べられないから雇われるって言っているの！」

リーンは、スゴエラ侯爵の領都にいた。

父リンデスや、兄リグからは、「まだ、お前は弱いから外の世界に出るのは早い！」と、止められたが、待てずに村を、家出同然で飛び出してきたのだ。リーンは、これでも人間との出会いから二一年間、我慢に我慢を重ねて強くなれるように励んできた。

周囲のエルフ達と比べて結構やれるはずだと自信がついたのも事実だったから、後悔はしていない。

だが、強くなる努力はしていても、旅に出る準備はしていなかったから、領都に辿り着けはしたものの、リーンは無一文になっていた。

そこでお金を稼ぐ為に、職人を募集している鍛冶屋に交渉をしたのだが、相手はエルフと犬猿の仲であるドワーフだ、案の定喧嘩になった。だが、そこへ一人の子供が声を掛けてきた。

「あのー……。そこのエルフさん。良かったら家で雇いましょうか？」

聞けば、ランドマーク男爵という貴族の三男坊らしい。

「……じゃあ、私を雇ってくれるの？」

ぐー！　言うタイミングでお腹が鳴り、リーンは顔を真っ赤にした。

「とりあえず、食事にしましょう、奢ります」

少年はニッコリ笑うとリーンの手を取り、食事に誘うのであった。

こうして、リーンは初めての人間の友人であったファーザとセシルの子供であるリューと奇跡的に出会う事になり、その舎弟……、もとい従者として付き従う事になるのである。

あとがき

初めまして。作者の「西の果てのぺろ。」という者です。

この度は、この作品をお手に取って頂き、ありがとうございます。

私は、日本の西の果てでこの作品を書かせてもらっています。（だから「西の果ての」です）

そんな私ですが、今回幸運な事に、この作品で二作目となる書籍化をさせて頂きました。

この作品は、処女作となる一作品目とともに小説投稿サイト・カクヨム様で書かせてもらっている作品となっています。

この作品は、処女作である一作品目の序章と、この作品の序章をリンクさせて書いたら面白くないか？　と思って書き始めたのが、生まれたきっかけとなっています。

そういう意味では軽いノリで書き始めた部分はありますが、主人公が転生して幸せに第二の人生を踏み出すという物語は、処女作の不幸なところから始まるものとはまた違った展開なのでとても楽しく書かせてもらっています。

物語自体は処女作とは別物ですので序章以降、直接的に話が交わる事はございませんが、時折、処女作と世界観が似ているのは、同じ世界を舞台にしているからという理由ですので、その辺りは割り切って読んで頂けると幸いです。

この一巻についてですが、主人公である元極道のリューがその知識とスキルの力を用いて、優しい家族の幸せを第一に領地改革を行い発展させていく物語です。

その中で、ＷＥＢ版では控えめにしていた極道の部分を、書籍版では前面に出す内容となっています。

その辺りをＷＥＢ版で読んでいた読者様には楽しんで頂ければなと思います。

また、書籍版からの読者様におきましては、隅から隅までリューの物語を純粋に楽しんで頂けたらなと思います。

この作品ですが、嬉しい事に二巻が出る事が決定しています。

一巻では受験の為に王都にやってきたリューでしたが、二巻ではその王都で活躍する事になり、極道色も濃くなっていきます。

一巻よりも二巻はさらに面白くなっていきますので、ご予約の程よろしくお願いします。

最後に、この作品を書籍化して頂きましたＴＯブックス編集部各位、私の担当を務めて頂いている編集者Ｙ様、書籍化に携わって下さった関係者各位、イラストを担当して頂いたriritto様、心よりお礼申し上げます。

特に、担当編集者Ｙ様におかれましては、かなりご迷惑をお掛けしましたのでこの場で感謝とお詫びをさせて頂きます。

色々とありがとうございます。そして、書き下ろしＳＳが書けないとごねてすみませんでした！

今後もご迷惑をお掛けしますが、よろしくお願い致します。

ちなみにそのＳＳも力入っていますので、読者の皆様、楽しんでもらえたら幸いです。

それでは皆様、二巻でまた、お会いしましょう！

次回予告
大切なカゾク（家族）が増えました。
心優しき元極道少年の
義理と人情の
領地経営ファンタジー！

僕がみなさんの
面倒を見ます！
家族同然の仲間と共に
職人の街・マイスタを立て直せ！
コミカライズ
進行中！
URAKAGYOTENSEI
裏稼業転生
~元極道が家族の為に
領地発展させますが何か？~
2023年秋 第2巻発売予定！

裏稼業転生
～元極道が家族の為に領地発展させますが何か？～

2023年6月1日　第1刷発行

著　者　西の果てのぺろ。

発行者　本田武市

発行所　TOブックス
〒150-0002
東京都渋谷区渋谷三丁目1番1号　PMO渋谷Ⅱ　11階
TEL 0120-933-772（営業フリーダイヤル）
FAX 050-3156-0508

印刷・製本　中央精版印刷株式会社

ISBN978-4-86699-852-7

Printed in Japan